모네는 런던의 겨울을
좋아했다는데

일러두기

- 단행본·잡지·신문 제목은 『 』, 작품·영화·단편소설 제목은 「 」, 전시회 제목은 〈 〉로 묶어
  표기했습니다.
- 인명과 지명 등의 외래어 표기는 국립국어원의 규정을 따르는 것을 원칙으로 했습니다.
- 이 서적 내에 사용된 일부 작품은 SACK를 통해 ADAGP, Picasso Administration와 저
  작권 계약을 맺은 것입니다. 저작권법에 의하여 한국 내에서 보호를 받는 저작물이므로 무
  단 전재 및 복제를 금합니다.
  ⓒRene Magritte / ADAGP, Paris-SACK, Seoul, 2019
  ⓒ2019-Succession Pablo Picasso-SACK(Korea)

모네는 런던의 겨울을
좋아했다는데

조민진 지음

좋은 것들을 모으러 떠난 1년

아트북스

그리움은 그림이 된다

2019년 7월 5일. 귀국을 사흘 앞둔 날이었다. 런던에서 나는 마지막으로 펠릭스 발로통Félix Vallotton의 그림들을 봤다. 영국 로열아카데미에서 열린 전시회였다. 런던 연수 초반에 단기 강좌를 들었던 곳이다. 로열아카데미는 전시를 기획하면서 발로통에게 '불안의 화가(Painter of Disquiet)'라는 수식을 붙였다. 스위스 로잔 출신으로 열여섯 살 때 프랑스 파리로 건너가 화가가 된 발로통은 절망과 퇴폐로 물들어 있던 19세기말의 불안한 프랑스 사회를 탁월한 솜씨로 화폭에 옮겼다. 그래서인지 그의 그림에는 긴장이 감돈다.

　파리 오르세미술관에서 봤던 발로통의 그림 「공」은 런던까지 찾아와 나를 환송해주는 것 같았다. 유년시절의 추억을 불러일으키는 듯한 이 그림에도 아련한 긴장감이 스며들어 있다. 노란 모자를 쓴 어린아이가 저 앞에 떨어진 오렌지색 공을 쫓아 뛰어가고 있다. 공이 굴러가는 황토색 땅은 오롯이 아이의 세상이지만, 그게 전부다. 발로통은 화폭을 대각선으로 분할해 황토색 땅 건너편에 짙푸른

펠릭스 발로통, 「공」, 나무에 붙인 카드에 유채, 48×61cm, 오르세미술관, 파리

'어른의 세상'을 만들었다. 저 멀리 숲속에서 두 어른이 이야기를 나누고 있다. 어쩌면 그들의 대화는 노란 모자를 쓴 아이가 이해하기 어려운 어른의 언어로 오갈지도 모른다. 천진하게 공을 따라가는 아이를 크고 짙은 나무 그림자가 바짝 뒤따르고 있다. 언젠가 저 아이도 지금보다 좀더 심오한 어른의 세상으로 편입될 것이다. 하나의 프레임 안에 있는 서로 다른 세상이 각각 빳빳하게 긴장한 채 맞붙어 있다.

　켜켜이 층을 이룬 페이스트리 과자 밀푀유처럼 기억과 추억이 차곡차곡 서려 있는 지난날들, 언제나 지금보다 조금이라도 더 어

그리움은 그림이 된다　　　　　　　　　　　　　　　　　　5

렸던 시절을 되돌아보면 문득 예상치 못했던 그리움이 밀려온다. 그리움의 조각들은 마음속에서 하나둘 그림이 되어 떠오르고, 각양 각색의 그림에는 저마다 묘한 긴장감이 함께 녹아 있다. 그렇게 나는 많은 순간 어느 정도는 긴장한 채 여기까지 온 것 같다. 아이가 자신에게 주어진 삶을 공처럼 굴리며 어른이 되어가는 과정은 그렇게 쉬운 일만은 아니다. 노력해야 하고, 긴장해야 하고, 문득문득 돌아보며 그리워할 수밖에 없는 일이다.

　1년 만에 다시 서울로 돌아왔다. 영국의 대표적 풍경화가 존 컨스터블John Constable은 보지 않고도, 기억만으로 고향인 서픽의 하늘을 그토록 생생하게 그렸다고 한다. 나 역시 서울에서도 런던을 생생하게 떠올린다. 집으로 가는 퇴근길, 밤을 밝힌 가로등 불빛 아래를 지나갈 때면 런던 카나리워프의 가로등이 눈에 선하다. 런던에서 집을 향해 걸어가던 내가 보이는 것 같다. 유난히 마음이 지치는 날이면 내셔널갤러리의 드넓은 전시실 이곳저곳으로 생각을 옮겨본다. 그러면 어느새 마담 퐁파두르의 초상 앞에, 비너스와 큐피드의 그림 앞에, 렘브란트Rembrandt의 자화상 앞에 서 있게 된다. 근본적인 위안이 필요한 순간에는 해골을 그려넣은 바니타스 그림들을 다시 떠올린다. '메멘토 모리Memento mori', 어차피 인간은 모두 죽는다는 사실을 되새긴다. 집에 걸린 드가와 고흐의 그림, 그러니까 복제화를 보면서 내가 런던과 파리에서 화가의 원화를 직접 봤다는 사실을 자각한다.

경험을 기억해내면 그때 느낀 감동도 되살아난다. 화려한 오페라 극장에서 빨간 휘장이 걷히고 공연이 시작되기를 기다렸던 시간, 그리고 런던의 지하철역 한구석에 자리잡고 있던 까만 피아노와 그 피아노를 자유롭게 연주하던 런더너들의 모습을 종종 추억한다. 런던에서 함께 와인잔을 기울였던 로지와 내게 그림을 가르쳐줬던 게일, 피트니스센터 트레이너 타라는 이제 나의 친구들이다. 멀리서도 그들을 자주 생각한다.

기자가 되어 직장을 다닌 지 14년 만에 처음으로, 1년을 통째로 일하지 않고 자유롭게 보냈다. 그 1년을 시작하기도 전에 나는 앞선 그리움을 예감했다. 모든 지나간 순간들은 멀찍이 시간이 흐르면 결국 그리워진다 했던가. 좋은 걸 모아 더 행복해지는 데 총력을 기울이리라 다짐했던 '나의 런던 시절'은 더 빨리 그리워질 것임을 확신했다. 그리고 그 1년이 모두 끝난 지금, 앞선 그리움은 현실이 됐다. 런던에서는 온 하루를 오롯이 나 자신을 위해 썼다. 그동안 늘 타인의 이야기를 위해 고민에 빠지곤 했던 기자로서의 일상에서 완전히 벗어났다. 처음으로 나만의 이야기에 몰두했다. 다만 잊지 않도록 기록하는 기자의 습관만큼은 버리지 못했다. 마음 깊은 곳에 추억을 저장하는 글을 쓰고 싶었다. 여태 내가 썼던 무수한 기사들과 달리 휘발성 없는 기록을 원했다. 삶의 쉼표를 찍은 곳에서 지금껏 쌓아온 소중한 생각들을 풀어봤다. 진정 좋아하는 것들을 한자리에 끌어모아 진짜 내 것으로 만들었다.

1년 만에 복귀한 회사는 나에게 새로운 업무를 맡겼다. 난생처음 과학 뉴스를 담당하게 됐다. 정치·사회 뉴스를 주로 다뤘던 지난 경험들을 감안하면, 낯설고 새로운 일이다. 하지만 어차피 기자라면 꼭 자의로 선택한 문제만을 다룰 수는 없다. 직접 골라내기도 전에 종종 뜻밖의 일이 주어진다. 그러면 그 문제 영역 안에서 또다른 관심을 확장해가야 한다. 새 관심사를 얼마나 오래 이어가게 될지 역시 알 수는 없지만, 당장 하는 일에 애정을 갖는 건 언제나 중요하다. 그림을 좋아하는 나는 그 유명한 「모나리자」와 「최후의 만찬」을 그린 레오나르도 다빈치를 떠올린다. 다빈치는 화가이자 과학자였다. 해부학과 천문학과 물리학을 깊이 연구했으며 매사를 과학적으로 사고하는 일에 천착했다. 이와 동시에 완벽한 비례와 조화로운 구도를 그림으로 구현했다. 그러니 과학도 결국에는 예술로 통했다. 나는 그림을, 예술을 사랑한다. 그러므로 과학을 다루는 뉴스에도 애정을 담을 것이다.

우리는 모두 자신만의 그림을 갖고 산다. 그 그림들은 어제의 회고이거나, 오늘의 일기이거나, 내일의 희망이거나, 먼 미래의 꿈이다. 산다는 건 수많은 그림들을 차곡차곡 마음에 남기는 일이다. 런던에서 보낸 하루하루는 이제 내게 그림이 되었다. 그리고 벌써 그날의 그림들이 무척 그립다. 아이러니하게도 그 그리운 마음이 새로운 오늘을 떠받치는 활력소가 되고 있다.
    꼭 런던이 아니어도 된다. 벌써 그리워졌거나 언젠가는 그리워질 나날들을 자신도 모르게 그림처럼 그려서 마음속에 고이 간직한 채 새로운 하루를 살고 있을 누군가가 이 책을 읽어주면 좋겠다. 비슷한 그림들을 품고 산다면, 그 마음들이 이어져 서로에게 힘이 되길 바란다. 두근두근 설레는 마음으로, 내가 사랑하는 화가의 그림들과 수줍게 써내려간 나의 글들을 전한다. 그림을 그리는 것도, 보는 것도 모두 내 전공은 아니다. 하지만 그림 보는 걸 좋아한다. 마음을 다 전하기에는 부족한 글이지만 각별한 정성을 담아본다.

생애 처음으로 쓴 책이다. 무엇보다 오래 전부터 좋아해온 출판사, 아트북스에서 나의 초심을 거두어줬음이 더없이 기쁘다. 소중한 인연을 맺어준 아트북스에 진심어린 감사를 전한다. 더 넓은 세상을 보고 오라 지원해준 회사 JTBC·중앙일보와 영국에서 나를 이끌어준 런던 대학교 소아스SOAS 교수님들께도 깊은 은혜를 느낀다.

내가 오늘의 나로 살 수 있는 건, 특별한 존재들의 그림 같은 마음 덕분이다. 뿌리 깊은 사랑의 원천인 나의 부모님과 내 동생 혜원, 단 한번뿐인 생에서 든든한 짝이 되어준 멋진 남편 박수균, 언제나 기특하고 사랑스런 딸 서윤에게 책의 서문을 빌려 한없는 애정을 표현한다.

2019년 가을
다시 찾아온 새 계절을 기대하며
조민진

차례

오늘,

그리고 여기

런던 카나리워프에서
삶의 쉼표를 찍다

잠시 멈추고 나를 돌아보는 시간.
드디어 삶에 쉼표를 찍었다.
좋은 것들을 모으러 나선 1년의 여정은 그렇게 시작됐다.

내게 런던은 『소공녀 세라』의 이야기가 펼쳐진 무대였다. 언제나 자신을 공주라고 생각하며 어떤 역경이 찾아와도 꿋꿋하게 자존감과 품위를 지키려고 노력했던 어린 소녀. 프랜시스 호지슨 버넷 Frances Hodgson Burnett이 창조한 소공녀 세라는 내 어린 시절 상상력을 가장 아름답게 지배했던 가상의 인물이었다. 소공녀 세라가 등장하는 책과 만화영화를 보면서 '런던의 잿빛 하늘'이라는 표현을 접했고, 런던의 사립 기숙학교 생활을 머릿속에 그려봤으며, 세라가 얘기를 나눴던 인형 '에밀리'를 골랐을 런던의 상점을 상상했다. 마음속 자기 암시가 결국 현실이 되어 진짜 공주가 되는 세라 이야기는 얼마나 흐뭇했던가.

어른이 되고 기자가 된 나는 직장생활이 참 고단하다고 생각되던 어느 날 서점에서 책을 구경하다 '소공녀 세라'를 발견했다. 시공주니어에서 나온 '네버랜드 클래식' 시리즈 중 『세라 이야기』라는 제목으로 출간된 양장본이었다. 그렇게 다시 소공녀 세라의 이야기를 읽으면서 런던을 상상해본 것 같다. 기자 생활 14년 만에 연수자 신분이 되기 전까지 난 한 번도 런던을 방문한 적이 없었다. 그저 '런던' 하면 소공녀 세라가 가장 먼저 떠올랐었다.

2018년 7월 11일이 내가 런던에 처음 도착한 날이었다. 런던에 오기 전부터 나는 인터넷으로 내가 살 집을 찾았다. 런던에 도착하면 최대한 빨리 적응해 안정된 생활을 하고 싶었고 손톱만큼의 후회도 없는 1년을 보내고 싶었기 때문이다. 그래서 모든 걸 최대한

프랜시스 호지슨 버넷이 쓴 『소공녀 세라』(1905)의 초판본 표지.
나는 '런던' 하면 소공녀 세라가 가장 먼저 떠오른다.

준비해두려 했다. 하지만 한 번도 직접 가보지 않았던 런던을 인터넷으로 탐색하고 상상하면서 1년 동안 거주할 집을 점찍는다는 건, 조금 과장해서 망망대해에서 바늘을 찾는 심정이었다. 인터넷 부동산 사이트에 올라온 집 사진들을 다 믿을 수 없다는 의심과, 막상 가보면 취향에 맞는 동네가 아닐 수도 있다는 두려움이 복잡하게 뒤섞여 눈이 빠지도록 검색하고 결정을 미루는 날들이 반복됐다. 런던으로 먼저 연수를 다녀온 한 선배는 "막상 연수를 가보면 생각보다 집에 머무는 시간이 많기 때문에 집을 잘 골라야 한다"면서 "네가 어떤 사람인지 스스로 잘 아는 게 중요해"라고 조언했다. 그래, 집이 중요하다. 특히 머무는 곳에 가치를 크게 두는 내게 어느 동네, 어떤 집에서 살 것인가는 런던 생활의 성패를 좌우할 만큼 큰 문제라는 생각이 들었다. 사는 곳을 정하는 건 결국 나를 아는 데서 비롯되는 일임을 새삼 자각하며 다시 집을 검색하기 시작했다.

상당 기간 가족과 떨어져 혼자 지내야 하는 내가 최우선으로 염두에 둔 조건은 '안전함'이었다. 그래서 보안 시스템이 철저하고 24시간 경비가 가능한 곳을 찾았다. 혹시라도 긴급 상황이 발생했을 경우 바로 도움을 요청할 수 있도록 관리인이 있는 곳이 좋을 것 같았다. 그러자 현대식 아파트로 범위가 좁혀졌다. 보통 '플랫Flat'이라고 불리는 영국식 아파트들을 집중적으로 뒤졌다. 그런데 인터넷 사진을 보다보니 영국은 아파트 바닥에도 고정 카펫이 깔려 있는 경우가 많았다. 머무는 곳이 깨끗해야 한다는 신념만큼은 집착에 가까울 정도인 나는 카펫이 깔린 집은 청소가 어려운 까닭에 선택지에서 배제했다.

지역적으로는 런던 도심으로의 이동 거리가 비교적 짧고 대중교통이 편리한 곳을 원했다. 유럽 다른 지역으로 장거리 여행을 많이 하기보다 런던 시내 구석구석을 부지런히 돌아다닐 생각이었기 때문이다. 그렇게 고민을 거듭한 끝에 낙점한 곳이 카나리워프Canary Wharf의 템스강변에 있는 아파트였다. 30층 규모의 높은 현대식 빌딩으로 24시간 관리인이 상주했으며 카펫을 깔지 않은 타일 바닥이라는 점이 마음에 들었다. 사실 카나리워프의 현대식 아파트들은 월세가 비싼 편이다. 하지만 여행을 줄여 비용을 아끼더라도 사는 곳에 투자하는 쪽을 선택했다. 혈혈단신으로 낯선 곳에서 애정을 갖고 긴 시간을 보내기 위해 나에겐 무엇보다 집이 중요했다. 생각해보면 언제나 나는 먹고 자고 쉬는 나만의 공간에 무엇보다 큰 가치를 뒀다. 사는 곳이 서울이 아니라 런던일지라도 취향과 성격이 바뀌는 건 아니다.

카나리워프는 런던의 동부에 속한다. 런던에서 전통적인 부촌은 켄싱턴이나 첼시, 햄스테드 등 주로 템스강을 중심으로 서북쪽에 위치해 있다. 반면 동쪽은 과거에 상대적으로 낙후돼 있는 지역이었다. 하지만 지금은 상황이 많이 달라졌다. 1980년대 이후 정부가 런던 동부 도크랜드 지역의 재개발을 진행하면서 주변 일대가 경쟁력 있는 업무단지로 탈바꿈했다. 2012년 런던 올림픽 개최 당시 동부 개발과 활성화를 염두에 두고 추진했던 정부 정책도 지역 발전

런던 동부에 위치한 카나리워프는
다국적 글로벌 금융기업과 초고층 빌딩이 밀접한 신도시로서
런던 금융의 중심지가 된 곳이다.

의 성공 요인이 됐다. 최근에는 런던 동부의 쇼디치 등을 중심으로 스타트업 기업들이나 핫한 카페들이 들어서면서 동부야말로 런던의 현재이자 미래가 됐다. 특히 카나리워프는 씨티그룹, 홍콩상하이은행, 바클레이즈, JP모건 등 다국적 글로벌 금융기업과 초고층 빌딩이 밀집한 신도시로서 런던 금융의 중심지로 꼽힌다.

런던의 구역은 위치상 중심으로부터 멀어지는 정도를 나타내는 존Zone 개념을 사용한다. 카나리워프는 런던의 중심인 1존 바로 다음인 2존에 속한다. 과거 쇠퇴기를 딛고 일어서 '떠오르는 스타'가 된 곳이다. 사는 곳을 묻는 영국인들에게 카나리워프에 산다고 대답하면 대부분 "와, 거기는 정말 놀라운 곳이잖아!"라는 반응이 돌아왔다. 100년은 거뜬히 넘는 전통적 건물들을 계속 유지한 채 살아가는 영국에서 이곳은 마치 뉴욕 같은 느낌을 주는 색다른 곳이다. 출퇴근 러시아워 때면 지하와 지상을 연결하는 거대한 에스컬레이터가 설치된 카나리워프 지하철역으로 양복을 차려입은 직장인들이 물밀 듯 몰려들었다. 그 틈에 끼어 있노라면 가장 바쁜 글로벌 도시 한복판에 있다는 생각이 들었다. 영국 유명 건축가 노먼 포스터가 이 역을 설계했다.

나는 카나리워프에서 마흔번째 생일을 맞았다. 나이나 세월에 의미를 부여하며 살아오진 않았지만 마흔 살이 주는 느낌은 생소하고 특별했다. '언제 이렇게 많은 시간이 흘렀을까' 하는 생각, '남은 인생은 좀더 잘 살아야지' 하는 생각, '어떻게 하면 더 행복하게 살 수 있을까' 하는 생각이 머릿속을 어지럽게 꽉 채웠다. 런던에서 혼자 맞는 생일이었지만 카카오톡 덕분에 외롭지는 않았다. 가족과 지인들이 전날 밤부터 축하 문자를 보내왔다. 3월 초에 런던은 서울보다 아홉 시간이 느렸으니 한국에서 내 생일이 조금 더 빨랐다. 누군가의 생일까지 공지해주는 SNS의 힘에 새삼 감사하는 마음이 샘솟았다. 특히 전 직장이었던 문화일보 P선배가 보낸 뜻밖의 문자를 보고선 갖은 상념이 밀려왔다. "늘 욕심이 현실이 되기를 기원한다"는 짧은 내용이었다. 욕심의 사전적 의미가 좋은 건 아니지만, 지난 시간을 돌아보면 욕심을 갖는다는 건 꿈을 갖는다는 것과 동의어였다. 기자들 사이에서 흔히 통용되는 '기사 욕심'도 결국 하나라도 더 취재하고 더 쓰고 싶어 하는 기자의 열정을 대변하는 말이다. P선배도 "기사 욕심을 내라"는 말을 자주 했다. 지금껏 열심히 살았으니 앞으로도 더 잘 살아보라는 응원으로 느껴졌다.

서른아홉 살의 절반과 마흔 살의 절반을 런던에서 보내는 내내 '더 좋은 삶'에 대해 생각했다. 더 잘 살기 위해서는 진정한 내 모습을 잘 아는 게 중요한 법. 그동안은 너무 바쁘게 살아왔다. 나는 어떤 사람인가, 뭘 좋아하는가에 대해 한 번쯤은 깊이 생각해볼 필요가 있었다. 스스로를 충분히 이해하고 파악하는 데 관심을 기울였다. 내가 정말 좋아하는 것에 애정을 쏟아보고 싶었다. 좋은 걸 최대한 모아서 최대한 행복하게 살아야지 결심했다.

런던에서는 서울에서보다 훨씬 덜 바빠서 비로소 가능해진 일들이 많았다. 항상 줄을 서고 차례를 기다리는 일이 습관인 나라에서 나는 마침내 조급하고 예민한 기자로서의 정체성을 조금은 버릴 수 있었다. 갑자기 출발을 미루고 정차하는 지하철을 타면서, 음식점 테이블에 앉아 언제 주문을 받아줄지 모르는 종업원들을 한참 동안 기다리면서, 여유를 갖고 사는 데 익숙해져 갔다. 잠시 멈추고 돌아보는 시간을 가졌다. 드디어 삶에 쉼표를 찍었다. 좋은 것들을 모으러 나선 1년의 여정은 그렇게 시작됐다.

친절함이
마음을 녹인다

런던에 온 후 나는 '친절한 사람'으로 사는 일이 자신이나 타인을 위해서
얼마나 가치 있는 일인가에 대해 거듭 생각해보게 되었다.

낯선 곳에서 외국인으로 살아가면 최소한 심리적으로는 약자가 된다. 그리고 막상 그런 입장이 되어보면 누군가의 작은 친절과 다정함조차 얼마나 큰 위안이 되는지 비로소 느낄 수 있다. 한국에서 나는 항상 바쁘고 여유가 없다는 핑계로 누군가에게 친절하려고 애쓴다거나 다른 사람의 친절을 곱씹어 고마워하지 못했다. 런던에 와서 달라진 건 '친절한 사람'으로 사는 일이 자신이나 타인을 위해서 얼마나 가치 있는 일인가에 대해 거듭 생각해보게 됐다는 것이다.

게리 아저씨. 그는 내가 카나리워프의 아파트로 혼자 이사를 와서 그야말로 '멘붕'에 빠져 있을 때 눈물겹도록 고마웠던 사람이다. 게리는 내가 살게 된 아파트의 개발업자로 낮 시간 동안 상주하면서 건물이나 내부 시스템 등에 문제가 생기면 점검하고 수리하는 일을 담당했다. 내가 그를 찾았다는 건 우리 집에 문제가 생겼다는 의미다. 이사 이틀날이었는데 온수가 잘 나오지 않았다. 일시적인 문제인가 싶어 하루 이틀 기다렸지만 계속 찬물만 나왔다. 여름에도 뜨거운 물이 없으면 샤워를 못하는 나는 난감하기 짝이 없었다. 아무래도 보일러가 고장난 것 같았지만 내 짐작일 뿐이었다. 이런 상황을 누군가에게 설명하고 점검을 요청하고 수리까지 부탁해야 했다. 부동산 에이전시와 연락을 주고받은 끝에 게리가 우리 집을 방문했다.

게리는 보일러를 열심히 들여다보더니, 무슨 부품 하나가 망가진 것 같다면서 자기가 직접 부품을 교체할 순 있지만 계약 문제가 걸린다고 했다. 보일러 회사에서 부품 비용을 지불하고 수리를 허

내가 런던에 사는 내내 친절의 의미를 되새길 수 있었던 건
스쳐지나갔던 익명의 런더너들 덕분이다.

가해야 작업할 수 있다는 것이다. 뭐든 시스템과 절차가 중요한 영국에서는 떼를 쓴다고 이뤄지는 일이란 없다. 금요일이라서 주말엔 업무 처리를 할 수도 없단다. 울상을 짓고 있는 내가 안됐던지 게리는 당분간 온수가 나올 수 있도록 임시방편 작업을 해주겠다고 했다. 그러면서 보일러 비용이 약간 과금될 수도 있는 조치라고 설명했다. 비용이 많이 나올 수 있다는 말에 신경이 쓰였지만 샤워도 못 하는 것보단 나았다. 나는 게리가 초조와 긴장에 휩싸여 있는 한 외국인에게 최대한의 성의와 친절을 보이고 있다는 걸 느꼈다.

임시방편으로 조치한 후 게리는 돌아갔지만, 나는 그를 다시 찾아갔다. 블라인드 작동법과 텔레비전을 연결하고 케이블TV를 설치하는 법, 전자레인지와 오븐을 사용하는 방법도 제대로 알 수 없었기 때문이다. 한국에서는 이런 일에 신경을 쓰거나 어려움을 겪었던 적이 없었다. 나는 정말 많은 것들을 누군가에게 의지한 채 살았던 것이다. 자신의 업무와 무관한 일들로 다짜고짜 도움을 청하는 내게 게리는 다행히 친절했다. 텔레비전 연결선이 필요하니 어느 마트에 가서 어떤 물건을 사라고 조언하더니, 혹시 자기가 갖고 있는 게 있는지 보겠다며 오르락내리락하는 수고까지 서슴지 않았다. 게리 덕분에 온수가 나오기 시작했고 텔레비전도 설치해 비로소 약간의 여유가 생겼던 어느 날, 아파트 현관에서 그를 만났다. 게리는 내게 "괜찮아요(Are you okay)?" 하고 안부를 물었다. 그 평범한 인사가 그렇게 따뜻하게 느껴질 수 없었다.

로지 언니. 그녀는 내가 런던의 집을 구하기 위해 서울에서부터 수십 통의 메일을 주고받았던 부동산 직원이다. 이것저것 따지고 분명히 하길 좋아하는 내가 워낙 질문이 많았던 탓에 얼굴도 모르는 내게 얼마나 시달렸을지 짐작이 간다. 하지만 언제나 그녀는 "제가 당신을 도울게요"라며 멀리서도 날 안심시켰다. 런던에 도착한 나는 로지를 직접 만났다. 최종적으로 신분과 이사 날짜를 확인해야 했다. 그녀는 런던의 중심인 시티 지점에서 근무하고 있었다. 로지는 엊그제 런던에 도착한 나를 마중하겠다며 엘리베이터를 타고 내려왔다. 그녀는 우리가 타고 있는 수동 엘리베이터가 설치된 지 100년이 넘었다는 이야기를 들려주었다. 그동안 하도 메일을 많이 교환해서 그런지 그녀가 전혀 낯설지 않았다. 이런저런 서류 확인을 끝내고 나가려니 그녀가 또 나를 배웅하러 나섰다. 저녁에 비가 올 거라는 예보가 있다며 크고 튼튼한 우산도 성큼 내줬다.

도착한 지 얼마 안 된 도시에서 만난 다정하고 친절한 그녀와 진짜 친구가 되고 싶었다. 집으로 돌아와서 그녀에게 사적인 메일을 보냈다. "제가 런던에서 무사히 집을 구하는 데에는 당신의 도움이 컸습니다. 언제 같이 점심이라도 할 수 있을까요?" 바로 답장이 왔다. "당신이 그렇게 말해주니 우쭐한 기분이 드네요. 런던에 잘 정착할 수 있도록 제가 앞으로도 도울게요. 시내 구경도 시켜드리죠. 점심은 언제가 좋을까요?"라고. 이후로 우리는 한두 달에 한 번씩 지속적으로 만났고, 그녀는 자신의 친한 동료 사라도 내게 소개해 줬다. 로지와 사라는 만났다 헤어질 때 늘 허그를 하며 인사했다.

나는 여전히 서로를 안아주는 인사법에 적응이 잘 안됐지만, 그들이 나를 안아줄 때면 늘 보호받고 있다는 느낌이 들었다. 런던이 정겨워졌다.

게리와 로지의 친절에 각별한 고마움을 갖게 된 건 런던 생활 초반에 나의 막막함을 그들이 덜어줬기 때문일 것이다. 하지만 내가 런던에 사는 내내 친절의 의미를 되새길 수 있었던 건 스쳐지나갔던 익명의 런더너들 덕분이다.

런던에 있는 동안 인근 유럽 이곳저곳을 여행할 때마다 큰 트렁크를 끌고 다녔다. 대부분 지하철을 이용해 공항이나 기차역으로 가야 했는데 이동하거나 환승할 때면 종종 계단이 나왔다. 무거운 걸 잘 드는 내가 트렁크 하나쯤 들어서 계단을 오르내리는 건 큰 문제가 아니었다. 엄마와 딸이 동행해 짐이 많을 때는 바퀴 달린 큰 가방을 양손에 각각 하나씩 들어도 괜찮을 만큼 나는 힘이 셌다. 하지만 도움이 꼭 필요하지 않을 때에도 나는 대부분 도움을 받게 됐다. 런더너들이 습관적으로 베푸는 친절 덕분이었다.

되돌아보면 열 번 중 아홉 번은 지나가던 행인들이 여행가방을 들어줬다. "도와 드릴게요" 하고 어느새 가방을 들고 계단을 내려가는 게 그들에겐 참 자연스러웠다. 가끔은 얼떨결에 내가 호의를 거절하는 경우도 있었다. "괜찮다"고 말하면 "정말 안 도와줘도 되느냐"고 물어왔다. 내 프랑스어 선생님이었던 샬럿은 런던의 이런 다정함에 이끌려 파리에서 런던으로 건너와 살고 있었다. 그녀는 "런던에서는 지하철에 아이들이 있으면 자리를 양보해주거든. 그런데 파리에선 결코 그런 일이 없어"라고 말했다. 실제로 런던에서 딸과 함께 지하철을 타면 누군가가 딸에게 자리를 내주는 일이 많았다.

공공장소에서 뒤에 오는 사람을 위해 앞 사람이 문을 잡아주는 것도 흔한 친절이었다. 때로는 마트 계산대에서 앞사람에게 순서를 양보받기도 했다. 계산할 물건이 많은 앞사람이 물건 한두 개만 간단히 들고 있는 나를 배려해준 것이다. 외국인과 통화를 할 때도 매번 그들의 친절을 곱씹게 됐다. 궁금하거나 의심이 가는 건 웬만하면 물어서 답을 얻어야 직성이 풀리는 성격이라 휴대폰 회사나 은행 직원, 구청이나 학원 관계자들과 전화 통화를 하는 일도 종종 생겼다. 하지만 영어로 통화하는 것은 어려울 때가 많았다. 나는 "천천히 말해주세요"라고 하거나 두세 번씩 되묻기 일쑤였다. 하지만 상대방 반응은 대부분 호의적이었다. 잘 들어주고 잘 응대해줬다. 용건을 마무리하고 무사히 전화를 끊고 나면 보람마저 느꼈다. 환경이 바뀌면서 나는 그동안 한국에서 대수롭지 않게 여겼던 타인의 친절에 의미를 부여하게 됐다.

언젠가 잡지에서 영국인들은 하루 평균 마흔일곱 번이나 "미안합니다(Sorry)"라고 말한다는 기사를 읽었다. 굳이 자신의 잘못이 아니어도 자동으로, 습관적으로 사과한다는 것이다. 실제로 런던에 있는 동안 나는 하루에도 수십 번씩 "Sorry"라는 말을 들었다. 복잡한 지하철에서 서로 부딪혔을 때, 실수로 뭔가를 떨어뜨리거나 상대의 말을 잘 이해하지 못했을 때 런더너들은 자동반사적으로 "Sorry"라고 말했다. 하도 여러 번 듣다보니 어느새 나도 그 단어가 입에 붙었다. 영국인들에게 "Sorry"는 예의와 배려, 그리고 친절의 의미다. 몸에 배어 있어서 큰 노력 없이도 가능한 태도다. 진심이든 아니든 습관적 친절은 서로의 마음을 누그러뜨려주는 효과가 있다. 대수롭지 않은 일이라면 크게 시비 걸지 않는 자세가 영국 문화인 것 같다.

런던에서는 상점이나 카페에서 계산을 하고 주문을 받는 직원들이 손님을 '달링darling'이나 '스위티sweetie'라고 부를 때가 많다. 그들이 나를 정말 달링이나 스위티로 생각해서 그런 건 아니겠지만 듣기 좋았다. 하나라도 더 사고 싶어졌다. 역시 친절함은 마음을 녹인다.

뉴스는
외로움을 덜어준다

나는 끊임없이 런던 현지 뉴스에 관심을 갖고 사는 나 자신을 발견했다.
그것은 고립감에서 벗어나 세상과 통하는 방편이었다.

「신문을 든 남자」는 벨기에 출신의 초현실주의 화가 르네 마그리트 René Magritte의 작품이다. 런던 테이트모던에 가면 이 작품을 볼 수 있다. 서점에서 예술서적들을 훑어보다가 우연히 프랑수아즈 바르브갈Françoise Barbe-Gall이 쓴 『아이들에게 어떻게 그림을 얘기해줄까 How to Talk to Children About Art』라는 책을 펼쳤는데 이 그림이 실려 있는 걸 보고 반가운 마음에 책을 샀다.

"그는 신문에 몰두하고 있는 것처럼 보이는군요."

이 그림을 설명한 부분에서는 8~10세 아이들에게 짚어줄 포인트로 이렇게 언급하고 있다. 그리고 신문 속 뉴스가 방 안의 남자와 바깥세상을 연결해주고 있다는 해석이 이어진다. 그림은 모두 네 컷으로 분할돼 있는데 왼쪽 상단의 첫번째 컷에 한 남자가 있다. 그는 방 안 테이블 의자에 앉아서 신문을 읽고 있다. 그 옆에 보이는 큰 창문은 바깥세상을 의미한다. 신문 읽기에 몰두 중인 남자는 더 이상 좁은 방 안에 갇혀 있는 게 아니다. 뉴스를 통해 넓은 세상과 만나고 있다. 요즘에도 신문이나 TV 뉴스를 광고할 때 흔히 "세상을 보는 창"이라는 수식을 사용하는데, 마그리트가 그림을 그렸던 1920년대에도 마찬가지였나보다. 이 그림의 나머지 세 컷은 신문을 읽던 남자가 사라진 빈 방을 보여준다. 거의 똑같은 빈 방이다. 책에서는 이게 바로 우리를 그림 속으로 끌어들이는 유도 장치라고 설명한다. 남자는 과연 어디로 갔는지, 언제 다시 나타날지 궁금해지기 때문이다.

내가 살던 런던 집에도 이 그림에 나오는 것과 닮은 둥근 테이

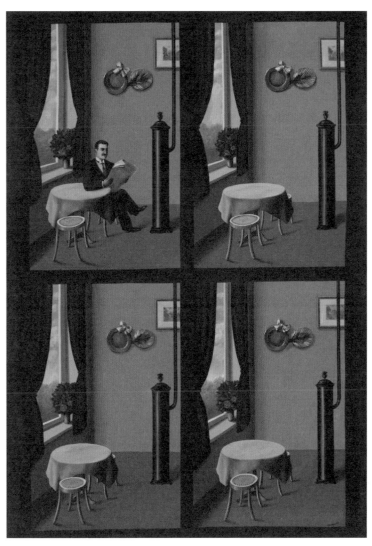

르네 마그리트, 「신문을 든 남자」, 캔버스에 유채, 117×80cm, 1928년, 테이트모던, 런던

블이 있었다. 의자 네 개를 둘러놓을 수 있는 크기의 유리 테이블인데, 가족이 오면 이 테이블에서 함께 식사를 했다. 테이블 정면에 큰 통유리창이 나 있는 것도 그림과 비슷했다. 8층에 위치한 아파트 창밖으로 돔형 실내 공연장 O2아레나The O2 Arena가 보였다. 이곳은 2012년 런던 하계 올림픽 경기가 열렸던 장소다. 멋진 스카이라인을 자랑하는 높은 빌딩들, 그리고 빛을 머금은 템스강과 시시각각 다채로운 색을 보여주는 하늘이 한꺼번에 펼쳐져 나는 창밖을 내다보는 걸 즐겼다. 가족이 없을 때에는 대부분 이 테이블에 홀로 앉아서 책을 읽고, 글을 쓰고, 밥을 먹고, 와인을 마시고, 음악을 들었다. 그리고 영국 신문들과 잡지들을 읽었다. 현지 뉴스를 접하면서 나는 비로소 내가 런던에서 카운슬텍스Council Tax(일종의 주민세)를 내며 생활하는 주민임을 실감했다. 뉴스를 보면 런던이라는 낯선 사회와 내가 연결되는 기분이 들었다.

　한국에서는 때때로 내가 기자라는 사실이 번잡스럽게 느껴졌다. 어쩌면 나와는 별 관련 없는 일에 몰두해야 했고 자기 얘기를 하고 싶어 하지 않는 사람들을 달래 한마디라도 더 들으려고 애써야 했기 때문이다. 그런 일이 골치 아프고 지겨웠던 적도 많았다. 항상 공동체에 깊숙이 들어가 있는 느낌이어서 관찰과 개입으로부터 자유롭기를 갈망하기도 했다. 그런 소망이 이루어진 건지 런던에서는 더이상 내가 상관할 일이 없었다. '방문학자'라는 명분으로 대학에 적을 두고 있었고, 발급받은 ID카드로 학교 어디든 마음껏 출입할 수 있지만 학생도 교수도 아니었던 나는 지극히 자유로웠다. 원한다면 얼마든지 철저하게 익명으로 살 수 있었다. 하지만 자유와 고독은 동전의 양면 같은 것이었다. 런던에서 어떤 일이 벌어져도 내일이 아니라는 사실에 나는 지나치게 한가하고 외로운 사람이 된것만 같았다. 직업병이었는지도 모른다. 일이 없다는 사실이 왠지허무했다.

그래서 그랬나보다. 나는 생전 처음 보는 외국인들에게도 내가한국에서 온 기자라는 사실을 밝히곤 했다. 아파트 관리 직원에게도, 학원 선생님과 수강생들에게도, 강의를 들으러 갔다가 만난 사람들에게도, 미술관 큐레이터에게도, 은행이나 휴대폰 대리점 직원에게도 스스로를 기자라고 소개했다. 내가 기자인 걸 대단하게 여겨서 알렸던 건 아니다. 그저 낯선 곳에서 이방인으로 사는 외로움을 버리고 싶었다. 기자로 살아온 지난 세월은 쉽게 무시하지 못할시간이었다. 런던에 와서야 내가 주변과, 사람들과, 사회와 연결되고 싶어 하는 존재임을 새삼 깨달았다.

1년의 연수 기간 동안 나는 기사를 써야 하는 의무로부터 완전히 해방되어 있었다. 개인적 삶은 세상일을 몰라도 아무런 지장이없었다. 그럼에도 나는 끊임없이 현지 뉴스에 관심을 기울이는 나자신을 발견했다. 고립감에서 벗어나 세상과 통하는 방편이었다.신기하게도 현지 뉴스에 몰두하는 순간만큼은 이 사회의 일원이 된것 같았다. 브렉시트Brexit와 테레사 메이 총리와 제레미 코빈 노동당 대표에 관한 얘기를 알고 있으면 외국인 친구들을 만나도 할 말이 많았다. 언어는 결국 콘텐츠의 문제다. 더디게 말해도 무슨 얘기를 하는지가 중요했는데, 뉴스를 아는 게 도움이 됐던 것이다. 일간지나 잡지에 실린 공연과 전시 비평, 음식점 홍보 기사를 읽어본 뒤 직접 경험하면 뿌듯함과 즐거움이 배가됐다. 신문에 실린 에디터 칼럼이나 독자 편지를 읽는 건 런던 시민처럼 생각해볼 수 있는 기회가 되었고, BBC 날씨 뉴스는 꼭 필요한 정보였다.

특히 『이브닝 스탠더드Evening Standard』를 집어오는 건 하루의 의식에 가까웠다. 『이브닝 스탠더드』는 1827년부터 발행해온 런던의 신문으로 2009년에 무가지로 전환됐다. 뉴스와 비평, 해설은 물론 맛집이나 전시회, 여행 같은 생활 정보까지 알뜰하게 담겨 있어서 공짜 뉴스를 챙겨오는 기쁨이 컸다. 인터넷이 연결되지 않는 지하철에서 런던 시민들은 『이브닝 스탠더드』를 읽고 있었다. 나도 그들을 따라 지하철에서 『이브닝 스탠더드』를 읽었고, 집에 와서는 마음에 드는 기사를 스크랩해두기도 했다. 의회가 브렉시트 합의안을 거부했다거나 총리 신임투표 결과와 같은 속보가 있을 때는 역시 TV 뉴스가 좋았다. 집에서 BBC를 틀어놓고 있으면, 내가 있는 곳이 영국임에도 진짜 영국에 있는 것 같다는 생각이 드는 게 신기했다. 유력 일간지 『가디언』과 국제 통신사 로이터 등에 관심 뉴스 항목을 등록했더니 시도 때도 없이 이메일로 뉴스가 날아들었다. 모든 기사를 읽었던 건 아니고 제목만 대충 보는 경우가 많았지만, 언론사가 내게 항상 주요 뉴스를 알려준다는 사실에 왠지 안심이 됐다. 이 모든 건 타지에서 느끼는 고립감과 공허감을 해소시키

『이브닝 스탠더드』를 읽는 시간.
무가지로 배포되는 신문에는 뉴스와 비평, 해설은 물론
맛집이나 전시회, 여행 같은 생활 정보까지 알뜰하게 담겨 있어서
공짜 뉴스를 챙겨오는 기쁨이 컸다.

기에 좋은 처방이었다.

　뉴스 생산자로서의 입장을 떠나 완전한 소비 주체로 사는 동안 뉴스가 어떤 역할을 하는지 새삼 깨달았다. 사람들은 뉴스를 통해 사회적 소속감과 연대감을 느낀다. 기사를 보고 브렉시트 반대 집회를 하러 나가는 시민들, 기사를 보고 전시회나 공연장, 레스토랑을 찾아가는 사람들, 기사를 보고 자신의 정치적 입장을 결정하는 사람들에게 뉴스의 영향력은 실로 크다. 뉴스는 우리의 행위를 결정하는 데 영향을 준다. 정신적으로, 물리적으로 고립을 벗어날 수 있게 하는 힘이 있다. 그렇게 중요한 뉴스를 만들고 전하는 일이 내 직업임에도 내가 그 의미를 소홀히 다룬 적은 없었는지 모르겠다.

　마그리트의 그림 「신문을 든 남자」를 다시 본다. 언론은 세상을 보는 창이다. 런던에 있는 동안 한국 뉴스에는 의도적으로 큰 관심을 갖지 않았다. 조금은 다른 새로운 연결을 원했기 때문이다. 철저하게 런던에 속해 있고 싶었고, 동시에 런던이 주는 외로움을 덜고 싶었다. 뉴스가 외로움을 덜어줄 수 있다는 건 런던에서 처음 알게 된 사실이었다.

테이트모던에서
피카소의 「꿈」을 보다

"나는 사람들이 자서전을 쓰는 것처럼 그림을 그린다.
그 그림들은, 완성이 됐든 안 됐든, 나의 일기와 같다."

—파블로 피카소

런던에 도착하고 2주쯤 지났을 때다. 잠깐 지내러 온 남편과 딸이 떠나고 오롯이 혼자 남겨진 지 일주일쯤 되던 때, 갑자기 낯선 곳에서 혼자 살아야 한다는 사실이 어쩐지 무섭게 느껴져 매 순간을 긴장 속에서 보내고 있었다. 한시 바삐 사는 곳에 익숙해져야 한다는 강박에 사로잡힌 채 나는 매일 집을 나섰다.

원래 화력발전소였던 곳이 이제는 런던에 온 여행자라면 누구나 한 번쯤 방문하는 관광명소가 된 미술관, 나에게 테이트모던은 그렇게 마치 숙제를 하듯 찾았던 곳이다. 이름에서도 금방 알 수 있듯이 이곳에는 현대미술 작품들이 전시되어 있다. 2000년에 개관한 이후 '현대미술의 성지'라 불릴 정도로 런던 미술관의 위상을 한껏 높여준 곳이기도 하다.

현대미술의 범위를 어떻게 정의할 수 있을까. 인터넷 지식백과에서는 현대미술을 '20세기 후반의 미술' 정도로 한정하고 있다. 하지만 현대라는 의미는 지구가 멸망하지 않는 한 동시대를 살아가는 사람들에 의해 늘 재정의될 수밖에 없다. 내가 좋아하는 드가나 르누아르, 모네 같은 인상주의 화가들이 19세기 당대 미술의 첨탑에 있었던 때가 있었고, 프랑스 인상주의의 영향을 받아 자신의 화풍을 발전시켜 나갔던 고흐나 피카소가 그 뒤를 이어 현대미술의 대명사가 되기도 했다. 나는 변기를 갖다놓고 예술이라 했던 뒤샹과 현대미술을 함께 떠올린다. 하지만 변기를 놓고 예술이라고 부를 정도라면, 그게 레디메이드이든 발상의 전환이든 솔직히 내 취향과는 조금 거리가 멀다. 그래서인지 처음엔 그 이름 때문에 테이트모던에 금방 정이 가지 않았다.

다만 그곳 5층에 자리잡은 바는 처음부터 좋았다. 여느 전망대와 견주어도 손색이 없을 만큼 근사한 풍경을 보여주는 그곳에서 씁쓸하면서도 진한 영국산 에일 맥주를 마셨다. 통유리창 너머로 멀리 시선을 던져 눈으로 밀레니엄브리지를 따라가다보면 맞은편 끝으로 찰스 왕세자와 다이애나 왕세자비가 결혼식을 올렸던 세인트폴 대성당이 보인다. 내가 늘 올리브빛이라고 생각했던 템스강의 유유한 흐름을 응시하면서 '여기가 런던이구나' 하고 실감했다. 호사를 누리고 있다고, 진심으로 행복하다고 느꼈다.

2018년 3월부터 약 6개월 동안 테이트모던이 특별전으로 진행했던 파블로 피카소Pablo Picasso 전시는 50만 명의 관람객을 끌어모으며 성황을 이뤘다. 덕분에 그해 처음으로 영국박물관을 제치고 방문객 수 1위를 기록했다. 테이트모던이 590만 명, 영국박물관이 580만 명으로 집계됐던 것이다. 영국 언론에서는 "과연 테이트모던이 영국박물관을 압도할 수 있을 만한 수준인가" "미술관 위치가 좋다거나 건물이 현대적이어서 성공한 것이 아닐까" 등과 같은 이런저런 기사들을 써댔다. 피카소 전시 관람객 50만 명 중 한 명이었던 나는 그런 기사들을 읽으면서 피카소의 작품을 한꺼번에 왕창 봤던 그날을 다시 떠올렸다.

전시회의 정확한 제목은 〈피카소 1932—사랑, 명성, 비극Piccasso 1932: Love, Fame, Tragedy〉이었다. 1932년에 제작된 피카소의 작품들을 모은 건데, 그 한 해 동안 완성한 작품만 100여 점이 넘었다. 전시실로 들어서자 입구에 커다랗게 박아둔 전시 제목이 보였다. 그 제목을 보면서 나는 잠시 의문을 가졌다. 피카소를 설명할 때 '사랑'이나 '명성'을 붙이는 건 쉽게 이해하겠는데 굳이 '비극'은 왜 붙였을까. 피카소는 비교적 풍요로운 일생을 누리다 세상을 떠난 예술가가 아니던가. 1년 만에 다 그렸다는 100여 점의 작품을 둘러보면서 피카소가 당시 일기를 쓰듯 매일 그림을 그렸다는 문구가 눈에 들어왔다.

> I paint the way some people write an autobiography.
> The paintings, finished or not, are the pages from my diary.
> 나는 사람들이 자서전을 쓰는 것처럼 그림을 그린다.
> 그 그림들은, 완성이 됐든 안 됐든, 나의 일기와 같다.

파블로 피카소라면 미술에 전혀 관심이 없어도 그 이름만은 모르는 사람이 없을 정도로 유명하다. 작품 한두 점을 제외하고는 그의 화풍을 그리 좋아하는 편이 아닌 나도 그에 관한 교과서적 지식 정도는 갖고 있었다. 스페인 말라가가 고향이고, 20세기를 대표하는 입체주의 화가. 스페인 내전 당시 나치의 민간인 폭격을 고발한 「게르니카」를 그렸고, 화려한 여성 편력이 있으며, 사랑했던 많은 여인들을 모델로 삼았다. 그는 일찌감치 명성을 얻어 살아생전 부유했고, 90세가 넘도록 오래오래 살면서 다작을 했다. 오래 산 데다 매일 일기를 쓰듯 그림을 그렸다니 작품이 많은 만큼 유명해지기도 쉬웠을 거란 생각이 들었다. 역시 사람은 오래 살고 볼 일이다.

유독 많은 관람객들이 몰려들어 한참을 쳐다보고 있던 그림이 있었다. 뭔가 싶어 다가가보니 「꿈」이라는 제목의 작품이었다. 미술관을 다니다보면 사람들의 관심을 많이 받는 작품이 꼭 한두 점씩 있기 마련이다. 그럴 때마다 그 작품의 매력이 뭘까 궁금해진다. 「꿈」은 신기하게도 볼수록 예쁘고 신비로웠다. 입체주의 화가답게 대상을 조각조각 날카롭게 분할해서 표현한 다른 그림들과는 사뭇 달랐다.

그림 속 여자는 둥근 곡선으로 표현되어 있다. 오뚝한 콧날을 중심으로 여자의 얼굴이 반으로 분할되어 있는데, 자세히 보면 위로 향한 얼굴의 반쪽에는 입가에 황홀한 미소가 묻어나 있다. 반대로 아래쪽 얼굴의 입술은 그저 무미건조한 일직선으로 표현되어 있다. 아래쪽은 잠이 든 현실 속 얼굴, 위쪽은 아마도 기분 좋은 꿈을 꾸고 있을 여자의 무의식을 표현한 것이 아닐까.

그림 옆에 붙은 작품 설명을 읽었다. 1932년 피카소가 파리에서 그렸다는 「꿈」의 주인공은 피카소의 어린 연인이었던 마리테레즈 발테르Marie-Thérèse Walter다. 피카소는 사랑하는 그녀와 육체적으로 함께할 수 없는 안타까움을 견디려는 듯 여자의 얼굴 반쪽을 마치 남자의 발기한 성기 형상처럼 표현했다고 한다. 노골적인 해설을 읽고 다시 그림을 보니 꽤나 도발적으로 보였다.

많은 화가들이 연인을 모델로 그림을 그렸다. 그래서 누가 일러

파블로 피카소, 「꿈」, 캔버스에 유채, 130×97cm, 1932년, 개인 소장

주지 않아도 보는 이들은 작품에 한껏 녹아 있는 작가의 열정과 애정에 끌리곤 한다. 구글 검색 창에 그녀의 이름을 쳐봤다. "프랑스인으로 피카소의 모델이자 연인"이라고 정의되어 있다. 1927년부터 1935년까지 피카소의 정부이자 모델이었고, 피카소와의 사이에서 딸 마야를 낳았다. 45세의 피카소가 여전히 첫번째 부인 올가와 살고 있을 때 열일곱 살이던 마리테레즈와 처음 만났고 둘은 사랑에 빠졌다. 피카소는 그녀를 작품을 위한 영감의 원천으로 삼았다. 많은 관람객이 한동안 자리를 뜨지 않고 이리저리 뜯어보던 그림에 얽힌 이야기다. 이번 전시회 제목에 '비극'이 포함된 것도 마리테레즈 때문이라는 걸 알게 됐다. 그녀는 피카소가 100여 점의 작품을 남겼던 1932년, 강에서 수영을 하고 난 뒤 심각한 병에 걸려 피카소의 마음을 아프게 했다.

기념품숍에서 이 그림의 복제화 한 점을 샀다. 여자의 반쪽 얼굴에 어려 있는 미소가 참 좋았다. 꿈을 꾸고 있기에 번지는 미소다. 나머지 반쪽 얼굴과 비교해보면 꿈을 꾸는 얼굴이 얼마나 예쁘고 신비로운지 금방 알 수 있다. 사람들이 그림 앞으로 모여들었던 이유를 알 것 같다. 나도 계속 꿈을 꾸고 싶다.

빅토리아와 앨버트가
롤모델인 나라

대중은 도덕적이고 규범적인 빅토리아 여왕과 앨버트 공을
가정생활의 롤모델로 삼았고, 지금도 영국인들은 빅토리아시대에
큰 자부심을 갖고 있다.

런던 사우스켄싱턴에 있는 빅토리아앨버트박물관(V&A)은 참 로맨틱한 곳이다. 부부였던 두 사람의 이름을 따 박물관 이름을 지었으니, 사람들이 이 박물관을 말할 때마다 늘 두 사람이 함께 불린다. 영국의 빅토리아 여왕과 남편 앨버트 공은 죽어서도 함께하는 금실 좋은 부부다.

V&A는 앨버트 공이 런던 만국박람회를 개최한 이듬해인 1852년에 처음 문을 열었다. 박람회의 성공과 예술적 긍지가 박물관 설립의 바탕이 됐다. 각종 금속공예, 장식미술품을 비롯해 조각과 회화작품이 다양하게 전시되어 있는데, 처음 이곳을 방문했을 때는 휘황찬란한 전시품들의 압도적 규모에 넋을 잃을 정도였다. 특히 미켈란젤로의 「다비드」 조각상 등 유명 예술작품을 그대로 복제해 전시해둔 '캐스트코트cast court'가 인상적이었다. 해외에 흩어져 있는 예술품들을 직접 감상하기 어려운 가난한 미술학도들이 실물과 꼭 같은 작품을 가까이에서 보고 연구할 수 있도록 돕겠다는 취지다. V&A의 한국관 큐레이터 로잘리 킴은 "이곳 복제품들이 워낙 정교하고 똑같이 만들어져 있어서 작품을 가까이에서 들여다보고 공부하기엔 진품을 보는 것보다 더 효율적이다"라고 말했다.

박물관 안에는 마치 궁전 안에 들어온 듯한 착각을 부르는 고풍스러운 카페도 있다. 박물관에 생긴 최초의 카페라는데, 그 역사가 150년이 넘었다. 이곳에 가면 나는 꼭 크림티를 먹었다. 영국에서는 우유를 끓여 만든 클로티드 크림과 딸기잼을 곁들인 스콘, 여기에 홍차를 세트로 묶은 메뉴를 크림티라고 부른다.

프란츠 자버 빈터할터, 「빅토리아 여왕 가족의 초상」,
캔버스에 유채, 250.5×317.3cm, 1846년, 로열컬렉션, 런던

1837년부터 1901년까지, 빅토리아 여왕이 재임했던 시기는 이른바 '대영제국'의 절정기였다. 과학과 산업이 발달하면서 중산계급이 부유해졌고, 엄격한 도덕과 개인의 노력이 추앙받던 시대였다. 특히 대중은 빅토리아 여왕과 앨버트 공을 가정생활의 롤모델로 삼았다. 앙드레 모루아는 『영국사』에서 "영국인이 국왕의 가족생활을 자신들의 가족생활과 관련이 있는 것으로 생각하게 된 것은 빅토리아 여왕 때부터였다"고 통찰한다. 도덕적이고 규범적인 두 사람의 가정생활이 일반인에게도 이상적인 본보기가 됐다는 것이다. 지금도 영국인들은 빅토리아시대에 큰 자부심을 갖고 있다. 런던을 돌아다니다보면 하루에도 몇 번씩 '빅토리아'를 보거나 듣게 된다. 지하철에는 '빅토리아라인'과 '빅토리아스테이션'이 있고, '로열앨버트홀'이나 '앨버트브리지'처럼 여왕의 남편 이름을 딴 것들도 많다. 2019년에도 빅토리아와 앨버트의 사랑 이야기를 소재로 한 TV 드라마가 방영됐고, 서점 한쪽엔 빅토리아 여왕이나 빅토리아시대와 관련한 책들로 가득한 코너가 있다.

적통 후사가 없던 삼촌 윌리엄 4세의 죽음으로 빅토리아가 왕위를 물려받은 것은 1837년, 그녀의 나이 열여덟 살 때다. 태어난 다음해 아버지를 여의고 야심 많은 독일계 어머니의 엄격한 통제와 훈육 속에서 외롭게 자란 빅토리아는 여왕에 오른 뒤 외사촌 앨버트와 결혼했다. 청혼은 빅토리아가 했다. 둘 사이에서 태어난 자식은 모두 아홉 명이나 된다. 앨버트는 빅토리아와 결혼한 직후부터

ⓘⓢ Shisha-Tom

적갈색 건물이 예찬하면서도 고요한 느낌을 주는 켄싱턴궁전.
동쪽 앞마당에는 빅토리아 여왕의 딸 루이즈가 세운
빅토리아의 석상이 초연히 자리하고 있다.

왕실과 정부 대소사에 직접 관여했고, 빅토리아의 임신 기간에는 여왕의 업무를 대행하는 일도 잦았다. 1851년 영국이 세계 최초로 개최해 600만 명이 넘는 방문객을 모으며 대성공을 거뒀던 만국박람회는 앨버트 공의 최대 공적으로 꼽힌다.

빅토리아는 공사를 아울러 언제나 자신의 최대 조력자였던 앨버트를 열렬히 사랑했고, 모든 것을 의지했다. 하지만 앨버트 공은 42세의 젊은 나이에 장티푸스로 세상을 떠났다. 남편이 죽은 후 빅토리아는 '행복했던 내 인생은 끝났다'고 생각했다. 혼자 공식석상에 나가길 거부했고, 오랫동안 여왕의 업무에 성실하지도 않았다. 빅토리아는 앨버트가 죽고 40년을 더 살았다. 사는 동안 내내 그를 그리워했다.

빅토리아가 태어나고 자란 곳, 그리고 자신이 여왕의 지위를 물려받게 됐다는 소식을 들은 곳이 바로 지금의 켄싱턴궁전이다. 끝없이 펼쳐진 푸른 잔디와 호수, 그 위를 떠다니는 백조들이 그림 같은 풍경을 만들어내는 곳이다. 적갈색 건물이 애잔하면서도 고요한 느낌을 풍긴다. 동쪽 앞마당에는 빅토리아 여왕의 딸 루이즈가 세운 빅토리아 석상이 초연히 자리하고 있다.

건물 안으로 들어가 계단을 한 층 올라가면 가장 처음 마주하는 방의 이름이 '레드살롱Red Saloon'이다. 삼촌 윌리엄 4세가 사망하고 왕위를 물려받았던 1837년 6월 20일 아침, 여왕 빅토리아는 이 방에서 처음으로 정치자문단인 추밀원을 소집했다. 시간을 거꾸로 돌려 그날을 소환하기라도 하듯 방 한쪽 벽에는 그날의 모습을 묘사한 그림이 걸려 있다. 당대 영국의 유명 풍속화가였던 데이비드 윌키David Wilkie가 그린 「빅토리아 여왕의 첫 자문회의」다. 그림에서는 빅토리아 혼자 눈에 띄는 하얀 드레스를 입고 있다. 실제로 당시 빅토리아는 삼촌의 사망을 애도하며 검은 상복을 입고 있었다고 한다. 하지만 윌키는 검정 코트를 입은 다른 의원들에 대비해 여왕을 부각시키려는 의도로 옷 색깔을 바꿨다.

켄싱턴궁전이 발행한 기념 책자에는 "18세의 여왕이 나이 많고 경험 많은 남자들에게 둘러싸여 있다"고 묘사하고 있다. 그림 가운데서 종이를 쥐고 빅토리아를 바라보며 서 있는 남자는 당시 휘그당 당수로 수상을 맡고 있던 멜번 경이다. 이날 멜번 수상은 빅토리아가 여왕으로서의 의무에 충실할 것을 약속하는 짧은 연설 원고를 써왔다고 한다. 박지향 교수는 『클래식 영국사』에서 "여왕은 처음에는 휘그당 정치인 멜번에게 전적으로 의지했기 때문에 국민으로부터 '멜번 부인'이라는 야유를 받기도 했다. 그러나 곧 독일 작센-코부르크-고타의 앨버트 공과 결혼하면서 그의 영향력하에 들어갔다"고 기술하고 있다.

"나이 많고 경험 많은 남자들" 속에 에워싸여 있던 18세의 여왕 빅토리아. 왕실은 그날 빅토리아에 대해 "완벽하게 침착하고 냉정하게 모든 의식을 치러냈다"고 되새기고 있지만, 그녀가 얼마나 큰 긴장과 떨림을 안고 왕위에 올랐을지 짐작해봤다. 최고 권위에 수반되는 막중한 부담감은 아무리 먼 옛날로 거슬러 올라간다 해

데이비드 윌키, 「빅토리아 여왕의 첫 자문회의」,
캔버스에 유채, 152.7×239.0cm, 1838년, 로열컬렉션, 런던

도 열여덟의 나이로 감당하기엔 벅찬 소명이 아니었을까. 이 때문에 그녀는 영원히 자기편이 되어줄 수 있는 사랑을 찾아 책임과 권한과 부담을 나누고 싶었을지도 모른다. 앨버트는 그런 빅토리아의 남편이 되어 지위를 얻고 꿈을 실현하고 싶었을지도 모른다.

앨버트 공이 살아생전 구상했던 런던의 대표적 공연장은 앨버트 사후 10년째 되던 1871년에 '로열앨버트홀'로 완성되어 마침내 그 모습을 드러냈다. 로마시대 원형극장을 본떴다는 이곳의 3층 바에서 창밖을 내다보면 빅토리아가 앨버트를 기리며 세웠다는 그의 기념비가 찬란한 황금빛 위용을 자랑한다. 로열앨버트홀에서는 매년 7~9월에 'BBC프롬스BBC PROMS'가 열린다. 클래식 음악의 대중화를 기치로 내건 음악 축제다. 2018년에는 피아니스트 조성진이 쇼팽의 「피아노 협주곡 2번」으로 프롬스에 데뷔했다. 나는 로열앨버트홀에서 조성진의 피아노 연주를 처음으로 직접 들었다. 낮 공연이어서 끝나고 밖으로 나왔는데도 여전히 날이 밝았다. 햇살을 받아 환히 빛나던 앨버트 공의 황금 기념비가 종종 떠오른다.

시간과 의미는
비례한다

_____

『어린 왕자』에서 여우는 이렇게 말했다.
"네 장미꽃을 그토록 소중하게 만든 건 그 꽃을 위해
네가 소비한 시간이야"라고.

생텍쥐페리가 쓴 『어린 왕자』에서 내가 제일 좋아하는 대목은 '장미꽃 이야기'다. 여우는 어린 왕자에게 이렇게 말했다. "네 장미꽃을 그토록 소중하게 만든 건 그 꽃을 위해 네가 소비한 시간이야"라고. 나도 모르게 '시간과 의미는 비례한다'는 신념을 갖고 살아온 건 아마도 여우의 이 말 때문이었던 것 같다. 나는 짧고 굵은 집중의 효율보다는 긴 시간을 오래 투자하는 끈기를 더 믿는 편이다. 어린 왕자가 장미꽃을 보호하기 위해 물을 주고 벌레를 잡아주며 썼던 시간이 차곡차곡 쌓인 덕분에, 마침내 자신에게 유일무이한 장미꽃을 얻었음을 기억하고 살아간다. 일이든, 놀이든, 사람이든 어쩌면 우리는 시간을 투자하는 만큼 더 좋아하게 되는지도 모른다.

런던 연수 기간 내내 취미를 위해 소비할 수 있는 시간이 많아져서 좋았다. 그동안은 "그림 보는 게 취미예요"라고 말하려 해도 취미 활동에 시간을 많이 투자하지 못하고 있다는 생각에 머뭇거리곤 했다. 하지만 이젠 자신 있게 내 취미를 말할 수 있게 됐다. 그림을 보러 다니고, 그림 하나하나에 애정을 쏟는 시간이 많아질수록 그림은 내게 점점 더 큰 의미가 됐다. 더구나 런던은 그림을 보고 즐길 수 있는 기회가 무궁무진한 곳이었다. 오래 추억하고 평생 사랑하고 싶어서 나는 그림을 보는 일에 아낌없이 시간을 투자했다.
런던 트라팔가광장에 있는 내셔널갤러리는 수많은 미술관 중에서도 내가 가장 좋아했던 곳이다. 주중에는 늘 무료 가이드 투어가 제공됐는데 틈만 나면 따라다녔다. 갤러리에 소속된 10여 명의 큐레이터들이 돌아가면서 투어를 진행했고, 보통 한 시간 동안 대여 섯 개의 작품을 설명했다. 각국에서 온 여행자들이 투어에 많이 참여했지만, 의외로 런던 현지인들의 비율도 높았다. 가이드는 "정기적으로 갤러리를 방문하는 사람들이 많기 때문에 다양한 그림을 번갈아 소개한다"고 말했다. 여름 성수기에는 외부 자원봉사자들도 가이드로 참여했다.

런던에 온 지 얼마 안 된 어느 여름날, 내셔널갤러리를 찾았다. 그날의 가이드는 '앨리스'라는 중등 교사였다. 그녀가 자신의 "인생 그림(all time favorite)"이라고 말한 렘브란트의 자화상은 그날 이후 내게도 인생 그림이 됐다. 렘브란트가 숨진 해인 1669년, 63세였던 화가 자신의 모습을 그린 그림이다. 앨리스는 같은 전시실에 있던 렘브란트의 30대 젊은 시절 자화상과 비교하며 설명했다. 그림 두 점으로 부와 가난, 자만과 겸손, 젊음과 늙음의 의미가 보란 듯이 되살아났다. 나는 그날 이후 내셔널갤러리에 갈 때마다 꼭 렘브란트의 두 자화상 앞에서 오래 머물렀다. 어떤 그림 앞에서 시간을 보낼 수 있다면, 그 그림은 어떤 식으로든 의미를 던진다는 걸 알게 됐다. 내셔널갤러리 외에도 테이트모던과 테이트브리튼, V&A, 월리스컬렉션 등 런던의 주요 미술관들은 대부분 매일 무료 투어를 진행했고, 나는 이곳저곳을 쫓아다니며 시간을 할애했다. 그러면서 내게 의미를 갖게 된 그림들이 하나둘 늘어갔다.

영국 왕립미술원이라고도 하는 로열아카데미에서는 아예 단기 과정을 수료했다. 시간에다 돈까지 투자한 궁극의 열정이었다. 2018년에 설립 250주년을 맞았던 로열아카데미는 영국의 대표적 엘리트 미술기관이다. 1768년 조지 3세가 인가했던 왕립미술원이라는 사실에 막연한 환상마저 갖고 있던 나는 어떻게든 이곳에서 뭔가를 배워보고 싶었다. 주 1회씩 10주짜리 강좌를 찾아냈고, 들어보자며 신나게 돈을 냈다.

강좌 제목은 '도난당했다! 어떻게, 언제, 그리고 왜?(Stolen! How, when and why?)'였다. 도난당한 적이 있는 그림들에 관해 이야기를 들려주는 수업이었다. 레오나르도 다빈치의 「모나리자」를 비롯해 렘브란트, 카라바조, 터너, 뭉크, 고흐 등 대가들의 작품이 얼마나, 어떻게 도난당했고, 범인은 잡혔는지 말았는지, 어떻게 되찾았는지 등에 관한 내용을 들을 수 있었다. 피어스 브로스넌이 억만장자 그림 애호가이자 도난범으로 나왔던 1999년 영화 「토마스 크라운 어페어」를 재밌게 봤던 내가 그림 도둑에 일종의 환상을 갖고 선택한 강좌였다.

물론 현실이 영화와 같지는 않았다. 어쨌든 수업을 듣고 그림을 보니 훨씬 흥미로웠다. 예를 들어 런던 내셔널갤러리에 있는 고야의 「웰링턴 공작의 초상」, 런던 덜위치갤러리에 있는 렘브란트의 「야코프 데 헤인 3세의 초상」, 파리 루브르박물관에 걸려 있는 다빈치의 「모나리자」 등이 도둑맞았다 되돌아온 그림이다. 모두 크기가 작은 그림이라는 점, 도난 사건에 연루되지 않았더라면 덜 유명했을 거라는 점 등의 공통 사항이 있었다. 런던에 올 예정이었던 엄마

렘브란트, 「야코프 데 헤인 3세의 초상」,
오크패널에 유채, 29.9×24.9cm, 1632년, 덜위치갤러리, 런던

에게 부탁해 조슈아 넬먼의 저서 『사라진 그림들의 인터뷰』도 공수해 읽었다. 2014년에 한국어판이 나왔지만 미처 읽어보지 못한 책이었다. 본문 중 「네 번이나 도난당한 렘브란트의 초상화」의 내용은 수업 시간에도 다뤘던 대목이다.

> 덜위치미술관에 소장된 렘브란트의 초상화는 훔치기 쉽기로 아주 유명했다. 그도 그럴 것이 액자가 달랑 고리 두 개에 의지해서 벽에 걸려 있었기 때문이다.
>
> _조슈아 넬먼 지음, 『사라진 그림들의 인터뷰』(이정연 옮김, 시공아트, 2014)

덜위치갤러리를 찾아갔다. 네 번이나 도난당했다 되찾은 그림이 어떻게 걸려 있는지 직접 확인하고 싶었다. 렘브란트가 자신의 가까운 친구이자 판화가였던 야코프 데 헤인 3세를 그린 이 작품은 액자를 한 손으로도 얼마든지 들 수 있는 작은 사이즈였다. 하지만 남자의 머리카락이나 옷깃의 털 한 올 한 올까지 모두 살아 있는 섬세한 그림이었다. 다만 더이상 도난당하지 않겠다는 강한 의지라도 담긴 듯 그림은 아예 벽에 고정된 상태였다. 더이상 "고리 두 개에 의지해" 있지 않았다. 수업을 듣고, 책을 읽고, 미술관을 찾아가 직접 보는 것으로 완벽하게 경험한 이 그림을 잊지는 않을 것 같다. 화집에서 한번 보고 스쳤다면 큰 관심을 두지 않았을 낯선 남자의 초상이 이젠 내게 특별한 의미로 남게 됐다.

로열아카데미 수업을 들으면서 돈을 내고 강의를 들으러 오는 미술 애호가들을 구경하는 것도 또다른 재미였다. 영국 외교부에서 근무하고 있다는 젊은 여성 공무원, BBC에서 프로듀서로 일하다 그만두고 시간이 많아져 강의를 즐긴다는 중년 남성, 그리고 옥스퍼드에서 런던까지 한 시간 넘게 기차를 타고 강의를 들으러 오는 할머니 등 그림과 관련된 일을 하지 않는 다양한 사람들이 취미를 위해 시간을 투자하고 있었다. 일이 아닌 취미를 즐기고 있어서 더욱 빛났던 것일까. 그들은 매 수업 시간마다 자신의 생각과 궁금증을 거침없이 털어놓으며 열정과 에너지를 발산했다.

테이트모던은 2019년 여름 '최후의 인상주의 화가'로 불리는 피에르 보나르Pierre Bonnard의 특별전을 앞두고 '천천히 보기' 이벤트를 준비했다. 하나의 작품을 제대로 감상하려면 최소한 30분 정도를 투자하라는 의도였다. 그림 앞에서 단순히 색깔과 분위기를 느끼는 것을 넘어서 기법, 구도, 이미지까지 찬찬히 생각해볼 수 있어야 한다는 것이다. 그제야 비로소 그림 보기는 세상을 보는 관점까지 바꿀 만한 유의미한 행위가 된다고 했다. 테이트모던의 큐레이터 매슈 게일은 『이브닝 스탠더드』와의 인터뷰에서 이번 기획에 대해 "요즘 같은 시대엔 일종의 도전"이라고 말했다. 최근 뉴욕 메트로폴리탄미술관의 조사에 따르면 관람객이 그림 앞에서 보내는 시간이 평균 '28초'에 불과하다는 근거를 들었다. 대부분 휴대폰으로 그림을 찍고 자리를 옮겨가기 바쁘기 때문이다. 어떤 그림이라도 단 28초만으로는 보는 이에게 특별한 기억으로 남기 어려울 것이다. 나는 테이트모던이 준비한 '천천히 보기' 투어를 신청했다. 어쩌면 피에르 보나르의 작품도 하나쯤은 내가 평생을 두고 좋아하게 될지 모를 일이었다.

런던에 사는 동안 내게 소중해진 그림들이 여럿 생겼다. 그림을 보고 알아가는 데 시간을 많이 투자했기 때문이다. 인생에서 소중한 게 늘어난다는 건 참 든든한 일이다. 어린 왕자가 자신의 장미꽃을 가졌을 때도 이런 느낌이었겠지. 전보다 더 부자가 된 것 같다.

모네는 런던의 겨울을
좋아했다는데

구름과 안개가 많은 회색빛 도시 런던은 흐린 와중에도
구름 사이를 비집고 든 햇빛이 시시각각 왔다가기를 반복했다.

프랑스 인상주의 창시자 클로드 모네Claude Monet는 런던의 겨울을 좋아했다. 특히 자욱한 안개로 가시거리가 뚝 떨어지고 모든 사물의 윤곽이 흐릿해지고 마는 특유의 풍경에 압도당했다. "미묘하게 변하는 회색빛에 매료됐다"거나 "화가에겐 정말 멋진 곳"이라고 예찬했다. 워털루브리지와 템스강, 웨스트민스터사원과 국회의사당 등 런던의 주요 명물을 그린 그의 그림들을 보노라면 흐린 날의 안개가 시공간을 초월해 프레임 밖으로 번져나올 것만 같은 인상을 받는다. 모네는 "안개 없는 런던은 아무런 매력이 없다"고 말할 정도였다. 1899년 런던에서 공부하게 된 아들을 따라온 모네는 코번트가든 근처의 고급 호텔인 사보이호텔 6층에 머물면서 템스강을 그렸다. 그곳에서 바라보는 경치는 장관이었다. 인상주의의 거장은 빛에 따른 순간적인 색채 변화를 캔버스로 옮기기 위해 같은 자리에서 수십 장을 그려야 했다. 그리고 불평했다.

> 런던은 화가가 결코 그림을 완성할 수 없는 도시다. 결코 같은 효과를 두 번 얻을 수 없거든.

런던에서 살면서 나도 느꼈다. 구름과 안개가 많은 회색빛 도시 런던은 흐린 와중에도 구름 사이를 비집고 든 햇빛이 시시각각 왔다가기를 반복해 빛을 머금은 하늘과 그 빛을 반사하는 강물이 하루에도 수차례 모습을 바꾸는 그런 곳이라는 걸.

클로드 모네, 「런던 국회의사당」, 캔버스에 유채, 81×92cm, 1900~01년, 아트인스티튜트, 시카고

봄에 태어난 나는 맑고 따뜻한 날을 좋아한다. 계절 중에서는 불어오는 산들바람에서도 햇살이 느껴지는 봄이 제일 좋고, 여름과 겨울 중에서 하나를 고르라면 겨울보다는 여름이 좋다. 밝고 환하기 때문이다. 모네와 같은 예술가적 기질이 내겐 없는 탓인지, 나는 런던의 겨울에 그렇게 반하지 않았다. 아침에 일어나 창밖을 보면 자욱한 안개가 하늘과 강의 경계마저 흐릿하게 만든 풍경이 내 마음마저 가라앉게 만들었다. 마치 구름 속에 들어온 듯 몽환적인 분위기는 종종 센티멘털한 감정을 불러왔지만 사색보다는 우울감을 조장하는 경우가 많았다. 오후 네 시만 넘어도 금세 어둑해져 곧 깜깜해지는 하루가 너무 짧게만 느껴졌다. 서머타임이 끝나는 11월부터 4개월 정도는 전반적으로 이런 날씨가 계속됐다.

다행스러웠던 건 이 시기에 엄마와 딸이 나와 함께 런던에 있어 줬다는 것이다. 우리는 수시로 런던을 떠나 여행을 다녔기 때문에 잿빛 도시가 주는 괜한 쓸쓸함도 큰 문제가 되지 않았다. 그런데 런던의 겨울은 이 도시에 오래 거주해온 현지인들에게도 침체기인 듯했다. 신문이나 방송에서는 일조량과 야외 활동이 줄어들어 겪게 되는 '겨울 우울증Winter Blues'에 대한 조언들을 내놨다. 특히 크리스마스와 새해 휴가 시즌이 끝나는 1월 2일부터는 아예 '1월 우울증January Blues'이라는 용어가 등장했다. "1월 우울증을 타파하는 공연표를 예매하라"거나 "1월 우울증 치료에 좋은 향수를 써보라"는 광고 메일이 날아들었다. 나의 그림 선생님 게일은 "크리스마스 휴가 시즌이 다 끝나고 날도 어둡고 재밌는 일도 없어서 겪는 우울감

비 오는 날 타워브리지 풍경.
모네와 같은 예술가적 기질이 내겐 없는 탓인지
나는 런던의 겨울에 그렇게 반하지 않았다.

이 '1월 우울증'이죠"라며 고개를 끄덕였다. 그러고 보니 영국 대형 마트들은 9월부터 크리스마스 용품을 진열하기 시작했다는 사실이 떠올랐다. 긴 축제가 끝나고 어둠이 찾아온 것이다.

영국 인류학자 케이트 폭스는 자신의 책『영국인 발견』에서 외국인이 영국에서 날씨에 대해 불평하는 건 큰 실례가 된다고 했다. 영국인들은 그들의 날씨를 마치 '가족'처럼 생각하기 때문이다. 설령 영국인이 스스로 날씨에 대해 불평을 늘어놓을지라도 그렇다. 자기 자식이나 부모에 대해 불평하는 사람들도 남이 자기 가족을 비판하는 것을 받아들이고 싶어 하지 않는 것과 같은 이치다.

그렇다면 영국 날씨의 어떤 점이 비판(?)거리가 될 수 있을까. 일단 영국은 1년 내내 날씨에 급격한 변화가 없다. 극도로 덥다거나 춥지도 않을뿐더러, 폭풍이 몰아치거나 눈이 내리는 경우도 그리 많지 않다. 전 세계가 폭염에 시달리던 2018년 여름, 내가 처음 런던에 도착했을 때 일주일간 머물렀던 레지던스는 최근에 지은 현대식 건물임에도 불구하고 에어컨이 없었다. 당시 런던에도 30도에 육박하는 기록적인 폭염이 찾아왔던 탓에 나와 가족들은 "어떻게 호텔급 레지던스에 에어컨이 없을 수 있느냐"고 따지기도 했다. 알고 보니 런던의 일반적인 가정집에는 에어컨이 설치되지 않은 곳이 더 많았다. 여름이라고 에어컨을 꼭 켜야 할 만큼 더운 나라가 아니었던 것이다.

그러고 보니 나도 런던에서 5개월 이상 줄곧 검정색 가죽 패딩을 입고 다녔다. 같은 외투를 입고도 추위를 견디고 더위를 타지 않을 정도였으니 날씨가 비교적 온화하다는 걸 직접 검증한 셈이다. 서머타임이 끝나갈 무렵인 10월 하순쯤 되면 반팔을 입은 사람과 패딩 코트를 입은 사람을 동시에 볼 수 있다. 사람에 따라 체감온도가 다르기 때문에 나타나는 현상인데, 그만큼 어떤 옷을 입어도 적당히 견딜 만한 날씨라는 방증이다.

영국인의 대표적 특성으로 "해를 보자마자 여름 옷 입기" "날씨에 관해 오래 얘기할 수 있는 능력" 등을 꼽는 것만 봐도 영국적인 삶과 날씨가 얼마나 큰 연관이 있는지 알 수 있다. BBC 뉴스를 틀어놓으면 일기예보가 거의 30분 단위로 방송된다. 나는 기상 캐스터가 "서니 스펠Sunny Spell"이라고 말하는 걸 들으면 기분이 좋았다. 햇살 많은 화창한 날씨라는 의미니까. 그런 날은 갑자기 떨어지는 빗방울을 염려해 우산을 챙길 필요도 없다. 하긴, 영국 사람들은 그냥 비를 맞는 것도 예사다.

사계절이 포함된 한 해를 놓고 보면 전체 기온의 변화가 크지 않지만, 하루 단위 안에서 완벽하게 오락가락하는 게 런던의 날씨이기도 하다. 런던에 살면서 자주 하늘을 올려다보는 습관이 생겼다. 곧 비가 내릴지 금방 해가 날지 하늘을 보면 얼추 가늠할 수 있기 때문이다. 그런데 어리둥절할 때도 많았다. 이쪽 하늘에선 짙은 먹구름이 강의 수면까지 내려오는 듯해도, 저쪽 하늘을 보면 솜사탕 같은 흰 구름 사이로 오렌지색 햇살이 비치고 있었으니 말이다. 신기하고 예뻐서 자꾸 바라보게 됐는데, 그때마다 마치 런던이 내게 주는 선물 같다는 자기중심적 감상에 빠졌다.

영국의 대표적 풍경화가 존 컨스터블의 그림을 보면 전형적인 영국 하늘이 어떤지를 알 수 있다. 컨스터블의 「건초 마차」는 내셔널갤러리에서 투어 가이드가 꼭 소개하는 그림이기도 하다. "영국 풍경화 중 가장 많이 복제되는 작품"이라거나 "이 그림을 모르는 영국인은 없을 것"이라고 설명한다. 컨스터블이 어린 시절을 보낸 고향, 잉글랜드 동남부 서픽의 여름 풍경이다. 농업지역인 서픽은 특히 변화무쌍한 날씨가 특징이다. 그림을 보면 여기엔 먹구름, 저기엔 흰 뭉게구름, 그 옆엔 파란 하늘이 모두 들어 있다. 자연을 관찰하고 세밀하게 묘사했던 컨스터블의 화풍은 프랑스 인상주의 화가들에게도 큰 영향을 주었다. 모네는 런던에서 머물던 시기에 컨스터블의 작품을 보고 많은 영감을 받았다고 한다.

19세기까지만 해도 풍경화는 신화나 종교, 역사 등을 소재로 한 그림에 밀려 가장 낮은 층위의 그림으로 치부됐다. 하지만 컨스터블의 그림에 많은 사람들이 감탄하면서 풍경화의 위상도 올라갔다. 컨스터블은 「건초 마차」를 기억에 의존해서 그렸다. 풍경을 눈앞에 두고 그대로 그려낸 것 같지만 아니었다. 그는 춥고 조용한 런던의 스튜디오 안에서 예전에 했던 스케치를 바탕으로 추억을 되살려 그림을 완성했다. 시시각각 표정을 바꾸는 하늘, 그 하늘이 비치는 강물, 오두막집과 붉은 벽돌 지붕, 강아지와 마차를 끄는 말……. 유년 시절 눈에 담아두었던 시골 풍경의 다채로운 색감을 이렇게 고스란히 되살릴 수 있다니, 그의 붓에 그리움이 실려 있었음이 분명하다.

영국은 3월 마지막 일요일부터 다시 서머타임이 시작되어 한 시

존 컨스터블, 「건초 마차」, 캔버스에 유채, 130×185cm, 1821년, 내셔널갤러리, 런던

간이 앞당겨진다. 그러면 한국과는 여덟 시간 차이로 좁혀지고, 해가 점점 길어진다. 글을 쓰는 지금은 4월 중순인데 저녁 여덟 시가 넘어도 날이 환하다. 다시 햇살이 많아진 런던을 즐기게 돼서 행복하다. 런던의 여름은 밤 열 시가 다 되도록 날이 밝아 하루 네 번쯤 밥을 챙겨 먹어도 이상하지 않다.

가장 비극적인
왕의 마지막 순간

시간이 흐르면 사람들은 종종 희극보다
비극 앞에서 더 많은 생각을 하게 된다.

2월 하순으로 접어들자 런던에는 완연한 봄이 찾아왔다. 겨울에도 서울보다 10도 이상 높은 날씨를 보일 때가 많은데 봄이 찾아오는 속도도 런던이 서울보다 빠른 것 같다. 바람과 공기에 묻어나는 봄 냄새가 또 새로운 시작을 알리고 있다. 내가 좋아하는 냄새이고, 왠지 모르게 설렌다. 봄은 여자의 계절이라는 말도 있다지.

웨스트민스터역을 나서자 의회광장 쪽에 우뚝 서 있는 윈스턴 처칠의 동상이 보인다. 지팡이를 들었지만 그 위용이 늠름하다. 영국 여성운동가 밀리센트 포셋, 영국에 대항했던 인도의 지도자 마하트마 간디, 노예해방을 이룬 미국 대통령 에이브러햄 링컨, 남아프리카공화국 최초의 흑인 대통령 넬슨 만델라 등 인류 역사에 한 획을 긋고 간 이들의 동상이 차례로 눈에 들어온다. 무수한 고통과 영광의 순간들을 함께 겪은 그들의 삶은 시간이 흘러도 이렇게 기억되고 있다. 하늘은 파랗고 구름은 하얗고 2층 버스는 빨갛고 햇살은 눈부신 오늘 같은 날 런던 거리를 걷는다는 건 정말 행운이다.

의회광장 맞은편으로는 국회의사당 건물인 웨스트민스터궁이 있다. 국회의사당 북쪽 끝에 있는 런던의 명물 시계탑 빅벤은 한창 보수공사 중이라 내가 런던에 있는 내내 볼 수 없다는 점이 아쉽기만 하다. 대신 국회의사당 주변에 늘어선 브렉시트 찬반 피켓들이 늘 소란스럽게 눈길을 끈다. "투표를 다시 하자"거나 "우린 이미 유럽연합을 떠나기로 했다"는 날선 주장들이 수개월째 양보 없이 대치 중이다.

OLIVER
CROMWELL

1599
1658

올리버 크롬웰 동상 ⓕⓞPrioryman

국회의사당 펜스 너머로 올리버 크롬웰의 동상이 보인다. 청교도 혁명을 일으켜 왕권신수설을 신봉하던 찰스 1세를 처형하고 공화정의 수장이 된 인물. 그는 국가 최고 권력을 왕으로부터 의회로 이동시켰다. 영국 의회민주주의의 초석을 다졌다는 평가를 받는다. 하지만 크롬웰 자신도 결국 또다른 독재자로 변모했다. 왕정복고라는 반작용이 뒤따랐다. 찰스 1세의 아들 찰스 2세는 오랜 망명생활을 끝내고 환호를 받으며 돌아왔고, 크롬웰을 부관참시하는 것으로 보복의 역사를 썼다. 아들은 아버지를 생각하며 칼을 벼렸다. 아버지 찰스 1세는 영국 역사상 의회 재판으로 단두대에서 목이 잘린 유일한 왕이었다. 지금 나는 그가 처형을 앞두고 단두대로 나가기 전 마지막 순간에 머물렀던 장소를 찾아가고 있다. 시간이 흐르면 사람들은 종종 희극보다 비극 앞에서 더 많은 생각을 하게 된다.

의회광장에서 트라팔가광장 쪽으로 뻗은 화이트홀 거리를 따라 걸었다. 목적지로 삼은 '방케팅하우스Banqueting House'가 나왔다. 찰스 1세의 아버지 제임스 1세 시절인 1622년 런던에서 처음으로 고대 로마의 고전주의 양식으로 지은 건축물이다. 화려한 가면극과 음악, 춤을 즐기고 술을 마시던 공간이었다. 최근에는 이곳에서 패션쇼 등 각종 행사가 열리기도 하지만 관광객들에게 그리 많이 알려진 곳은 아니다. 가끔 이렇게 사람들이 덜 찾는 곳을 혼자 방문하면 뿌듯한 기분이 든다. 하지만 여기는 확실히 볼거리를 자랑하는 곳은 아니다. 사실 볼 거라곤 플랑드르 화가 페테르 파울 루벤스 Peter Paul Rubens의 천장화 딱 하나다.

루벤스의 천장화가 있는 방케팅하우스 내부.
누워서 천장을 올러다볼 수 있는 푹신한 쿠션이 군데군데 놓여 있고,
사람들은 저마다 편한 자세로 누워 천장을 올러다본다.

천장화는 방케팅하우스 2층에 장식되어 있다. 누워서 천장을 올려다볼 수 있는 푹신한 쿠션들이 군데군데 놓여 있는데, 사람들은 저마다 편한 자세로 쿠션 위에 누워 천장을 올려다보고 있었다. 낯선 광경이었다. 나도 좀 기다린 끝에 쿠션 하나를 차지했다. 털썩 주저앉아 등을 기대고 천장을 올려다보니 루벤스가 그려놓은 아홉 점의 그림이 현란하게 눈에 들어왔다. 찰스 1세가 루벤스에게 의뢰했던 그림들이다.

그는 늘 아버지 제임스 1세와 자신의 왕권을 찬양했다. 하늘이 부여한 신성한 것으로 생각했다. 17세기 유럽에서 가장 촉망받는 화가이자 유능한 외교관이었던 루벤스는 의뢰인의 구미에 딱 맞는 그림을 그려냈다. 가장 가운데 있는 그림에서 제임스 1세의 신격화는 절정에 달한다. 거대한 독수리를 탄 왕이 하늘로 오르자 지혜의 여신 미네르바와 승리의 여신 빅토리아가 왕관을 들고 기다리고 있다. 왕은 이제 곧 왕관을 쓰게 될 것이다.

신교와 구교가 대립하며 유럽 전역에서 전쟁의 소용돌이가 몰아치던 시대에 지도자에게 가장 필요한 건 지혜라는 메시지였을까. 루벤스는 유독 미네르바를 많이 등장시켰다. 홀 입구 쪽 천장화에서는 미네르바가 두 개의 왕관을 들고 와 아기의 머리 위에 씌워주려 한다. 가이드북에는 이 아기가 미래의 영국 왕이 될 찰스 2세일 것이라고 설명하고 있다. 찰스 2세는 찰스 1세가 루벤스에게 그림을 주문했던 바로 그 해인 1630년 5월에 태어났다. 왕관이 두 개인 것은 찰스 2세가 스코틀랜드와 잉글랜드를 통합한 '그레이트 브리튼Great Britain'의 대표가 될 것임을 의미한다.

1649년 1월 30일, 찰스 1세는 단두대로 향하기 전에 방케팅하우스에서 소환을 기다렸다. 한때 왕관을 썼던 아버지와 자신의 영광을 가장 아름답게 과시한 천장화 아래에서 째깍째깍 다가오는 죽음의 시간을 맞았다니 삶의 아이러니가 따로 없다. 영원하리라 믿었던 위엄은 냉혹한 현실 앞에서 무참히 무너졌다. 예술을 사랑했지만 독단에 갇혀 있었고 평생 언어장애를 겪었던 찰스 1세는 죽음을 목전에 두고서야 처음으로 제대로 된 연설을 했다고 한다. 영국인들은 이 말을 오랫동안 기억하게 된다.

> 짐은 어떠한 합법적인 권한과 절차로 짐을 이곳에 끌어왔는지 그것을 알고 싶다. 이 세상에는 좀도둑에서부터 노상강도의 권력에 이르기까지 수많은 불법적인 권력이 있다. 그 법적 권한이 무엇인지 알게 되면 짐은 답변할 것이다. 짐은 경들의 국왕, 합법적인 국왕이라는 것을 기억하라. 그리고 경들의 머리 위에는 경들이 저지른 죄과가 있느니만큼 하느님의 심판을 잊지 말라.
> _앙드레 모루아 지음, 『영국사』(신용석 옮김, 김영사, 2013)

법률에 따라 제한된 권력을 가진 왕이 의회와 국민을 상대로 전쟁을 일으키고 독재와 전제정치를 일삼자 의회는 그 책임을 물어 왕을 사형시켰다. 하지만 왕은 항변했다. 의회 역시 왕을 심판해 사형에 처할 법적 근거가 그 어디에도 없다고 말이다. 방케팅하우스의 가이드북에는 찰스 1세의 사형집행 장면을 목도한 한 젊은이의 회상이 소개되어 있다.

지켜보던 수천 명이 신음 소리를 냈습니다. 이전에 한 번도 들어본 적 없었고, 결코 또다시 듣고 싶지도 않은 것이었습니다.

루벤스의 천장화를 꽤 오랫동안 올려다보았다. 그토록 보고 싶었던 루벤스의 그림을 봤으니 더이상 아무것도 바라는 게 없다고 말했던 『플랜더스의 개』의 주인공 네로가 떠올랐다. 생각이 많아졌다. 왕과 신하가 함께 법을 어겼다면 누구의 죄가 더 큰 것일까. 어쩐지 쉽게 답을 찾을 수가 없다. 천장화 속에 암시된 운명이 아름다운만큼 나는 연민을 느낀다.

'No Woman, No Cry'
품위와 공정함

여인의 눈물 속에 아들의 얼굴이 들어 있다.
세상에는 여전히 차별과 편견으로 고통받는 사람들이 많다.

런던에 오기 전까지 나는 '영국' 하면 일단 '백인'을 떠올렸다. 미국으로 건너가 식민지를 세운 영국 신교도계를 와스프WASP라고 부르기 때문이다. 와스프는 백인White, 앵글로색슨Anglo-Saxon, 프로테스탄트Protestant의 앞 글자를 딴 말이다. 인종갈등은 주로 미국의 문제라고 여겼다. 흑인 노예가 나오는 『바람과 함께 사라지다』, 인종차별을 다룬 『앵무새 죽이기』는 모두 미국 이야기였다. 버락 오바마 미국 전 대통령은 미국에서 최초의 흑인 대통령으로 역사에 길이 남게 됐다. 생각해보니 나는 특별히 영국과 인종문제를 결부시켜 본 적이 없었다. 아프리카계 미국인으로서 영국 왕실의 해리 왕자와 결혼한 메건 마클의 기사에 잠깐 흥미를 가졌을 뿐이었다. 런던으로 연수를 간다는 내게 선배들은 "가보면 인종차별도 좀 있어"라고 말했는데, 나는 그저 '백인들 사이에서 나 혼자 동양인이면 아무래도 좀 튀겠지' 정도로 생각했다. 나의 무지와 진부한 선입견을 이렇게 길게 설명하고 있는 건 런던의 다인종·다문화 특징이 예상보다 훨씬 인상적이었기 때문이다.

지하철을 타면 언제나 다양한 피부색을 가진 이들이 섞여 있다. 나 같은 동양인을 포함해 백인, 흑인이 모두 함께 타고 있고, 히잡을 쓴 이슬람 여성들도 많다. 런던에서 오래 살아온 사람들이라도 국적이 다양했다. 런던이라는 도시의 특징이 바로 다인종·다문화·다양성이었다. 2016년 5월에 새로 선출된 런던 시장 사디크 칸도 파키스탄 이민자 가정 출신이다. 런던 최초의 무슬림 시장이다. 브렉시트 반대론자인 그는 『이브닝 스탠더드』에 기고한 칼럼에서

"런던이라는 도시에 엄청나게 기여하고 있는 이주자 공동체가 없다면 런던은 런던이 아닐 것"이라고 말했다.

영국이 다인종 사회가 된 건 한때 세계 영토의 4분의 1을 지배한 제국이었다는 사실과 관련이 깊다. 엘리자베스 1세(1533~1603)부터 빅토리아 여왕(1819~1901)의 시대를 거치는 동안 식민지 개척과 지배를 통해 '해가 지지 않는' 대영제국의 황금기를 누렸다. 박지향 교수는 『클래식 영국사』에서 "1948년 영국 국민은 식민지인들을 포함하는 것으로 정의됐다"며 "그에 힘입어 1950년대 이민의 물결이 몰려들었다"고 분석했다. 하지만 인도, 파키스탄, 서인도제도 등 연방국 출신의 이민자가 급증하자 영국은 이들에 대해 시민 자격을 제한하고 특혜를 줄이기 시작했다.

2016년에 국민투표로 결정한 브렉시트 문제의 근원에도 결국 반反이민 정서가 깔려 있다. 브렉시트 찬성론자들은 영국의 다인종·다문화 특징이 앵글로색슨 영국인의 고유한 정체성을 위협하고 일자리와 같은 경제적 이익도 침해한다고 생각한다. 영국 남서부지방인 웨일스 출신으로 런던의 한 부동산 에이전시에서 일하고 있는 사라는 내가 만난 사람들 가운데 가장 강력한 브렉시트 찬성론자였다. 그녀는 "만약 브렉시트 국민투표를 다시 한다면 유럽연합 탈퇴에 찬성하는 비율은 전보다 더 높아질 것"이라고 호언장담했다. "늘어나는 이민자들 때문에 정작 런던에서 살아온 영국인들이 일자리를 박탈당한다"고 불평하면서 말이다.

다양성과 관용을 추구하는 영국에서도 인종차별 현상은 뿌리 깊은 구조적 문제다. 영국 국회의사당인 웨스트민스터궁 투어를 갔다가 구입한 책 『의회는 어떻게 일하는가How Parliament Works』에 따르면 2017년 총선 이후 영국 하원 650명 중 52명이 백인이 아닌 소수민족 출신이다. 이는 전체의 8퍼센트 수준이다. 2011년 인구조사 결과에서는 영국 인구의 18퍼센트가 백인이 아니었다. 이를 감안해보면 소수민족 출신 의원 비율은 여전히 전체 유색인종 비율보다 10퍼센트 포인트나 떨어진다.

2018년 4월에는 앰버 러드 당시 영국 내무장관이 사임하는 일도 벌어졌다. '윈드러시Windrush 세대'로 불리는 이민자들을 강제로 추방하려던 것과 관련된 논란이 원인이었다. 윈드러시 세대는 영국이 제2차세계대전 이후 국가 재건을 위해 카리브해 지역에서 데려온 50만 명에 가까운 이주민을 일컫는다. 그런데 브렉시트 결정 후 정부가 이민정책을 강화하면서 윈드러시 세대와 이들 후손의 일부를 불법 이민자로 분류했다는 사실이 알려진 것이다. 결국 테레사 메이 총리는 파키스탄 이민 가정 출신인 사지드 자비드를 새 내무장관에 임명하는 것으로 사태를 수습했다.

런던 테이트브리튼에 가면 나이지리아계 영국 화가 크리스 오필리Chris Ofili의 「여인이여, 울지 말아요No Woman, No Cry」라는 작품이 있다. 유난히 긴 목 뒤로 머리를 땋아내린 흑인 여인의 초상이다. 눈을 감고 있어 눈꺼풀 위에 칠한 파란색 섀도가 두드러져 보이고,

테이트브리튼에 전시된 크리스 오필리의 「여인이여, 울지 말아요」

꾹 다문 빨간 입술이 눈길을 끈다. 무엇보다 감은 눈 아래로 흘러내리는 눈물방울에 유독 슬픈 감정이 이입된다.

이 작품은 인종차별 범죄의 희생자였던 18세 흑인 청년 스테판 로렌스의 죽음 앞에 바치는 그림이다. 여인은 로렌스의 어머니 도린이다. 로렌스는 1993년 런던의 한 버스정류장에서 백인 청년 갱단이 휘두른 칼에 맞아 숨졌다. 구체적 증언이 있었지만 경찰은 체포된 백인 용의자들을 증거 불충분으로 풀어줬다. 이후 인종차별 논란이 촉발됐고, 로렌스의 부모는 직접 끈질긴 추적에 나섰다. 급기야 정부 차원의 조사가 이뤄져 피의자들과 경찰이 인종차별주의자였다는 사실이 밝혀졌다.

로렌스가 숨진 지 19년 만인 2012년이 되어서야 피의자들이 유죄 평결을 받았다. 「여인이여, 울지 말아요」라는 그림 제목은 '레게의 전설'로 불리는 자메이카 출신 음악가 밥 말리의 노래 제목이기도 하다. 미술관 가이드는 이 노래를 불러보면서 "밥 말리 노래 알죠? 이 노래와 작품 제목이 같아요"라고 말했다. 밥 말리는 영국 식민지이자 노예무역의 중심지였던 자메이카의 가난한 흑인들을 위해 자유와 희망을 노래했다.

노래를 들었다. 노래는 가사와 리듬이 밝아서 더 슬프게 느껴졌고, 그림은 노란색과 오렌지색이 어우러져 화사한 만큼 더 애달팠다. "No Woman, No Cry… Everything's gonna be all right(안돼요 여인이여, 울지 말아요…… 모든 게 괜찮아질 거예요)" 반복되는 후렴을 들으며, 떨어지는 눈물방울을 봤다. 여인의 눈물 속에 아들의 얼굴이 들어 있다. 세상에는 여전히 차별과 편견으로 고통받는 사람들이 많다.

잉글리시 헤리티지는 2019년 후반쯤 런던에 밥 말리의 블루 플라크Blue Plaque가 붙을 것이라고 밝혔다. 블루 플라크란 죽은 지 20년 이상 지난 유명인사들의 거처를 기념하기 위해 붙이는 파란색 명판으로, 자메이카 출신의 밥 말리도 이를 갖게 되는 것이다. 밥 말리는 런던의 첼시 지역에 머물렀었다. 1976년 자메이카에서 밥 말리 암살 미수 사건이 있었는데, 이듬해 말리는 런던을 피난처로 삼았다. 런던에 머물면서 음악 활동을 했던 그는 런던 경찰이 총을 갖고 다니지 않아 런던이 좋다고 했다.

수세기 동안 런던은 각국에서 몰려오는 난민들을 포용해온 도시였다. 다양한 인종과 문화를 향한 개방성이 오늘의 런던을 세계적 도시로 만들었다. 윈드러시 스캔들 이후 새로 임명된 사지드 자비드 내무장관은 카리브해 출신의 이민자 문제를 "품위decency 있고 공정fairness하게" 처리하겠다고 말했다. 정치인의 말인 만큼 수사에 불과한 발언일지도 모르겠다. 하지만 차별과 편견을 극복하기 위해 품위 있고 공정한 자세가 필요한 건 사실이다.

작은 도전,
새로운 생각

다리 근육이 튼튼해진다,
나는 나의 보스다

위기는 기회다.
나는 죽기 살기로 지도를 보고 길을 찾는 연습을 하고 또 했다.
스스로 채찍질하듯 피곤해도 귀찮아도 매일 낯선 곳을 찾아다녔다.

런던에서 첫 목표는 '길 잘 찾기'였다. 오죽했으면 혼자서 어디든 가고 싶은 곳을 잘 찾아갈 수 있게 된다면 그것만으로도 연수 온 보람이 있다고 생각했을까. 나는 스스로 지도를 못 읽는 사람이라고 생각했다. 한국에서도 늘 다니는 익숙한 길로만 다녔고, 회사와 집을 오가는 길밖에 몰라 운전도 10년 전에 관뒀다. 수습기자 때 사건팀을 지휘했던 캡은 "경찰기자(경찰서 출입 기자) 하면서 돌아다니다보면 서울 시내 지리는 눈감고도 훤하게 된다"고 격려했는데, 경찰기자를 2년 가까이 하고서도 나는 길 찾는 게 어려웠다. 정말 바보 같지만 문화일보 수습 시절엔 서대문경찰서에서 회사로 가려고 택시를 타려 한 적도 있다. 걸어서 5분도 안 되는 거리였는데 말이다. 방향 감각이 없었다.

런던에서 첫 일주일은 남편과 딸이 와서 함께 보냈다. 내가 길치인 걸 아는 남편도 지리에 어두운 내가 런던에서 혼자 살아야 한다는 게 걱정되는 것 같았다. 휴대폰에 구글 지도를 깔아주면서 나더러 앞장서서 길을 찾아보라고 계속 훈련을 시켰다. 식은땀이 났다. 지도가 너무 복잡했다. 아, 나 여기서 혼자 어떻게 살지. 옆에서 보고 있던 딸은 "엄마, 우리 가고 나면 그냥 집에서 빵 먹고 잠만 자. 내가 보기에 엄마는 밖에 돌아다닐 여유가 없어"라며 동심 어린 조언을 했다. 우리 회사 런던 특파원 K선배는 남편으로부터 내가 길을 못 찾는다는 얘길 듣고 "수습 가르치는 것처럼 혼내면서 시켜보라"고 농담을 했다. 하지만 내겐 농담이 아니었다. 나는 정말 수습이 된 듯 절박했다. 런던에서 매번 비싼 택시를 타고 다닐 수도 없으니, 모르는 길도 스스로 찾아서 걸어다녀야 했다.

짧게만 느껴진 일주일이 지나고 남편과 딸이 런던을 떠났다. 더 이상 혼자서 길을 찾지 않으면 안 될 위기에 몰린 나는 매일 목적지를 정하고 취재에 임하듯 결연하게 집을 나섰다. "지금 있는 곳과 주변 건물 위치를 함께 보고 네 위치로 지도를 돌려 방향을 맞춘 뒤 길을 따라가봐." 남편은 구글 지도 읽는 법을 알려주었다. 하지만 그렇게 공간을 지각한다는 게 나에게 너무 어려운 일이었다. 한 길을 따라가다가 사거리라도 나오면 지도를 다시 맞추느라 헤매기 일쑤였다. 위기는 기회다. 나는 죽기 살기로 지도를 보고 길을 찾는 연습을 하고 또 했다. 스스로 채찍질하듯 피곤해도 귀찮아도 매일 낯선 곳을 정해서 찾아다녔다.

그렇게 열심히, 바짝 긴장한 채 곳곳을 걸어다녔던 탓에 초반 일주일은 외출했다 집으로 돌아오면 거의 쓰러질 지경이었다. 외출 후 집에 돌아와 와인을 마시는 습관이 생긴 것도 쌓인 긴장감을 풀기 위해서였다. 죽기 살기로 연습한 지 보름쯤 됐을까. 마침내 나는 지도만 있으면 어디든 갈 수 있는 능력자가 됐다. 첫 목표를 달성한 것이다. 내가 생각해도 스스로가 대단히 자랑스러울 만큼 발전했다. 3개월 후 엄마와 딸이 런던을 방문했을 때, 어디로든 안내하는 나를 가족들은 기특하게 생각했다. 엄마와 딸도 나를 믿고 따라다녔다. 런던뿐 아니라 파리, 프라하, 로마, 브뤼셀, 스코틀랜드 등 어떤 낯선 곳에서도 나는 지도를 보고 길을 찾아 걸었다. 그동안 지리에 어두웠던 건 늘 가던 길만 걸었기 때문이었다.

런던에서 지도 읽는 법을 터득하게 되니 걷는 일에도 자신이 생겼다. 하루를 끝낼 때 휴대폰에 깔아둔 만보기 앱을 꼬박꼬박 확인하는 것은 새로운 습관이 됐다. 대부분 하루에 만 보는 거뜬히 걸었고 여행이라도 떠나면 2만 보를 넘게 걷기도 했다. 택시는 거의 타지 않았다. 걸으면서 주위를 둘러보는 게 여행이었고 공부였기 때문이다. 구글 지도에서 목적지를 검색해보고 걸어서 닿는 시간이 20~30분 안팎이면 언제나 걸었다. 걸으면 많은 게 좋아졌다. 가끔씩 우울한 기분을 떨쳐버릴 수 있었고, 낯선 곳을 찾아내는 성취감도 생겼으며, 글쓰기에 좋은 소재나 새로운 계획들이 번뜩 떠오르기도 했다. 지도를 보고 걷는 건 마음의 여유가 있어서 가능했다. 하늘과 구름과 강처럼 언제나 주변에 있는 것들을 새삼스럽게 쳐다보게 됐고, 목적지를 찾으려는 의지를 담담하게 실천하게 됐다. 그리고 무엇보다 나 자신을 믿게 됐다. 내가 가는 길을 스스로 찾는 건 내가 나를 믿는 일이었다. 나는 길치가 아니었다. 단지 스스로 지도를 읽겠다고 마음먹지 않았을 뿐.

2018년 10월의 어느 날, 나는 런던에서 열린 '프리즈 아트페어 Frieze Art Fair'를 구경했다. 값비싼 그림을 직접 사겠다는 생각으로 갔던 건 아니고, 언젠가 그림을 살 수 있는 여유가 생기면 좋겠다는 막연한 바람을 갖고 들른 곳이었다. 미술관에서 봤던 명화들과는 전혀 다른 느낌의 현대미술 작품들이 전시되어 있었다. 그중에서

프리즈 아트페어 전시장에서 만난 로런 컬리의 작품 「모두 함께 걷기」.
세련된 런더너나 파리지앵이 또각또각 바쁘게 길을 걷는 소리가 들리는 것 같다.

나는 까만 구두 작품이 무척 마음에 들었다. 로마와 글래스고에 있는 프루타갤러리에서 전시한 로런 킬리Lauren Keeley라는 작가의 작품이었다. 제목은 「모두 함께 걷기Marching as one」였다. 까만 정장 바지를 입고 까만 하이힐을 신은 발 부분만 거듭 반복되는 이미지다. 마치 세련된 런더너나 파리지앵이 또각또각 바쁘게 길을 걷는 소리가 들리는 것 같았다. 그림이 담긴 홍보 엽서가 쌓여 있어서 한 장을 챙겼다. 엽서 뒷면에는 킬리의 구두 작품에서 영감을 받은 한 작가의 글이 빼곡히 쓰여 있었다.

I walk so much that my calf muscles have become strong and well defined. …… I am the boss of me.
나는 너무 많이 걸어서 종아리 근육이 점점 강해지고 뚜렷해졌다. …… 나는 나의 보스다.

그랬다. 걷는다는 건 다리 근육이 튼튼해지고 내가 나의 주인이 되는 일이었다.

런던 생활 내내 운동화는 내 필수품이었다. 굽이 없어야 오래 걸어도 발이 아프지 않고 신발 바닥이 고무로 되어 있어야 돈 들여 굽을 갈 일이 없기 때문이다. 그래서 런던에 있는 동안에는 예쁜 구두에 관심을 둬본 적이 없다. 신발가게를 지나더라도 내 눈에 들어오는 건 늘 운동화나 스니커즈였다.

우연히 2019년 구두 트렌드에 관한 기사를 읽었다. 오피스룩과 파티룩이 모두 가능하도록 구두 앞부분은 단정하지만 뒷굽은 화려한 게 유행이라고 했다. 한마디로 반전이 있는 구두 하나로 낮에는 일하고 밤에는 저녁 약속을 갈 수 있다는 식이었다. 이름도 '이중인격 구두the split-personality shoe'였다. 기사는 "누군가의 구두를 보면 그 사람에 대해 많은 것을 알 수 있다"라는 말로 시작되었다. "굽 높이만 봐도 당신의 우버 예산이 어느 정도인지 알 수 있다"고 이어졌다. 맞는 말이었다. 영국에서 나는 택시를 전혀 타지 않았고 늘 여유롭게 걸어다닌 여행자였기 때문에 무조건 굽이 없는 운동화를 고수했다. 신발은 주인의 아이덴티티를 반영한다. 카나리워프 쇼핑몰을 걷던 어느 날 예쁜 스니커즈가 눈에 띄었다. 적어도 런던에서라면 신발은 내게 사치품이 아니라 필수품이었다. 그래서 거리낌 없이 돈을 내고 신발을 샀다. 그 예쁜 스니커즈는 참 많이도, 나를 좋은 곳으로 데려다줬다.

아마추어
화가를 꿈꾸다

붓을 든 기억은 10대 학창 시절 이전에 머물러 있던 내가
인터넷 검색만으로 외국의 사설 미술학원에 등록하다니.
진정 나는 런던이라는 곳에서 오랜 꿈과 취미를 누리리라 작정했다.

그림 보는 걸 좋아하다보니 직접 그려보고 싶다는 생각을 하곤 했다. 성인을 대상으로 하는 미술학원 취미반도 있고 여가나 힐링을 위해 그림을 그리는 사람들도 많은 세상이다. 하지만 마음에 있는 걸 행동으로 옮기기만 하면 될 일을 오랫동안 실천하지 못했다. 항상 바쁘다고 생각했고 실제로도 바쁘게 살아온 것 같지만, 무엇보다 도무지 마음의 여유를 낼 수 없었던 탓이다.

그림은 내 전공 분야나 하는 일과 아무런 상관이 없었다. 나는 주로 정치부나 사회부에 소속된 기자였다. 문화·예술과 관련된 취재라면 문화부 장관 하마평이나 대통령 해외순방 행사 정도였다. 하지만 역설적이게도 내 전공이나 일이 그림과는 전혀 무관했기 때문에 마냥 그림을 좋아한 것이다. 그림 에세이를 읽고 화집을 보고 전시회를 가는 것은 모두 내가 힘든 일상으로부터 벗어나 마음을 쉬게 하는 방법이었다. 잘 몰라도 되고, 잘하지 못해도 뭐라 하는 사람이 아무도 없는 영역이었다. 그저 자기만족을 위한 순수한 관심사가 있다는 건 무척이나 행복한 일이었고, 꼭 필요한 일이기도 했다.

런던으로 떠날 날을 한 달쯤 앞두고 있을 때 나는 구글에 접속해 런던의 미술학원들을 뒤졌다. 드디어 생각을 실행에 옮길 때가 왔다며 눈이 빠지도록 학원과 커리큘럼을 검색했다. '아트아카데미'라는 곳이 마음에 들었다. 일단 학원 이름이 그럴싸했고, 런던 브리 지역 인근 시내에 있어서 위치도 괜찮아 보였다. 강사들의 프로필과 수업 계획안도 꼼꼼히 올라와 있는 데다 다양한 미술 프로그램을 운영하고 있어서 신뢰가 갔다.

주 1회 두 시간 반씩 10회가 한 학기였는데 수강료는 우리 돈으로 50만 원이 좀 안 됐다. 회당 5만 원이 안 되는 돈으로 런던에서 그림도 그리고 영어도 사용하고 친구도 만들면 1석 3조 아닌가 싶어 즉시 등록했다. 지금 와서 보면 아무것도 아니지만, 당시만 해도 나는 엄청 과감한 실행을 했다며 스스로를 대견하게 생각했다. 런던에 가본 적도 없고, 지리에 밝지도 못하며, 붓을 든 기억은 10대 학창 시절 이전에 머물러 있던 내가 인터넷 검색만으로 외국의 사설 미술학원에 등록하다니. 진정 나는 런던이라는 곳에서 오랜 꿈과 취미를 누리리라 작정했던 것이다.

런던에 온 지 꼭 열흘 만에 첫 수업에 들어갔다. 토요일 오전 유화 입문반이었다. 게일이라는 이름의 30대 중반 여자 선생님이 수업을 담당했다. 게일은 꾸준히 그림을 그리고 전시와 프로젝트 작업을 병행하면서 학생들도 가르치는 전문 화가였다. 게다가 런던에서 태어난 정통 영국인이었고, 특유의 영국식 영어를 아주 빠른 속도로 구사했다.

모두 열다섯 명쯤 되는 수강생들은 대부분 직장인이었는데 영국, 미국, 일본, 말레이시아, 아일랜드, 포르투갈 등 국적도 다양했다. 나는 게일에게 "런던도, 그림도 모두 처음이니 좀 천천히 설명해달라"고 부탁했다. 기자인 내가 런던에 온 지 열흘 만에 취미삼아 미술학원을 찾았다는 말을 들은 동료 수강생들은 "정말 좋은 선택"

수업 시간마다 우리는 돌아가면서 작품에 대해 서로 이야기를 나눴다.
저마다 아마추어적 견해를 한껏 늘어놔도, 선생님은
항상 긍정적인 말로 그림 읽기에 자신감을 불어넣었다.

이라거나 "대단하다"며 추켜세워줬다.

성인을 대상으로 한 수업이라서 18세 이상이라는 나이 제한은 있었지만 연령층은 20~50대까지 다양해 보였다. 대부분이 여자인 가운데 30~40대로 보이는 남자 수강생도 둘이나 있었다. 이렇게 이미 다 큰 우리였지만 수업 시간에는 마치 어린아이들이 된 것 같았다. 게일은 매 수업 초반에 지난 학기 수강생들의 그림이나 유명 화가들의 작품을 벽에 붙여두고 돌아가면서 "그림에서 가장 마음에 드는 부분"에 대해 말하게 했다. 우리는 차례대로 "색깔이 마음에 든다"거나 "질감이나 표현 방식이 근사하다"거나 "대상을 확대해 그린 게 멋지다"는 둥 저마다 아마추어다운 견해들을 한껏 늘어놨다. 게일은 "훌륭해(Brilliant)" 또는 "환상적이야(Fantastic)"라는 말로 우리의 그림 읽기에 맹목적인 자신감을 불어넣었고, "나도 그렇게 생각해(I agree)"를 연발하며 맞장구치는 수강생들의 호들갑은 서로가 서로의 기분을 상승시켰다.

그림 읽기에서 그리기로 넘어가니 정서적 만족감은 더 커졌다. 나는 테이트모던 아트숍에서 구입한 아티스트용 앞치마를 두르고 이젤 앞에 섰다. 내 키에 맞춰 이젤의 보드 높이를 조절하고, 누군가의 그림이나 내 앞의 정물에 시선을 꽂은 채 붓을 들고 스케치했다. 나는 숨까지 죽이고서 세상 진지한 자세로 몰두했다. '카드뮴 레드(선홍색)' '카드뮴 옐로(노란색)' '크림슨 알리자린(진홍색)' '프렌치 울트라마린(군청색)' '번트 엄버(황갈색)' '티타늄 화이트(흰색)'

처럼 이름도 예쁜 유성물감을 이리저리 섞어가며 수십 가지 새로운 색을 직접 만들어낼 때면 나이프와 붓을 들고 팔레트 위를 바쁘게 스쳐가는 내 손놀림이 더없이 근사하게 느껴졌다. 하지만 객관적으로 자평을 하자면 내 그림은 딱 입문반의 초보 수준이었다. 사물들 사이의 거리감을 조절하는 법이라든지 구도를 잡아 입체적으로 포착해내는 것과 같은 기술적 수준은 산 넘고 물 건너 한참을 더 배워야 했다. 더구나 나의 미적 눈높이는 지금껏 봐온 수많은 명화들의 수준에 맞춰져 있지 않은가.

비교한다는 게 우습지만, 나는 내가 그린 그림에 쉽게 만족할 수 없었다. 그럼에도 선생님과 동료들은 내 그림 앞에서 주관적 칭찬을 아끼지 않았다. 게일은 언제나 "너무 잘했다"거나 "창의적"이라거나 "놀랍다"면서 초긍정의 코멘트를 날렸다. 간혹 내가 너무 기본적인 걸 놓쳤다 싶을 때 "지금 그린 것도 아주 마음에 들지만 혹시 다음에 그릴 때는 이렇게 고쳐보면 어떨까"라는 식으로 조언했다. 물론 난 그 우회적 지적을 꼭 고쳐야 할 부분으로 받아들였다. 크리스티나와 루, 앨리스 같은 동료 수강생들은 "민진, 네 그림에 자신을 가져" "넌 정말 멋진 그림을 그린다니까, 날 믿어"와 같은, 천사들이나 할 법한 말로 힘을 실어주었다. 사실 그들은 언제나 자기 작품에 대해서도 큰 자신감을 드러내는 긍정의 아이콘이었다.

그림과 상관없는 내가 그림을 그리고 싶다는 생각을 할 때마다 종종 떠오르는 인물이 있다. 거창하게도, 윈스턴 처칠 전 영국 수상

마이애미비치에서 그림을 그리고 있는 윈스턴 처칠.
군인이자 정치가였고, 웅변가이자 작가였던 그는
아마추어 화가이기도 했다.

이다. 군인이자 정치가였고, 웅변가이자 작가였던 그는 아마추어 화가이기도 했다. 마흔 살이 넘어 처음 붓을 들었고, 근 40년 동안 500여 점의 유화를 남겼다. 그는 제1차세계대전 중이던 1915년 갈리폴리전투에서 대패하고 해군 장관직에서 물러난 뒤 처참한 상황에서 그림을 그리기 시작했다. 그림을 그리면서 만성 우울증을 치유했고, 고통스러운 실패의 기억에서 벗어나 평정심을 되찾았다.

데이비드 캐너다인David Cannadine은 저서 『처칠─화가로서의 정치가Churchill: The Statesman as Artist』에서 "처칠에게 글쓰기는 항상 목적을 가진 행위였지만, 그림을 그리는 일은 전적으로 치유와 즐거움을 위한 것이었다"라고 분석했다. 처칠은 글쓰기에 대해서는 스스로를 전문가라고 자부했다. 하지만 그림 그리기에 대해서는 언제나 스스로를 '아마추어 화가'로 표현했다. 그림과 정치의 세 가지 공통요소로 '색깔' '균형' '디자인'을 꼽는 통찰까지 보여준 그였다. 그럼에도 그림 그리기에서는 아마추어가 되길 고집한 것이다. 왜냐하면 즐기고 싶었기 때문이다. 처칠은 "아마추어는 자신의 그림에 야심을 부리거나 걸작을 열망할 필요 없이 그저 즐기는 데 만족하면 된다"고 말했다. 깨어 있는 시간의 대부분을 쉴 새 없이 말하는데 에너지를 쏟았던 처칠, 그가 유일하게 완전한 침묵 속에서 평화를 느낀 때는 바로 그림을 그리는 시간이었다고 한다.

런던의 내셔널포트레이트갤러리에는 갈리폴리전투에서 패배한 후 비탄에 빠진 처칠의 모습을 담은 초상화가 있다. 윌리엄 오펜William Orpen은 자신이 그린 이 초상화를 두고 "고통스러운 인간"의

윌리엄 오펜, 「윈스턴 처칠」,
캔버스에 유채, 148×102.5cm, 1916년, 내셔널포트레이트갤러리, 런던

모습이라 했다. 처칠은 한 발 더 나아가 "인간의 영혼을 그린 그림"이라고 인정했다. 그 정도로 한 인간의 우울과 좌절, 비참함이 오롯이 반영된 초상이다. 나는 이 초상화를 볼 때마다 그토록 실의에 빠졌던 처칠이 취미로 그림을 그리면서 치유와 즐거움의 순간을 되찾았다는 사실이 못내 반가웠다. 그는 결국 세기의 영웅이 됐다.

런던살이 초반부터 미술학원을 찾았던 나의 작은 도전은 한 해 동안 내게 더없는 즐거움과 만족감을 줬다. 낯선 곳에서의 삶에 자신감을 불어넣었고, 긴장을 풀어줬다. 그림을 그리는 순간만큼은 잡념 없이 오로지 현재에 몰두해 있는 내 모습을 발견하는 것도 좋았다. 혹시 언젠가 나도 스스로를 '아마추어 화가'라고 부르는 날이 올까, 꿈꿔본다.

똑똑하게
먹는 법

___

___

프라이팬과 올리브오일, 그리고 신선한 채소만 있으면 완성되는
나만의 식사 시간. 그저 익혀 먹는 게 전부지만 스스로
'이제 요리를 하게 됐다'고 생각했다.

런던에 온 이후로 '혼술'이 일상이 됐다. 주종은 와인이다. 혼자 술을 마시는 데 맛을 들여서 와인을 택한 건지, 와인이 좋아서 혼자서도 즐기게 된 건지 선후를 구분하긴 어렵다. 어쨌든 나는 집에서 책을 읽을 때도, TV를 볼 때도, 음악을 들을 때도, 창밖 너머 템스강을 바라보며 멍때릴 때도, 글을 쓸 때도, 밥을 먹을 때도 늘 와인을 마셨다. 물론 집밖에서도 기분을 내고 싶을 땐 와인을 주문했다. 가끔씩 찾아다니던 아트페어나 강연 리셉션에서 와인바를 차려놓는 경우가 많았다. 모처럼 사람들과 어울리는 자리에서도 와인이 있으면 분위기가 한결 좋아졌다.

런던을 찾은 미국의 배우 귀네스 팰트로가 "나는 일주일에 7일이나 술을 마신다. 이건 런던에서 배운 것이다"라고 한 인터뷰 기사를 봤다. 마치 내 얘기 같아서 무릎을 쳤다. 음식점이나 펍은 말할 것도 없고 공연장, 강연장, 심지어 서점까지 어딜 가나 술이 있는 런던에서 나는 나도 모르는 사이 술을 즐기게 됐다. 앙드레 모루아가 저서 『영국사』에서 18세기 런던 시민들을 묘사하며 인용했듯, 술은 런던에서 여전히 "가장 보편적인 쾌락"이다. 해질 무렵이면 삼삼오오 모인 사람들이 카페나 펍 입구 밖까지 나와 맥주잔이나 와인잔을 들고 서서 끊임없이 대화를 나누는 모습은 꽤 인상적이다. 영국인들에게 술은 대화를 유도하는 촉매제쯤 되는 것 같다. 오며 가며 보는 광경에 괜한 부러움을 느낀 나는 집으로 돌아와 혼자 마시는 와인으로 나름의 기쁨을 찾곤 했다.

와인을 마시면 기운이 난다. 도시의 낯선 거리를 온종일 누비고 집으로 돌아온 날이면 언제나 와인을 따른다. 글라스에 담긴 레드와인의 자줏빛은 눈을 황홀하게 하는 색깔이다. 첫 한 모금이 목을 타고 내려갈 때 전해지는 기분 좋은 따뜻함은 하루 동안 쌓였던 피로와 고독을 단박에 녹인다. 먹는 걸로 사람이 위로와 격려를 받을 수 있다면 이런 느낌 때문이라고 생각한다. 먹는 것에 관한 글을 쓰려는 지금 가장 먼저 떠올린 게 와인이라는 건 내가 와인을 음식으로 생각한다는 얘기다. 글을 쓰는 지금도 레드와인을 홀짝이고 있다. 와인은 자판을 두드리는 원동력이 된다.

40년 가까이 살아오면서 손수 요리를 해본 적이 거의 없었다. 내가 런던에서 많은 시간 홀로 보내게 됐다고 했을 때, 나를 잘 아는 가족과 지인 들은 모두 먹는 것에 대한 걱정과 염려를 표했다. 친한 친구 J는 카톡으로 "밥은 잘 챙겨 먹니? 마른 건 아닌지 모르겠네"라고 안부를 물었다. 내가 스스로 밥을 해서 먹는 사람이 아니란 걸 알기에 매 끼니를 어떻게 해결하는지 걱정해준 것이다. 남편은 "마트에서 과자나 빵 말고 고기를 사서 구워 먹어봐"라며 빵보다 고기가 낫다고 조언했다. 내가 밥보다 빵을 더 좋아해서 빵만 먹고도 살 수 있는 사람이란 걸 그는 알고 있다. 엄마는 "대충 먹지 말고 하루에 한 번은 꼭 밖에서 맛있는 걸 사먹어라"고 말했다. 요리에 취미가 없는 딸이 혹시라도 끼니를 부실하게 때울까봐 돈을 주고서라도 영양을 고루 섭취하길 바라는 마음이란 걸 안다. 하지만 이 모든 이들의 우려가 무색할 만큼 나는 런던에 온 이후로 더할 나위 없이 바람직한 식습관을 갖추게 됐다. 프라이팬과 올리브오일, 그리고 신선한 채소만 있으면 완성되는 나만의 식사 시간. 그저 익혀 먹는 게 전부지만 스스로 '이제 요리를 하게 됐다'고 생각했다.

처음 런던에 왔을 때 내겐 먹는 것에 관한 두 가지 고민이 있었다. 첫째는 한식보다 양식을 더 좋아하는 내가 먹고 싶은 걸 다 먹었다가 지나치게 살이 찌진 않을까 하는 걱정이었다. 영국은 음식이 맛없는 나라로 소문나 있다지만 그저 굽고 튀기는 단순한 요리가 많은 이곳 음식이 내 입에는 꼭 맞았다. 특히 진정한 '길티 플레저guilty pleasure'인 런던의 햄버거와 감자튀김을 사랑했다. 둘째는 내가 마땅히 할 줄 아는 요리가 없다는 것이었다. 결혼 후에도 요리는 남편이 했고, 그 대신 나는 설거지를 했다. 하지만 런던에서는 비용이나 건강 문제를 따져봐도 밖에서 삼시세끼를 해결할 수는 없는 노릇이었다. 이젠 내가 먹을 것을 직접 준비할 수 있어야 했다.

그래서 찾은 방법이 그저 하루 한 끼는 신선하고 몸에 좋은 채소를 사서 올리브오일에 양껏 구워 먹는 것이었다. 약간 비싸긴 하지만 폴리페놀이 풍부하고 훨씬 향긋한 엑스트라버진 올리브오일로 소소한 사치를 부렸다. 샐러드드레싱으로 더 많이 쓰는 오일이지만 유명 요리사들이 모두 이 오일을 사용해 요리한다는 말에 혹해 나도 따라했다. 채소를 많이 먹어 뚱뚱해졌다는 얘기는 들어본 적 없으니 안심이었다. 프라이팬에 올리브오일을 두르고 색색깔 예쁜 채소들을 하나하나 올리면서 바작바작 굽다보면 나도 요리를 썩 잘한다는 생각이 들었다. 맛도 좋았다. 당근, 브로콜리, 아스파라거스,

샐러리, 파프리카 등 열량이 낮으면서도 영양소가 풍부한 채소들을 한가득 사서 무조건 굽는다. 올리브오일이 스며든 색색의 채소를 하얀 접시 위에 올려 담고 블랙페퍼를 살짝 갈아 올린다. 이제 와인 한 잔과 함께 먹으면 이보다 더 근사한 식사를 떠올리기 어려울 정도로 만족스럽다.

각각의 채소가 가진 효능을 찾아보는 습관도 생겼다. 내가 나를 위해 준비한 식사를 최대한 근사하게 합리화하고 싶었기 때문이다. 당근은 눈 건강과 항산화 작용에 뛰어나고 나처럼 올리브오일에 살짝 구워 먹으면 비타민A의 흡수율이 더 높아진다고 한다. 브로콜리는 스트레스 완화와 다이어트에 좋고, 고급 채소에 속하는 아스파라거스는 피로 회복과 자양강장에 뛰어난 효능을 갖고 있었다. 특유의 쌉쌀한 맛이 더 좋았던 샐러리는 식이섬유가 풍부하면서 몸속 나트륨을 배출해주는 효과도 높았다. 빨강, 주황, 노랑, 초록 파프리카의 효능이 색깔별로 각각 다른 것도 신기했다. 요리도 예술이라더니, 신선하고 몸에 좋은 재료를 고르는 안목, 영양소를 고려한 조리법, 먹기 전에 보기 좋게 그릇에 담는 정성이 더해진다면, 정말이지 요리 역시 예술이 아닐 수 없겠다는 생각에 이르렀다.

주로 정물화를 그렸던 네덜란드 화가 아드리안 코르터Adriaen Coorte의 「딸기, 구스베리, 아스파라거스와 자두 정물」을 처음 본 것은 런던 서머싯하우스의 코톨드갤러리에서였다. 원래 내셔널갤러리 소장품인데 내가 봤을 때는 아마 이곳에서 대여 중이었던 것 같

아드리안 코르터, 「딸기, 구스베리, 아스파라거스와 자두 정물」,
캔버스와 종이에 유채, 35.7×42.8cm, 1703년, 내셔널갤러리, 런던

다. 코르터는 비교적 널리 알려진 화가는 아니지만 주로 과일이나 채소 한두 개를 놓고 그리기를 즐겼다고 한다. 단순한 내 요리법(?)처럼 단순한 그의 그림이 편하게 느껴졌다. 이 그림 역시 작고 소박한 정물화다.

나는 정물화가 풍기는 차분한 정적감을 좋아한다. 그림을 보다가 런던에 와서 즐겨 먹기 시작한 아스파라거스에 눈이 갔다. 영국에서 주로 먹는 아스파라거스는 녹색이지만 그림 속 아스파라거스는 흰색인데, 이 흰색 아스파라거스의 주요 산지가 네덜란드와 스페인이라고 한다. 짙은 배경 위에서 유독 입체감 있게 두드러져 보이는 하얀 아스파라거스를 잘 씻어서 올리브오일을 두르고 잘 구워내면 참 맛있겠다는 생각이 들었다.

아스파라거스 다발 옆에 있는 검은색 자두 한 알은 얼핏 보면 그냥 지나칠 만큼 존재감이 약하다. 자두를 즐겨 먹진 않지만 영화 「잉글리시 페이션트」에 나오는 자두 장면을 좋아한다. "'역사의 아버지' 헤로도토스를 아느냐"는 남자의 물음에 "나는 아무것도 모른다"면서 손과 입으로 껍질을 까서 자두 속살을 먹여주는 일에 열중하는 여자가 헤로도토스보다 더 신성한 존재로 느껴졌기 때문이다.

화면 가운데 드리워진 긴 줄기에 동글동글 매달려 있는 생경한 과일은 이름조차 생소한 구스베리다. 주로 유럽이 원산지인 이 과일은 한국에서는 아직 흔치 않다. 영국에서는 새콤달콤한 구스베리와 향긋한 엘더플라워를 섞어서 잼을 만들어 먹기도 한다.

『가디언』에서 '똑똑하게 먹는 법'에 관한 기사를 읽었다. "인간의 뇌는 우리가 먹은 것들로 이뤄져 있기 때문에 음식은 단순히 우리의 기분이나 생각뿐만 아니라 우리가 나이 들어가는 방식에도 영향을 미친다"는 연구 결과가 소개되어 있었다. 짙은 녹색 채소와 베리류, 올리브오일, 비정제 곡물 등을 많이 먹으면 알츠하이머 예방에 뛰어난 효과를 볼 수 있다는 조언도 나왔다. 요리를 할 줄 몰라 신선한 채소를 올리브오일에 구워 먹기로 한 내가 뜻밖에도 제대로 먹고 있다는 생각이 들었다. 참고로 레드와인에는 몸속의 유해한 활성산소를 무해하게 만들어주는 항산화물질인 폴리페놀이 풍부하게 들어 있다. 노화 방지에도 좋다고 한다. 단, 알맞게 마실 때 그렇다는 말이다.

포시 잉글리시를
구사하라?

상류층이 쓴다는 포시 잉글리시, 즉 '귀족 영어'에서도
발음이나 억양보다 더 중요한 것은 대화의 매너를 지키는 일이다.

연수를 가기 전에 가장 많이 들었던 말은 "연수 갔다 오면 영국 영어 하겠네?"였다. 연수 중에도 한국에 있는 지인들은 "이제 영국식으로 발음하겠네?"라며 물었다. 한국에서는 보통 미국식 영어를 가르치다보니 거기에 익숙해진 우리는 영국식 발음을 낯설게 느낀다. 영어를 웬만큼 하는 사람도 영국에 가면 마치 영국 영어를 다시 배워야 할 것처럼 생각하는 것도 이런 이유에서다. 런던 연수 전까지 영국에 가본 적이 없던 나도 마찬가지였다. 다들 영국식 영어가 어쩌고 하니 살짝 불안한 마음도 들었다. 출국 몇 달 전부터는 틈틈이 BBC 뉴스를 들었다. 듣는 것과 말하는 건 또다른 문제이니 새벽에 일어나 전화 영어 수업도 받았다. 하지만 강사도 불안감을 부추겼다. "나랑 넌 미국 발음이니까, 영국 발음과 단어도 익혀두는 게 좋을 거야"라고.

막상 런던에 입성한 나는 더 깊은 혼란에 빠졌다. 도대체 어떤 게 진짜 영국 영어인지 알 수가 없었기 때문이다. 언어를 모방하려면 많은 사람들이 공통적으로 쓰는 표준 발음을 알아야 하는데, 만나는 외국인마다 발음이나 억양이 천차만별이었다. 처음엔 아주 알아듣기 힘든 영어를 구사하는 현지인을 만나면 '저게 영국 현지 영어인가' 하고 생각하곤 했다. 인터넷에서 영어 단어를 치고 미국 발음과 영국 발음을 비교해본다거나, BBC 방송을 계속 틀어놓기도 했지만 실제로 듣는 것과는 차원이 달랐다. 영어 사전이나 BBC처럼 발음하는 사람들이 거의 없었던 것이다. 아파트 관리인부터 부동산 직원, 학원 강사, 대학 교수, 은행원, 마트 계산원까지 런던 사람들은 제각각 서로 다른 억양과 발음을 구사했다. 지금에서야 그들의 출신 지역이 모두 다르기 때문이라고 이해하게 됐지만, 처음엔 미로 속에 빠진 기분이었다.

그러던 어느 날 '포시 잉글리시Posh English'라는 말을 알게 됐다. 포시는 영어로 '상류층'이라는 뜻이다. 일반적으로 표준어라고 하는 BBC 영어와 별개로 '포시 잉글리시'란 계급적 특징을 담고 있다. 그러니까 영국 여왕을 비롯한 왕실 사람들이나 켄싱턴과 첼시 같은 부촌에 사는 상류층 사람들이 쓰는 영어다. 포시 잉글리시를 쓰면 한마디로 '내가 사회적으로 좀 괜찮은 지위에 있다'는 의미가 된다. 그렇다면 나도 기왕이면 포시 잉글리시를 배우고 싶었다. 어차피 영국 영어를 구사할거면 상류층 영어를 흉내 내는 게 여러모로 이득이지 싶었다.

문제는 주변에 "내 영어가 포시 잉글리시야" 하고 나타나는 사람이 있는 게 아니라는 점이었다. 여왕이 쓰는 영어가 포시 잉글리시라는데 유튜브로 엘리자베스 2세 여왕의 영어를 듣는 것만으로는 그 특징을 깨우치기가 쉽지 않았다. 열심히 인터넷을 검색한 끝에 런던에는 '액센트 소프트닝Accent Softening' 강의가 다양하게 마련되어 있다는 걸 발견했다. 억양을 연화시킨다는 얘긴데, 이런 강의들은 단순히 영어를 가르치는 게 목적이 아니다. 쉽게 말해 런던에 사는 외국인의 영어 발음과 억양을 영국 표준에 맞게 교정해주는 것이다. 주로 런던에서 사업을 하거나 직장을 다니는 전문직 외국인들이 그 대상이었다. 나는 영국 영어에 대한 열망과 포시 잉글리시에 대한 강한 호기심에 이끌려 과감하게 수업에 등록했다.

모두 여섯 번에 걸친 수업이었고 나를 포함해 일곱 명의 수강생들이 한자리에 모였다. 강사는 영국 왕립연극학교(RADA)를 졸업한 스웨덴 출신의 잉그리드 그레이였다. 인터넷으로 검색해보니 그녀는 영국에서 아역배우들의 발성이나 발음을 지도하는 등 꽤 전문적으로 가르치는 듯했다. 같은 반 수강생들의 국적은 역시 다양했다. 한국, 이탈리아, 러시아, 가나, 말레이시아, 우크라이나, 스페인 출신이 모였다. 기자, 사업가, 건축가, 직장인 등 직업도 모두 달랐다.

잉그리드가 가장 먼저 우리에게 강조했던 건 영국인의 언어 습관이었다. 일단 영국인들은 웬만하면 'might(may의 과거형)' 'would(will의 과거형)' 'could(can의 과거형)'와 같은 과거형 조동사를 사용해 의사표현을 한다. 정말 과거의 일이라서 그렇게 말한다기보다는 상대방의 기분을 거스르지 않고 조심스럽게 말하는 데 초점을 맞추기 때문이다. 과거형 조동사를 사용하면 "아마 ~일 거야" "~일지도 몰라" "~할 수 있을 것 같아" 식으로 정중함과 예의를 갖춰 표현할 수 있다. 입 모양은 '턱을 약간 떨어뜨리는jaw-dropping' 느낌이면 좋은데, 그렇게 발음하는 걸 연습하면 영국식 영어에 가까워진다고 한다. 또 영국식 표준 영어는 미국식에 비해 발음에 '힘을 덜 들이는effortless' 경향이 있다. 예를 들어 'r'로 끝나는 단어의 경우 'r' 발음을 제대로 하지 않고 길게 빼는 식이다. 'car(자동차)'는 '카아알' 하고 혀를 굴리기보다 차라리 '카아'라고 건조하게 발음하라고 가르쳤다. 잉그리드는 영국인들의 목소리 톤이 비교적 낮은 편이라는 특징을 언급하기도 했다.

수업을 듣던 어느 날 잉그리드에게 "지금 당신이 가르쳐주는 게 '포시 잉글리시'인가요?"라고 물었다. 그러자 잉그리드는 이런 답변을 내놨다. "포시 잉글리시를 하려면 입을 거의 움직이지 않고 아주 낮은 톤으로 말해야 해요. 그런데 외국인이 그렇게 발음하면 현지인들은 아마도 이상하다고 느낄 거예요. 그냥 BBC 발음을 따라 하세요." 그래, 포시 잉글리시가 뭐 대수라고. 스웨덴에서 태어난 잉그리드가 영국에 와서 수십 년을 살면서 외국인으로서 터득한 영국 표준 발음 테크닉을 난 그저 받아들이기로 했다.

실제로 영국도서관의 조사에 따르면 영국인의 2퍼센트 정도만 포시 잉글리시를 구사한다고 한다. 2퍼센트의 최상류층이 자신들의 부와 지위를 드러내는 방편으로 이 언어를 사용한다고 볼 수 있다. 한 국가 안에서 사용되는 언어에 계급이 있다는 사실이 씁쓸하지만, 많은 사람들이 상류층의 언어를 동경하고 있다. '포시 잉글리시를 구사하는 방법'은 외국인보다는 영국인들의 관심사다. 영국 스타 커플 데이비드 베컴과 빅토리아 베컴도 포시 잉글리시를 배우기 위해 부단히 노력했다는 후문이다. 빅토리아 베컴이 여섯 살 된 딸 하퍼가 책 읽는 영상을 자신의 인스타그램에 올린 적이 있는데, 영국 네티즌들은 "하퍼가 완벽한 포시 잉글리시를 구사한다"며 열광했다. 어쨌든 나는 잉그리드의 수업을 들으면서 어떤 게 포시 잉글리시인지를 알게 됐지만, 포시 잉글리시를 구사해보겠다는 의지는 꺾이고 말았다. 이상한 외국인이 되고 싶지는 않았다.

어쩌면 '영국 영어'라는 건 따로 없을지도 모른다. 영국에서 사용되는 영어 발음이나 억양은 포시 잉글리시 같은 귀족 언어뿐 아니라 런던, 리버풀, 맨체스터, 아일랜드, 웨일스, 버밍엄, 요크셔, 뉴캐슬 등 수십여 곳의 지역에 따라 서로 다른 특색을 갖고 있다. 만약 외국인으로서 굉장히 알아듣기 어려운 영어라면 그건 지방색이 강한 사투리일 가능성이 높다. 다만 영국 영어에서 중요한 것은 "어떻게 하면 더 세련된 영어를 구사할 수 있느냐" 하는 문제와 일맥상통한다. 언어는 문화적 요소이기 때문이다. 상대에 대한 예의와 배려를 중시하는 게 영국 문화다. 하마다 이오리가 지은 『단어 하나 바꿨을 뿐인데』라는 책을 읽었던 게 많은 도움이 됐다. "might, would, could 같은 과거형을 써서 예의와 정중함을 갖출 것" "상대방의 이름을 기억하고 불러줄 것" "단정적 표현을 피할 것" "단어 축약을 자제할 것"……. 상류층이 쓴다는 포시 잉글리시, 즉 '귀족 영어'에서도 발음이나 억양보다 더 중요한 것은 이처럼 대화의 매너를 지키는 일이다.

잉그리드는 수업 시간이면 발음과 억양 교정에 앞서 항상 우리에게 준비운동을 시켰다. 팔을 앞뒤로 흔들고 얼굴과 몸통을 두드려 마사지를 하고 턱 근육을 푸는 동작을 여러 번 반복하게 했다.

집에서는 아침마다 차 한 잔을 앞에 놓고 잉그리드가 내준 숙제를 했다. 발음교정기를 물고서 소리 내어 책을 읽는 것이다. 잉그리드는 내게 "민진, 당신도 방송하기 전에 이렇게 준비운동을 하지 않나요?"라고 묻기도 했다. 중계하기 전에 원고를 여러 번 읽어보긴 하지만, 사실 이런 운동까지 한 적은 없었다. 잉그리드의 가르침은 단순하면서도 명확했다. 테크닉보다는 태도와 자신감이 중요하다는 것. 외국인으로서 영어를 잘한다는 건 결국 긴장을 풀고 여유를 갖는 것에 달려 있었다. 말더듬이 영국 왕 조지 6세의 실화를 다룬 영화 「킹스 스피치」에서도 왕은 스피치 연습을 하기에 앞서 몸 풀기 운동을 했다. 나는 런던에 사는 내내 원래 하던 대로 미국식 영어를 구사했다. 일부러 고집한 건 아니었지만, 굳이 영국 영어에 집착할 필요성을 느끼지 못했다. 런던은 미국 영어를 쓰는 외국인에게 결코 인색하지 않다. 못 알아들었다면 "Sorry?"라고 되물어줄 것이다.

좋은 엄마,
좋은 딸

난생처음 3대가 하루 종일 동거하는 생활이 시작됐다.
내가 세상에서 가장 맹목적인 사랑을 줄 수 있는 두 사람과
오롯이 함께하는 이번만큼은 정말이지 좋은 엄마, 좋은 딸이 되고 싶었다.

런던 시각 새벽 세 시. 이곳보다 아홉 시간이 빠른 한국은 이제 낮 열두 시다. 딸 서윤이가 학교에서 돌아왔을 시각이다. 전날 엄마는 오늘이 서윤이 종업식이라며 2학년 반 편성 결과를 알 수 있는 날이라고 했다. 마음 맞는 좋은 친구들이랑 같은 반이 되었을까, 궁금한 마음으로 엄마에게 보이스톡을 했다. 엄마는 서윤이가 4반이 됐다며, 생활통지표에 선생님이 적어주신 종합의견이 너무 좋다고 한껏 들떠 있었다. 아빠는 "궁금한 내용이 있으면 질문을 잘함"이라는 평가가 참 기특하다고 칭찬을 퍼부었다. 내 딸 서윤이에 대한 일이라면 엄마와 아빠는 늘 이렇게 나와 남편보다 더 먼저 알고, 더 많이 흥분한다. 이제 초등학교 2학년이 되는 서윤이는 태어나서 100일이 갓 지났을 무렵 친정집 부산으로 내려갔다. 그리고 지금까지 나의 엄마와 아빠, 그러니까 외할머니와 외할아버지 밑에서 자라고 있다.

서울에서 직장을 다니는 남편과 나는 하루 종일 똑같이 바쁘게 일해왔고, 우리는 멀지만 안전한 곳에 딸을 맡기기로 결정한 뒤 이 선택을 의심하지 않았다. 엄마와 아빠 덕분에 나는 대부분 걱정 없이 일했다. 틈틈이 딸이 보고 싶었고 아이를 돌보는 부모님의 피로가 걱정됐지만 별다른 대안이 없었기에 그렇게 8년을 훌쩍 보냈다. 그러니 직장생활 14년 만에 연수자 신분으로 일하지 않아도 되는 자유를 얻은 나는 당연히 남편과 딸이 모두 함께하는 시간을 꿈꿨다. 하지만 직장을 다니는 남편이 나와 함께 런던에서 1년을 보낼 수는 없었다. 지금껏 엄마 대신 할머니와 지냈던 서윤이도 할머니 없이는 싫다고, 영국에서 학교 다니기 싫다고 주장했다. 고민 끝에 엄마와 나, 서윤이가 다 함께 런던에서 3개월을 보내기로 했다. 아무리 초등학생이라도 사용할 수 있는 가정체험학습 기간과 무단 결석 일수가 제한되어 있기 때문에 겨울방학을 포함해 11월 초부터 2월 초까지 학교를 결석하기로 했다.

　그렇게 난생처음 3대가 하루 종일 동거하는 생활이 시작됐다. 우리가 함께 파리의 호텔에서 아침을 맞이한 어느 날 친한 후배 S로부터 반가운 안부 문자를 받았다. 엄마와 딸과 함께 파리에 왔다고 했더니, "어머, 다 같이 파리 여행이라니…… 선배는 좋은 엄마, 좋은 딸이네요"라는 반응이 돌아왔다. 오랜만에 뿌듯한 기분을 느꼈다. 그렇다. 내가 세상에서 가장 맹목적인 사랑을 줄 수 있는 두 사람과 오롯이 함께하는 이번만큼은 정말이지 좋은 엄마, 좋은 딸이 되고 싶었다.

　하지만 아주 오랜만에 한 식구로 살게 된 우리 사이에는 생각보다 다른 점이 많았다. 아침이 되면 밥이 있어도 빵과 시리얼을 먹는 나는 아침에 밥을 먹어야 속이 편한 엄마가 자꾸 신경 쓰였다. 엄마가 키운 서윤이도 할머니를 닮아 쌀밥과 달걀프라이, 김과 김치 반찬을 더 좋아했다. 엄마와 서윤이는 같고, 나는 혼자 달랐다. 그럴 줄 몰랐는데 섭섭한 마음이 생기기 시작했다. 서윤이는 내 옆에서 놀다가도 잘 시간이 되면 할머니 옆으로 가서 누웠다. 자기가 밤새 잠들 수 있는 곳은 할머니 옆이라고 믿고 있었다. 어느새 엄마와 서윤이가 같은 침대에서 자고, 나는 따로 자게 됐다. 서윤이가 목욕할 시간이면 엄마가 먼저 나섰다. 서윤이는 내가 씻겨줄 때 "할머니는 이렇게 해"라는 말을 곧잘 했다.

3대가 동거하기 시작한 초반 한 달쯤은 문득문득 서운하기 그지없었다. 항상 서윤이를 먼저 챙기는 엄마에게 왠지 모를 심술을 부리기도 했고, 나보다 할머니를 더 좋아하는 것 같은 서윤이에게 "엄마랑 할머니 중에 누가 더 좋아?"라는 유치한 질문을 하며 대답을 다그치기도 했다. 그러면 서윤이는 "난 내가 제일 좋아. 자기 자신을 제일 사랑해야 하는 거야"라고 우문현답을 했다. 나로서는 섭섭하기도 하고 당황스럽기도 했지만, 딸은 제 나름대로 곤란함을 피해가는 기술을 부렸던 것이리라.

시간이 조금씩 흐르면서 우리는 서로 적응해갔다. 그리고 완전히 함께했다. 런던 시내를 비롯해 파리, 프라하, 모나코와 니스, 로마, 브뤼셀, 스코틀랜드 등으로 짐을 싸고 풀기를 반복하면서 유럽을 돌아다녔다. 난생처음 앞장서서 호텔과 비행기 표를 예약하고 엄마와 딸을 이끌고 다니는 일은 때때로 힘겨웠지만 보람을 느끼는 때가 훨씬 더 많았다. 휴가를 내고 온 남편이 여행에 합류할 때면 남편에 대한 고마움까지 샘솟았다. 가족은 가장 *끈끈한* 인연이다. 그동안 어쩔 수 없이 떨어져 각자의 삶 속에 갇혀 있던 우리가 같은 곳에 가서 같은 것을 보고 같은 것을 먹고 같은 추억을 만드는 일은 생각할수록 애틋한 감정을 낳았다.

프라하 여행을 앞두고 10년도 더 전에 방영됐던 추억의 드라마

「프라하의 연인」을 함께 몰아본 일, 영화 「로마의 휴일」을 다시 보고 오드리 헵번을 얘기하면서 '진실의 입'과 '스페인 광장'을 찾았던 일, 어느 일요일 아침 꽃시장을 찾아 라벤더와 장미, 일렉스베리를 한아름 사들고 왔던 일, 카페에서 우아하게 애프터눈티를 마셨던 일, 탱고 공연을 함께 보고 너무 멋지다고 맞장구쳤던 일, 드가의 발레 그림이 좋다고 다 같이 입을 모았던 일 등 매일을 함께하는 동안 어느새 수많은 기억들이 차곡차곡 쌓였다. 그 기억들은 내 것인 동시에 엄마와 딸의 것이기도 하다는 사실에 나는 마음만은 여러 번 부자가 된 것 같았다.

안타까운 마음도 없지 않았다. 엄마는 어느새 많이 늙어 있었다. 여행을 하는 동안 대부분 걸어다녔던 탓에 항상 발바닥에 파스를 붙였다. 걸음이 빠른 내가 생각 없이 걷다보면 엄마는 뒤처져 걷고 있었고, 내가 "엄마, 빨리 좀 와" 하고 재촉하면 "너도 내 나이 돼봐"라고 말했다. 그러면 난 "요즘은 백이십 세까지 산대. 지금 엄마 나이에는 쌩쌩해야 돼" 하고 말대답을 했다. 그러면서도 엄마의 늘어난 흰머리를 볼 때마다 내가 어렸을 때 보았던 엄마의 모습이 겹쳐 떠올라 안타까움이 밀려왔다. 하지만 예쁜 것들이 보이면 나보다 더 열심히 사진을 찍어 '카톡 프사'로 올리고, 뮤지엄숍에서 기념품을 사고, 여행지에서 아빠에게 줄 선물을 고르며 기뻐하는 엄마의 감수성만큼은 나 못지않았다. 나는 엄마가 블루스풍의 팝송 「서머타임Summer Time」을 좋아한다는 사실을 새로 알게 되었다. 런던 로열오페라하우스에 들렀을 때 한 흑인 가수가 무대에서 이 노래를 부르고 있었다. 그때 엄마는 "나 이 노래 알아" 하며 추억에 빠진 듯 감상했다. 로마 스페인광장에서도 거리의 악사가 이 노래를 연주했는데 엄마는 노래가 끝날 때까지 자리를 뜨지 않았다.

이제 아홉 살이 된 딸은 가끔씩 나보다 더 어른스럽게 굴기도 했다. 딸을 바라보는 엄마의 시선이 대부분 그렇듯 내게도 내 딸은 둘도 없는 보물이다. 그래서 나는 짐짓 애교를 섞어 딸에게만은 곧잘 애정을 표했다. "서윤아, 넌 정말 너무 착하고 예쁘고 똑똑해"라는 식의 무한한 칭찬으로. 딸을 직접 돌보는 일이 적은 나는 늘 이렇게 말이라도 앞세워 사랑을 전하는 게 습관이 됐다. 그러면 서윤이는 종종 "엄마는 객관적이지 못해. 고슴도치도 자기 새끼는 다 예뻐한다고 했어"라는 똑 부러진 말로 응수했다. 할머니와 함께 런던을 떠난 이후에 엄마가 혼자 생일을 맞는 게 마음이 쓰였는지 "엄마, 생일 되면 집에서 쓸쓸하게 있지 말고 혼자 파리 여행하면서 자축해. 내가 특별히 허락해줄게"라며 조언했다. 함께 지내다보니 그 시간이 너무 좋아서 "서윤아, 엄마 그냥 회사 다니지 말고 너 학교 갔다 오면 문 열어주고 그럴까?"라고 물었더니, "엄마, 회사 관두면 나한테 혼날 줄 알아, 난 엄마가 기자로 일하는 게 더 좋아"라는 당돌한 답을 돌려줬다. 황당했지만 안심이 되었다. 일상 속 나의 부재가 적어도 딸에게 상처가 되고 있지는 않은 것 같아서.

런던 V&A에는 빅토리아시대에 활동했던 풍속화가 찰스 웨스트

찰스 웨스트 코프, 「선행」,
패널에 유채, 69.9×45.1cm, 1840년, 빅토리아앨버트박물관, 런던

코프Charles West Cope가 그린 「선행」이라는 작품이 걸려 있다. 딸이 아버지를 부축해 계단을 오르고, 손자가 할아버지의 뒤를 따라 걷는다. 어렸을 땐 늘 산처럼 크고 든든한 존재였던 우리의 부모는 우리가 어른이 되면 저렇게 머리가 세고 어깨가 움츠러든다. 그림 속 저 여인도 시간이 흘러 나이가 들면 언젠가는 저 아이의 부축을 받아 계단을 오르겠지. 그림이 애잔하게 느껴졌다. 1840년 처음 이 그림이 전시됐을 때 이런 문구가 함께 따랐다고 설명되어 있었다.

Help thy father in his age, and despise him not when thou are in thy full strength.

당신의 늙은 아버지를 도우라. 그리고 당신이 완전히 강해졌을 때 아버지를 얕보지 말라.

돌아보니 순식간이었던 3개월간의 동거를 마치고 엄마와 딸이 한국으로 돌아간 지 꼭 2주째다. 나는 다시 혼자가 됐다. 런던의 집에서, 거리에서 문득문득 엄마와 딸이 눈앞에 아른거린다. 함께 있다가 떨어지니 더 쓸쓸하다. 내 휴대폰에는 최근 몇 달 동안 엄마와 딸과 함께 찍은 사진들이 가득 저장되어 있다. 사진을 보니 지난 시간들이 새록새록 떠오른다. 헤어진 지 고작 2주밖에 안 됐는데, 마치 오래전 일처럼 느껴지는 건 벌써 그리워졌기 때문일 것이다. 한국에 도착한 엄마는 "마치 꿈을 꾼 것 같은 3개월이었다"는 말을 전해왔다. 나의 엄마는 참 좋은 엄마이고, 내 딸은 참 좋은 딸이다.

상상력을 발휘해
앵무새를 살리자

아인슈타인은 "지식보다 상상력이 중요하다"고 말했다.
상상력이야말로 우리를 어디든 데려다줄 수 있다고 했다.
이제 두려움이 사라진 자리에 상상력을 채울 일만 남았다.

회사에 제출한 내 연수 주제는 '디지털시대 저널리즘'이었다. 인터넷이나 스마트폰이 지배하는 쌍방향 소통의 시대에 신문이나 잡지, TV와 같은 '올드 미디어old media'는 무엇을 어떻게 해야 살아남을 수 있을까 하는 문제를 다뤄보려고 했다. 이미 식상한 느낌마저 드는 디지털이라는 화두가 기자의 연수 주제가 될 만큼 주류 언론은 깊은 고민에 빠져 있다. 그동안 전통적 언론에 부여됐던 '질문 특권'도 요즘 같은 시대에는 큰 의미가 없어 보인다. 인터넷을 통해 누구라도 문제를 제기하고 공론화할 수 있으며 대중의 관심을 이끌 수 있기 때문이다. 제도권 기자들이 온라인 이슈를 따라가는 경우도 이미 흔하지 않은가. 시간이 갈수록 내 연수 주제를 두고선 별 뾰족한 답이 없다는 생각이 커져갔다. 영국 사람들도 돈을 주고 신문을 사거나 TV로 뉴스를 보는 데서 멀어진 건 마찬가지였다. 한 외국인 친구는 "이제 더이상 종이 신문이나 텔레비전으로 사람들을 끌어모을 순 없을 거야"라고 말했다. 내겐 너무 슬픈 예언이다. 영국에서는 언론도 '기부'를 애원한다.

더구나 나는 타고난 성향 자체가 워낙 아날로그적이다. 어렸을 때부터 기계에 대한 두려움이 있었다. 같은 여자라도 항상 내 동생이 나보다 더 기계를 잘 다뤘다. 자동차 운전도 도무지 적응이 안 돼 장롱면허가 된 지 오래다. 하루 빨리 무인 자동차가 나오기를 손꼽아 기다릴 정도다. 여전히 종이 책과 신문이 더 좋다. 남들 다 하는 페이스북도 취재차 필요해 개설만 해뒀다. 여기저기서 '친구요청'이 들어오는데, 몇 년째 글 하나 올리지 않는 내가 요청을 수락

한다는 게 멋쩍어서 짐짓 모른 체한 지도 오래됐다. 얼굴도 모르는 사람들에게 미안한 마음이다.

SNS를 적극적으로 하지 않게 된 데에는 내가 올드 미디어 기자라는 점도 하나의 이유였다. 물론 대부분의 언론사는 소속 기자가 SNS를 통해 독자들이나 시청자들과 활발히 소통하는 걸 권장한다. 그런 회사의 방침과 달리 나는 늘 걱정이 앞섰다. 제도권 기자라면 언제나 합리적 논리와 정제된 콘텐츠로 소통해야 한다는 강박에 사로잡혀 있었기 때문이다. 하지만 SNS에서까지 그런 노력과 심혈을 기울일 여유가 없었고, 그럴 자신도 없었다. 음식 사진이나 여행 사진을 올리고 시시콜콜하게 일상을 이야기하는 일에도 별 취미가 없었다. 내 생각을 적은 글이 행여나 조직의 논리에 어긋나지 않을까 하는 소심함도 있었다.

연수 중에 본 뉴스 가운데 BBC가 회사 차원에서 조직원들에게 트위터 같은 SNS에 정치적 입장을 드러내지 말라고 경고해 논란이 된 사례가 있었다. "성적소수자LGBT 이슈를 다섯 살짜리 아이들에게 가르치는 게 옳은 일인가"를 놓고 토론 방송을 했는데, BBC의 한 진행자가 SNS에서 토론 주제 자체를 비판하면서 벌어진 일이었다. 언론사에서는 충분히 가능한 일이다. 모두가 항상 같은 생각을 할 수는 없다. 어쨌든 이런저런 염려와 일종의 완벽주의적 성향은 내가 SNS를 즐기는 데 걸림돌이 됐다. 이런 내가 늘 만족스럽지 않았고, 스스로 바꿔보고 싶었다. SNS를 잘하는 기자로.

헤르만 헤세의 『데미안』에는 "새는 알에서 나오려고 투쟁한다" "태어나려고 하는 자는 한 세계를 깨뜨리지 않으면 안 된다"는 유명한 구절이 있다. 막상 내가 하던 일에서 한 발짝 물러나 있게 되니 그동안 내가 갇혀 있던 세계에서 빠져나와야 한다는 생각이 점점 강해졌다. 디지털미디어 환경은 좀더 실체적으로 다가왔다. 무가지를 습관적으로 집어오긴 했지만 돈을 주고 신문을 사지 않는 나를 발견했다. 좋아하는 몇몇 언론사에서 보내주는 맞춤 뉴스레터면 충분했던 것이다. 특별히 궁금한 속보가 없을 때는 TV 앞에 앉아 뉴스에 집중할 일도 없었다. 아침에 습관적으로 BBC 뉴스를 켜두긴 했지만 식사를 하거나 외출 준비를 하면서 날씨와 헤드라인 정도만 체크하는 식의 멀티태스킹에 불과했다. 또 가끔 영어 공부를 하거나 방송 포맷을 살펴보려는 목적으로 TV를 보긴 했지만 그건 언론 소비자로서의 행위는 아니었다. 방송 뉴스도 스마트폰 앱으로 보고 듣는 게 훨씬 더 편하고 유용했다.

그런 한편 인터넷 플랫폼 유튜브는 무한한 콘텐츠의 바다였다. 뉴스는 물론이고 예술, 철학, 어학, 자기계발 등 열거하기 힘들 만큼 다양한 분야의 수많은 국내외 영상들을 어느 때고 찾을 수 있었다. 유튜브 매니저 케빈 알로카는 『유튜브 컬처』라는 자신의 책에서 "2017년 3월 현재 유튜브 홈페이지에서는 매일 2억 개가 넘는 비디오들을 보여주고 있다"고 했다. 2년 넘게 지난 지금은 그 수가 훨씬 더 많을 것이다. 미디어 소비자의 입장에서 바라보니 TV와 신문이 생존 출구를 찾는 건 예상보다 훨씬 어려워 보였다.

런던 내셔널갤러리에 걸린 조셉 라이트 Joseph Wright of Derby의 그림을 볼 때마다 나는 늘 하얀 앵무새가 어떻게 될 운명인지 궁금했다. 「공기 펌프 속의 새 실험」이라는 제목의 1768년 작품이다. 그림이 그려진 시기는 영국 산업혁명이 한창이던 18세기 중엽이다. 투명한 둥근 유리병 안에 새하얗고 값비싼 앵무새가 들어 있다. 마치 마법사처럼 보이는 은발의 과학자가 펌프를 이용해 유리병 속 공기를 모두 빼내면 새는 더이상 숨을 쉬지 못해 죽게 될 것이다. 당시 유행했던 산소 효과에 대한 실험이다. 조셉 라이트는 산업혁명이 진행되면서 종교와 신념을 넘어 과학과 이성의 논리가 중요해진 시대를 그림으로 표현했다. 과학 문명을 대하는 사람들의 자세가 저마다 다르다는 사실도 그림의 포인트로 삼았다.

정면을 응시하고 있는 과학자는 "새를 살릴 것인가, 말 것인가"를 묻고 있는 듯한 표정이다. 그가 잡고 있던 밸브를 열면 유리병 속으로 산소가 들어올 것이다. 그러면 새는 다시 살아날 수 있을 터이다. 나는 새를 보며 내가 몸담아온 올드 미디어를 떠올렸다. 그러고 나니 산소가 바닥나 혹시 새가 죽어버리는 건 아닌지 조마조마한 마음마저 들었다.

실험을 지켜보는 사람들의 반응은 다양하다. 아버지는 두 딸에게 똑똑히 지켜보라고, 현실을 직시하라고 말한다. 큰 딸은 새가 죽을까 염려돼 아예 눈을 가려버렸고, 작은 딸은 두려움 가득한 눈으로 새의 운명을 응시하고 있다. 그림 왼쪽 아래에 있는 남자 아이는 새를 죽게 할 수도 있는 진공 상태가 신기한 듯 하염없이 바라보며

조셉 라이트, 「공기 펌프 속의 새 실험」, 캔버스에 유채, 183×244cm, 1768년, 내셔널갤러리, 런던

실험에 빠져든 상태다. 그 옆의 젊은 남자는 탁자 위에 올린 왼손에 시계를 쥐고서 새가 과연 얼마나 오래 버틸 수 있을지 시간을 재고 있다. 그림 오른쪽에는 이 모든 상황을 두고 사색에 잠긴 듯한 또다른 남자가 있다. 과학자 옆으로 실험이나 새의 운명 따위에는 아무런 관심도 없다는 듯 사랑에 빠진 채 서로만 바라보는 연인들도 보인다. 디지털시대에 갇힌 올드 미디어의 행로를 지켜보는 사람들의 모습 역시 저렇게 다양하지 않을까.

나는 세상의 변화에 느리게 적응하는 아날로그형 인간이지만, 숙제가 주어지면 답을 찾으려고 애쓰는 노력형 인간이기도 하다. 화가는 실험에 사용되는 새치고는 이례적으로 고급스럽고 값비싼 앵무새를 그려넣었다고 한다. 공기를 빼앗아 죽게 만들기에는 참 아까운 새다. 그래서 새가 죽어버릴까 염려하고 슬퍼하기보다 어떻게든 새를 살려야 한다는 생각이 든다. 새가 용감하다면 유리병을 깨부수고 나올 수도 있지 않을까.

아인슈타인은 1929년에 이미 "지식보다 상상력이 중요하다"고 말했다. 상상력이야말로 우리를 어디든 데려다줄 수 있다고 했다. 우리는 새가 죽어가는 이유가 유리병 속 산소가 부족해졌기 때문이라는 사실을 실험을 통해 알게 됐다. 이유를 알면 막연한 두려움은 사라지는 법이다. 이제 두려움이 사라진 자리에 상상력을 채울 일만 남았다. 디지털시대 저널리즘은 어떻게 변모해야 하는가. 상상력을 발휘한다면 물음에 대한 답을 생각해낼 수 있을 것이다.

감당할 수 있는 사치,
15파운드짜리 커피 한 잔

15파운드짜리 커피 한 잔의 사치로 나는 완벽한 시간을 보냈다.
이렇게 '어포더블'한 사치가 모여서 결국 더 좋은 인생이 되는 게 아닐까.

신문을 보다가 우연히 한 잔에 15파운드짜리 커피에 대한 기사를 읽었다. 런던의 킹스크로스역 근처에 있는 한 부티크 카페에서 팔고 있는 커피였다. 조앤 롤링의 『해리 포터』 소설 속에 등장해 더 유명해진 킹스크로스역 근처에는 영국도서관과 가디언신문사 건물이 있다. 파리행 또는 브뤼셀행 유로스타를 타는 세인트판크라스역도 킹스크로스역과 이어져 있다. 이래저래 킹스크로스는 런던에서 지내는 동안 무척 익숙한 곳이 되었다. 반가운 마음에 기사에 나온 부티크 카페를 구글 지도에서 검색해봤다. 킹스크로스 지역의 작은 광장쯤 되는 그래너리스퀘어 반대편에 있었다. 그쪽으로는 가본 적이 없어서 카페가 어떻게 생겼을지 궁금했다.

15파운드면 우리 돈으로 2만 원이 넘는다. 보통 런던의 카페에서 사서 마시는 커피 한 잔 가격의 4~5배쯤 된다. 커피를 워낙 좋아하는 나는 커피를 사는 데 쓰는 돈만큼은 크게 아끼지 않는 편이다. 아메리카노나 에스프레소 같은 블랙커피를 선호하지만 커피 종류를 크게 가리지도 않는다. 회사 사무실이나 출입처에 비치되어 있는 인스턴트 믹스커피도 곧잘 마시고, 서울 집에서는 네스프레소 기계를 들여놓고 캡슐커피도 즐겼다. 유리병에 들어 있는 인스턴트 커피 가루를 티스푼으로 두 번 덜어서 끓는 물을 붓고 블랙으로 마시는 것도 좋아한다. 필터를 사용해 원두커피를 내려 마시면 커피가 떨어지는 소리와 퍼지는 향이 좋아서 그것도 좋다.

카페에서 커피를 주문하고 받아들 때 기분이 좋은 건 말할 것도 없다. 그래서 나는 런던에서도 커피에 돈을 아끼지 않았다. 집에선 주로 유리병에 든 인스턴트 커피를 블랙으로 마셨고, 밖에 나가면 카페를 이용했다. 영국은 차를 마시는 나라라고 하지만 차보다 커피를 더 좋아하는 취향만큼은 바꿀 수 없었다.

이렇게 커피를 좋아하는 내가 커피에 대한 기사에 눈길이 간 건 당연했다. 호텔이나 레스토랑도 아니고 그냥 거리 커피숍에서 파는 커피 한 잔이 15파운드라면 이례적으로 비싼 가격이다. 기사 내용도 흥미진진했다. 전쟁으로 파괴된 예멘에서 소규모 자작농이 농사를 지어 생산한 커피콩을 사용한다고 소개했다. 군사 검문소를 통해 아주 제한된 양만을 어렵게 수입해오기 때문에 카페에서 큰 이윤을 남기지 않고 파는데도 비쌀 수밖에 없다는 설명이었다. 이곳의 커피는 베르가못 오렌지, 카카오닙스, 포도, 베리, 벌꿀의 향이 절묘하게 조합되어 '완벽한 균형'을 갖추었다는 설명도 있었다. 기사에 인용된 반응은 두 가지였다. "믿을 수 없을 만큼 맛있다"는 것과 "커피 한 잔에 15파운드라니, 심하다"라는 것. 카페 매니저는 "모두가 '감당할 수 있는affordable' 것이 아닌, 비싼 커피라는 걸 우리도 안다. 하지만 놀라운 커피다"라고 소개했다. 나는 그 커피 맛이 궁금했다. 곧 시작될 서머타임을 앞두고 유난히 햇살이 좋았던 3월의 끝자락에 킹스크로스로 향했다. 스스로에게 최고급 커피 한 잔을 선물하기로 한 날이었다.

카페 이름은 '르카페알랭뒤카스Le Cafe Alain Ducasse'로, 알고 보니 프랑스 유명 셰프 알랭 뒤카스가 만든 프랑스 카페의 런던 분점이

런던 킹스크로스역 근처에 있는 르카페알랭뒤카스.
이곳에서 나는 15파운드짜리 예멘 커피를 주문해 마셨다.

었다. 그는 미슐랭 가이드에서 가장 높은 등급인 별 세 개짜리 레스
토랑을 여러 개 운영하고 있다. 부티크 카페답게 세련된 분위기였
고 생각보다 규모는 작았다. 바 너머로 커피콩이 종류별로 가득 담
겨 있는 커다란 유리관들이 한눈에 들어왔다. 기분이 좋아지는 향
으로 가득한 곳이었다. 카페에서 조금 오래 머물다갈 생각이어서
바리스타가 있는 바 반대편 구석에 자리를 잡았다. 벽돌로 마감한
벽 앞에 작은 바 테이블이 있었다. 메뉴를 보니 기사에서 본 대로
예멘 커피는 15파운드였다. 이곳에서 파는 다른 일반 커피에 비해
2~4배 가까이 비쌌다. 하지만 고민 없이 예멘 커피를 주문하고 느
긋하게 기다렸다.

최고의 커피가 서비스되는 과정은 특별했다. 남자 바리스타가
내가 있는 테이블 쪽으로 다가와 말을 건넸는데 영어 발음이나 억
양으로 볼 때 영국 출신은 아닌 것 같았다. 그는 유리 비커에 담긴
예멘산 원두 가루를 내게 내밀었다. 방금 갈아낸 커피콩의 향을 맡
아보라는 거였다. 카페에서 커피를 주문했을 때 내가 마시게 될 원
두의 향을 먼저 느껴보게 하는 바리스타의 서비스는 처음이었다.
호사스러운 경험이었다.

나는 언제나 커피 향에 관대하다. 예멘에서 어렵게 수입해왔다
는 커피콩의 향기가 안 좋을 리 없었다. 더구나 비싼 커피라는 선입
견 때문인지 더할 나위 없이 향긋하게 느껴졌다. 나는 웃으며 "좋아
요"라고 말했다. 다시 제자리로 돌아간 바리스타는 필터를 이용해
커피를 우려내는 작업에 들어갔다. 얼마쯤 시간이 흘렀고 그는 뚜

껑이 있는 작은 유리 포트에 담긴 커피와 또다른 유리 커피잔, 생수가 담긴 유리컵, 은색 접시에 담은 프렌치 마들렌 한 조각을 한꺼번에 가져왔다. 마들렌은 무료 서비스라고 했다. 그러면서 포트에 담긴 커피를 유리 커피잔에 절반 정도 따라주고 제자리로 돌아갔다. 베르가못 오렌지맛 때문인지 커피의 산미감이 깊었다. 갈색 커피를 보고 갈색 보석이 떠올랐다면 과장일까. 하지만 그런 생각이 들었다. 살짝 따뜻한 마들렌은 겉은 바삭하면서도 속은 부드럽고 달콤했다.

　예멘에서 값비싸게 들여온 귀한 커피를 앞에 두고 있으니 카페를 금방 떠나고 싶지 않았다. 한국에서 오래전에 사두고 미처 읽지 못한 채 제목만 감상했던 헤밍웨이의『파리는 날마다 축제』를 처음으로 펼쳐 들었다. 헤밍웨이는 한때 기자였고, 이 책은 프랑스 파리에서 유럽 특파원으로 지내던 시기에 쓴 에세이 모음집이었다. 헤밍웨이는 평생 파리를 사랑했다고 한다. 나도 기자이고, 파리에서 살아본 적은 없지만 파리를 맹목적으로 사랑하기에 괜한 동질감을 느꼈다. 헤밍웨이처럼 좋은 글을 쓸 수 있다면 얼마나 좋을까. 중학생 때 그의 소설『노인과 바다』를 좋아했다. 몸은 런던에 있지만 마음은 파리로 향했다.
　책의 첫 챕터를 읽기 시작했다. 헤밍웨이가 좋아했던 파리의 어느 카페 이야기였다. 카페에서 글을 쓰고 있는데 아름다운 여인이 들어와 자신의 시선과 마음을 몽땅 사로잡았다는 에피소드가 이어

1926년경 헤밍웨이가 파리에서 체류하던 시절,
파리 5구에 자리한 고서점 셰익스피어앤컴퍼니 앞에서 찍은 사진

졌다.

그 대목을 읽고 있을 때 내 옆자리로 손님들이 들어와 앉았다. 그들은 프랑스어를 썼다. 내 짐작으로는 60대 후반이나 70대 초반쯤 되어 보이는 여자와 40대 후반에서 50대 초반쯤 되는 듯한 남자였다. '마담과 무슈'라는 표현이 딱 맞는 이들이었다. 두 사람 다 에스프레소를 시켰다. 바리스타가 에스프레소 두 잔과 생수 두 컵, 두 개의 은색 접시에 각각 작은 초콜릿을 한 조각씩 나눠 담아온 게 보였다. 세 명이 앉을 수 있는 좁은 바 테이블에서 내 옆으로 두 명이 더 앉았으니 나는 그들이 시킨 커피가 뭔지, 무슨 얘기를 나누는지 모두 보고 들을 수 있는 가까운 거리에 있었다.

바리스타는 그들에게 내온 다크초콜릿이 무료로 제공하는 것이고 카카오 함량은 75퍼센트라고 설명했다. 눈은 책에 두고 있었지만 자꾸 옆에 앉은 두 사람에게 관심이 갔다. 그들의 대화를 이해할 만큼 프랑스어 실력이 좋은 건 아니었지만 간간히 아주 간단한 문장이 들리곤 해 나도 모르게 귀를 더 쫑긋 기울이게 됐다. 초콜릿을 한 입 먹은 여자는 듣는 내가 먹고 싶어질 정도로 "아주 맛있어 (C'est très bon)"라고 말했다. 자신은 샤갈이 참 좋다면서 남자에게 자신의 휴대폰 속 사진을 보여주기도 했다. 아마도 어느 샤갈 전시회에서 그림을 찍어온 듯했다. 나도 남편과 딸, 엄마와 함께 프랑스 니스에 있는 샤갈미술관에 갔었다. 혹시 같은 곳이 아닌지 모르겠다. 주로 여자가 말을 많이 하고 남자는 가끔 반응을 보이는 식으로 대화가 흘렀다. 프랑스어를 잘해서 저들의 대화를 잘 알아들을 수 있다면 좋겠다는 생각이 들었다.

30분쯤 지났을까, 두 사람이 자리에서 일어났다. 바리스타에게 남자는 영어로, 여자는 여전히 프랑스어로 커피 맛을 칭찬했다. 남자가 바리스타에게 여자의 말을 영어로 옮겨주면서 여자를 "엄마"라고 칭했다. 노년의 엄마와 중년의 아들이 함께 카페에 들러 에스프레소를 마시며 샤갈을 이야기한 것이다. 상황을 알고 나니 두 사람이 더 근사해 보였다. 바리스타는 여자에게 파리에서 왔느냐고 물었고, 여자는 그렇다고 대답했다. 바리스타는 자신이 이탈리아에서 왔다고 했다.

내가 머무는 동안 카페에서는 올드팝이 흘렀다. 존 덴버의 「테이크 미 홈, 컨트리 로드Take Me Home, Country Roads」와 빌리 조엘의 「피아노 맨Piano Man」 등 익숙한 팝송들도 나왔다. 이렇게 여유를 부리며 런던의 카페에 앉아서 프랑스인들의 대화를 엿듣고 있다는 사실이 문득 비현실적으로 여겨졌다. 동시에 가족과 친구 들이 있는 한국이 새삼 그리웠다. 나는 유리 포트에 담긴 커피를 한 시간 반 동안 천천히 세 번에 나눠 마셨다. 좋은 원두커피는 다 마시고 난 후에도 입안에 남는 여운이 깊고 진하다. 쌉쌀하면서도 향긋한 커피의 마지막 한 모금을 넘기고 자리에서 일어섰다.

카페를 나가는데 네이비색 코트를 입고 한쪽 팔에 생수병을 낀 늘씬한 여성이 안으로 들어왔다. 30대 후반 정도로 보였고 여자인 내가 봐도 시크하고 아름다워서 눈길이 갔다. 그녀가 바리스타에게 "봉주르Bonjour"라고 프랑스어로 인사하는 게 들렸다. 알랭 뒤카스가 운영하는 카페여서 프랑스인들이 많이 오는 걸까. 헤밍웨이가 카페에서 봤다던 아름다운 여인이 문득 연상됐다. 15파운드짜리 커피 한 잔의 사치로 나는 완벽한 시간을 보냈다. 이렇게 '어포더블'한 사치가 모여서 결국 더 좋은 인생이 되는 게 아닐까.

옷을 선택하는 건
나를 결정하는 일

어떤 옷을 입을지 선택하는 것은 그날의 나를 결정하는 일이다.
난생처음 본 디오르의 전시는 옷이 주는 아름다운 긴장감을 되새기기에
좋은 경험이었다.

관람객이 하도 많아서 전시를 연장한다는 계획을 발표했는데 또 한 달치 온라인 티켓이 완전 동났다. 번번이 매진이라고 하니 더 가고 싶어졌다. 런던 V&A에서 진행한 크리스티앙 디오르 패션 전시회 〈크리스티앙 디오르—꿈의 디자이너Christian Dior: Designer of Dreams〉에 관한 얘기다. 2019년 2월 1일부터 시작된 전시회는 약 한 달여 만에 관람객이 12만 명을 훌쩍 넘어섰다. 19일 만에 티켓이 전부 매진되는 사태가 벌어지면서 V&A는 당초 7월 중순까지로 계획했던 전시 일정을 7주나 연장했다. 언론에서도 기록적인 전시가 될 것 같다고 연일 호들갑이었다. V&A 홈페이지에는 약간의 당일 티켓이 박물관 오픈 시간에 맞춰 현장 판매된다는 공지가 올라와 있었다. 인터넷 예매를 하지 못한 나는 오전 열 시 오픈 시간에 맞춰 가려고 월요일 아침부터 서둘렀다.

박물관이 문을 열기 15분 전쯤 현장에 도착했는데, 놀랍게도 이미 수십 명이 와 있었다. 문이 열리자마자 현장 티켓을 구하려는 사람들로 줄이 순식간에 길어졌다. 영국 사람들이 이렇게 패션에 관심이 많았나? 어쨌든 서둘러 현장을 찾아간 덕분에 이날 나는 무사히 전시장에 입장할 수 있었다.

영국에서 최대 규모로 열린 디오르 전시라고 했다. 디오르의 옷을 입어본다는 것은 언감생심이겠지만 패션은 늘 내 관심사 중 하나였다. 대학생 때부터 패션잡지를 보기 시작해 벌써 20년째 취미로 삼고 있다. 잡지에 소개되는 비싼 옷이나 액세서리를 꼭 사지 않더라도, 패션에 대한 안목과 옷 입는 취향을 만드는 걸로 충분히 만족했다. 나는 청바지와 H라인의 펜슬스커트를 좋아하고, 레이스가 달린 여성스러운 옷보다는 직선적이고 시크한 디자인의 옷을 선호한다.

디오르의 패션은 우아하고 화려했다. 크리스티앙 디오르는 1947년 파리에서 처음으로 고급 맞춤복 컬렉션인 오트 쿠튀르Haute couture를 선보이며 이른바 '뉴 룩New Look'을 창시했다. 디오르 패션의 핵심은 허리를 꽉 조이는 극적인 실루엣이다. 디오르는 제2차세계대전을 거치는 동안 사라졌던 화려하고 풍성한 옷을 부활시켜 여성의 아름다운 몸매를 강조했다. 샤넬이 여자가 입기에 편하고 활동적인 옷을 만들었다면, 디오르는 더 예쁜 옷을 입고 싶어 하는 여자들의 열망을 겨냥했다. 디오르는 "여성 다음으로, 꽃이 가장 멋진 창조물"이라고 말했을 정도로 여성의 아름다움을 예찬한 디자이너였다.

디오르의 뉴 룩은 큰 호응을 이끌었다. 현재 영국 여왕 엘리자베스 2세의 동생이었던 마거릿 공주도 디오르의 드레스를 입었다. 마거릿 공주의 스물한 살 생일을 기념해 디오르가 직접 디자인한 옷이었다. 빳빳하면서도 속이 비치는 오간자 직물에 금빛 스팽글 장식을 수놓은 아이보리색의 풍성한 드레스였다. 역시 벨트로 가는 허리를 한껏 강조한 게 포인트였다. 공주의 드레스는 이번 전시의 하이라이트이기도 했다.

디오르는 향수를 패션의 완성이라고 생각했다. 나도 꼭 향수를

디오르의 여성복 디자인

크리스티앙 디오르가 디자인한 마거릿 공주의 드레스

뿌린다. '미스 디오르'나 '자도르' 같은 유명 향수들도 즐겨 썼다. 그래서인지 향수병 전시를 구경하는 동안에는 마음이 조금 풀어졌다. 마치 손대지 못할 예술품 같은 고급 맞춤복들을 보면서 살짝 주눅이 들어 있었기 때문이다.

마지막 전시실은 디오르의 이브닝드레스를 모아둔 공간이었다. 내가 좋아하는 배우 내털리 포트먼과 장쯔이가 영화제에서 입었던 드레스가 눈앞에 있었다. 화려한 조명 불빛에 반짝이는 파티 드레스를 바라보고 있노라니 꿈을 꾸고 있거나 환상 속에 있는 것 같았다. 시계를 보니 전시실 안에서 거의 두 시간을 보냈다. 조명 아래에서 영어로 된 안내글을 얼마나 열심히 읽고 다녔던지 전시실을 나오자 갑자기 현기증이 일었다. 습관대로 뮤지엄숍에 들렀다. 디오르가 직접 그린 스케치의 복사본을 팔고 있었다. 꽉 조인 허리를 강조한 드레스를 입은 여인과 펜슬스커트에 셔츠를 입은 도회적인 느낌의 여인을 골랐다. 언젠가 내게 영감을 줄 것 같은 스케치 두 점이었다.

집으로 돌아와서 『숙녀의 예절 책The Lady's Book Of Manners』을 넘겨봤다. 빅토리아 여왕과 다이애나 왕세자비가 살았던 켄싱턴궁전의 기념품숍을 둘러보다 재밌어 보여서 구입했던 책이다. 이 책은 1890년대 런던에서 처음 발간되었는데 "완벽한 숙녀가 되는 법"에 대한 조언들이 담겨 있다. 그중 "옷을 잘 입는 게 중요하다"는 대목이 눈에 띄었다. 사람의 내적 수준마저도 종종 외모에 의해 판단된다는 것이다.

대영제국의 초석을 다졌던 엘리자베스 1세 여왕도 화려한 의복과 화장으로 유명했다. 유아정 기자의 책『아름다운 것들의 역사』에 따르면, 엘리자베스 1세는 자신의 절대왕권을 나타내도록 디자인된 드레스를 3000여 벌이나 갖고 있었다. 그래서 여행이라도 가려면 옷 가방 때문에 수레가 300여 대나 동원됐다고 한다. 옷을 통해 여신의 이미지를 구축하고자 했던 것이다.

영국 사람들은 왕세자비 케이트 미들턴이나 메건 마클의 패션에 관심을 기울이기도 한다. 특히 미국 배우 출신으로 2018년 해리 왕자와 결혼한 메건 마클은 독보적인 패션 아이콘이다. 사람들은 크롭트 팬츠와 셔츠를 즐기는 그녀의 캐주얼 차림을 좋아한다. 딱딱한 왕실에 얽매이지 않는 자유분방한 그녀의 캐릭터를 고스란히 반영한 패션이기 때문이다. 예나 지금이나 옷은 자기표현의 수단이다. 어떻게 하면 '최고의 나'로 보일까를 궁리할 때 우리는 어떤 옷을 입을까를 먼저 생각한다.

신문기자에서 방송기자로 약간의 직업적 전환을 거치면서 옷을 입는 건 나에게 훨씬 더 중요한 문제가 됐다. 카메라 앞에서는 언제나 단정하고 깔끔한 차림이어야 하고, 브랜드 라벨이나 지나친 레터링이 들어간 옷은 삼가야 한다. 갑자기 카메라 앞에 서야 할지도 모르니 습관적으로 재킷을 걸쳐 입는다. 재킷 하나로 갖춰 입은 듯한 인상을 줄 수 있기 때문이다.

박근혜 전 대통령 탄핵 당시 청와대 출입 기자였던 나는 거의 매일 청와대 현장중계를 해야 했다. 그때는 옷을 갈아입는 것도 일이었다. 물론 뉴스를 전할 때마다 매번 다른 옷으로 갈아입어야 한다는 규정은 없다. 하지만 나는 새 뉴스를 전달할 때마다 새로운 옷차림으로 서고 싶었다. 나름대로 취재부터 방송까지 모든 노력을 기울이던 시간이었다. 한창 추운 겨울이어서 코트를 몇 벌 더 샀는데 "매일 중계하면서 매일 옷이 바뀐다" "저 옷은 협찬이냐" "도대체 코트가 몇 개냐" 하는 인터넷 댓글을 보았다. 그땐 '괜히 옷을 바꿔 입었나' 하는 생각에 의기소침해졌던 기억이 난다.

런던에서는 일을 하지 않아도 되니 철마다 옷을 사 입을 동기가 없었다. 대부분 검정색 데님 바지와 가죽 패딩을 입고 곳곳을 돌아다녔다. 그래도 은행 계좌를 만들러 간다거나 리셉션이 딸린 강연장을 찾는다거나 좋은 공연장에서 오페라와 발레를 보는 문화생활이라도 할 때면 안 입던 원피스와 재킷, 코트를 갖춰 입었다. 몸에 딱 붙는 원피스와 오랜만에 신는 구두가 살짝 불편하긴 했지만, 불편한 느낌만큼 새로운 자신감이 솟았다.

때와 장소에 맞는 옷차림은 일의 성공률을 높여주고, 낯설고 두려운 장소에서도 조금 더 당당할 수 있도록 힘을 준다. 커리어 우먼처럼 검은색 정장 원피스를 차려입고 은행에 간 덕분에 그렇게 까다롭고 어렵다는 영국 계좌 만들기에 단번에 성공했다고 생각한다. 귀찮고 불편해도 화장을 하고 제대로 갖춰 입고 강연을 들으러 간 덕분에 더 많은 사람들과 자신 있게 얘기를 나눴다고 믿고 있다.

어떤 옷을 입을지 선택하는 것은 그날의 나를 결정하는 일이다. 디오르는 내가 좋아하는 H라인 펜슬스커트의 창시자다. 펜슬스커트는 약간 불편하긴 하지만 깔끔한 커리어 우먼 룩에 제격이다. 난 생처음 본 디오르의 전시는 옷이 주는 아름다운 긴장감을 되새기기에 좋은 경험이었다.

Be Strong
더 강해질 것

그럼에도 나는 힘든 운동을 시도한다.
몸의 근육을 만들고 가꾸는 일이
정신을 함께 성장시키는 일임을 알기 때문에.

창밖을 보니 날이 잔뜩 흐렸다. 간간이 빗방울도 떨어졌다. 4월인데도 아직 겨울 외투를 걸치고 다닐 만큼 런던의 공기가 차다. 오히려 몇 주 전엔 완연한 봄이다 싶었는데 계절이 다시 거꾸로 흐르는 것만 같다. 이런 날은 나갈 준비를 하고 문 밖을 나서기까지가 참 힘들다. 그래도 오늘은 빨리 나가야 한다. 오전 열 시 반에 피트니스센터에서 퍼스널 트레이닝(PT) 수업이 예정되어 있다.

이미 아침으로 핫초코 한 잔과 블루베리 요거트에 그래놀라와 바나나를 섞어 먹었고 코코넛도 양껏 먹어서 속이 든든한 상태였지만 커피 한 잔을 또 만들었다. 왠지 게을러지는 기분이 들 때나 무기력할 때 정신을 차리기 위한 첫번째 단계가 커피 한 잔을 마시는 일이다. 특히 운동하기 전에 블랙커피 한 잔을 마시면 체지방 분해가 촉진돼 운동 효과가 더 높아진다고 들었다. 평소보다 더 이른 새벽 시각에 일어난 까닭인지 밀려오는 졸음과 나른함을 커피 한 잔과 따뜻한 샤워로 물리친 후 운동복을 입고 집을 나섰다.

막상 바깥 공기를 마시니 기분이 상쾌해지기 시작했다. '그래, 요즘 나의 가장 큰 낙이 운동하는 거였지'라는 생각이 다시 또렷해졌다. 집에서 피트니스센터까지는 빠른 걸음으로 20분쯤 걸린다. 보통 혼자 걸을 땐 러닝머신 위에서 운동한다는 생각으로 온몸에 힘을 가득 넣어 힘차게 걷는 편이다. 그러면 가는 길 위에서부터 운동이 시작되는 셈이다. 때때로 운동을 시작하기 직전까지도 귀찮은 마음이 슬그머니 올라오지만 그때마다 끝난 뒤의 성취감과 만족감을 되새긴다.

런던에서 피트니스센터에 등록하게 된 건 본격적으로 책 집필을 시작하면서였다. 글을 쓰려면 아무래도 의자에 엉덩이를 붙이고 앉아 있어야 하는 물리적인 시간이 필요한데, 그러다보니 집에서 머무르는 시간이 늘어났다. 그렇게 움직이지 않고 머리를 쓰는 시간이 많아지니 역설적으로 글쓰기가 더 어렵게 느껴지고 번번이 기분이 가라앉았다. 그러는 와중에 홀로 생일을 맞이하게 되었고, 스스로에게 피트니스센터 회원권을 선물하기로 결심했다.

내가 등록한 피트니스센터는 카나리워프에서 가장 규모가 크고 완벽한 시설을 자랑했다. 들어서는 순간 기분이 좋아지는 곳이었다. 난생처음 책 쓰기에 도전하면서 스스로에게 준 보상이었다. 내친 김에 일주일에 한 번 일대일 PT도 받기로 했다. 남녀노소 할 것없이 체력을 키우고 몸을 가꾸려는 사람들로 가득 찬 공간은 언제나 긍정적인 에너지가 넘쳤다. 그렇게 운동을 시작한 것은 런던에 있는 동안 내가 선택한 결정 가운데 가장 근사한 것이었다.

개인 트레이너를 두고 PT 수업을 받기로 결심한 데는 런던에서 좋은 인연을 하나라도 더 만들고 자연스럽게 영어로 대화할 기회를 찾겠다는 기대도 있었다. 기왕이면 내가 롤모델로 삼고 싶을 만큼 탄력 있고 멋진 몸매의 여자 트레이너와 함께하고 싶었다. 마음이 잘 맞으면 좋은 친구가 될 수도 있을 거라 생각했다. 피트니스센터 규모가 큰 만큼 모두 40여 명의 개인 트레이너가 있었는데, 매니저와 상담을 하면서 여자 트레이너를 배정해달라고 말했다. 그렇게

푸시업과 플랭크, 덤벨에 바벨 운동까지,
이 모든 건 웨이트 트레이닝의 초급 수준이었지만
나에겐 새로운 도전이었고 연습이었다.

내 생일날 첫 PT를 시작했다. 나의 트레이너 이름은 '타라'였다. 그녀는 정말 반듯하고 건강미 넘치는 몸매의 소유자였다. 마음에 쏙 드는 트레이너를 배정해준 매니저에게도 고마운 마음이 들었다. 회원가입 때 써넣은 내 생일을 봤는지, 처음 만난 타라는 "오늘 생일이죠? 축하해요"라며 인사를 건넸다.

나는 체중 증가를 원치 않고, 좀더 탄력 있는 몸매를 만들고 싶다고 이야기했다. 타라는 인바디 검사를 진행하더니 내게 필요한 건 근육 운동이 주가 되는 웨이트 트레이닝이라고 추천했다. 훈련을 잘하면 근육량이 늘게 되는 만큼 2~3킬로그램 정도 체중이 증가하게 될 거라고 말했다. 그리고 근육을 키워야만 더 보기 좋은 몸을 만들 수 있다고 덧붙였다.

근육량을 늘려 체중을 증가시킬 만큼 식단 조절과 강도 높은 훈련을 할 생각은 없었다. 그냥 좀더 집중해서 땀 흘리는 시간을 갖고 싶었을 뿐이었다. 하지만 타라의 매력적인 팔과 다리 근육을 보니 왠지 근육을 만들고 싶다는 생각도 들었다. 더 보기 좋은 몸이라면 체중이 는다고 해서 나쁠 것도 없었다. 타라가 가르쳐주는 대로 힘과 근육을 키우고 땀을 흘려 에너지를 채우고 싶었다. 더불어 예쁜 몸매를 만들 수 있다면 금상첨화일 테고 말이다.

역시 전문가의 도움을 받으니 동기부여가 잘됐고 운동 효율이 높아지는 것 같았다. 평소에는 전혀 시도해보지 않았던 푸시업을 조금씩 하게 됐고 플랭크를 할 때도 더 바른 자세를 유지했다. 차츰 덤벨 무게를 높여 가면서 들었고, 누워서 14킬로그램짜리 바벨도 들어올렸다. 이 모든 건 웨이트 트레이닝의 초급 수준이었지만, 나에게는 새로운 도전이었고 연습이었다.

한 시간 동안 훈련을 하면서 평소 쓰지 않던 근육을 사용해 땀을 흘리고 나면 힘든 만큼 새 에너지가 차올랐다. 타라는 "운동을 하는 동안 행복 호르몬인 엔도르핀이 나오고 몸에 산소가 공급되기 때문"이라며, "하루 종일 앉아 있으면 오히려 더 기운이 없어져요"라고 말했다. 책상에 앉아서 글 쓰는 데 시간을 보내다 운동을 해야 겠다고 마음먹었던 내가 직관적으로 옳은 선택을 한 것이다. 평소 안 하던 플랭크나 푸시업, 런지 동작을 할 때면 타라가 재는 30초, 1분의 시간이 하염없이 길게 느껴졌다. 그럴 때마다 타라는 "강해 지세요(Be strong)"라거나 "벌써 힘이 더 세졌어요(You are already stronger)"라고 말하며 의욕과 끈기를 북돋아줬다. 타라가 나를 위해 짜온 수업 계획에 따라 훈련을 끝내고 나면 매번 더 근사해진 내가 된 것 같았다. 목을 타고 넘어가는 생수 맛이 그렇게 좋을 수가 없었다.

지난 11월 엄마와 딸과 함께 파리의 오르세미술관을 찾았을 때 〈피카소—청색 시대와 장밋빛 시대Picasso: Bleu et Rose〉라는 제목의 특별전이 열리고 있었다. 전시 관람객이 워낙 많은데다 시간 간격을 두고 입장객 수를 제한하고 있어서 전시실로 들어가기 위해 기다리는 사람들이 끝없이 줄을 서 있었다. 그날 오르세미술관을 처음 방문한 우리는 상설 전시장에 걸려 있는 유명 화가들의 작품을

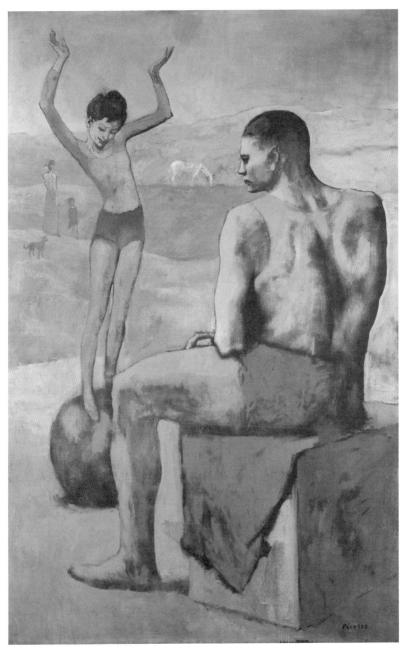

파블로 피카소, 「공 위의 곡예사」, 캔버스에 유채, 147×95cm, 1905년, 푸쉬킨박물관, 모스크바

모두 둘러볼 시간도 부족했지만 굳이 한 시간 넘게 줄을 섰다. 특별전 대표작으로 내세운 그림이 내가 꼭 직접 보고 싶었던 「공 위의 곡예사」였기 때문이었다.

피카소는 이 그림을 1905년, 그러니까 그의 '청색 시대(1901~04)'에서 '장밋빛 시대(1905~07)'로 넘어가던 시기에 그렸다. 1900년 처음 파리에 온 열아홉 살의 피카소는 가난하고 우울했던 당시의 심정을 그림에 청색으로 반영했는데, 이후 연인을 만나면서 그 색조가 차츰 장밋빛으로 변하게 됐다. 이 작품에는 차가운 청색과 따뜻한 장밋빛이 묘하게 섞여 있다. 공 위에 올라가 곡예 연습에 한창인 가냘픈 소녀에게서는 푸르스름한 청색이, 넓은 등과 근육질의 몸이 인상적인 체격 좋은 남자에게서는 장밋빛 색조가 두드러진다.

화집을 보다가 우연히 발견한 이 그림에서 나는 미소를 머금고 연습에 열중하고 있는 소녀의 모습에 자꾸 마음이 갔다. 재주를 익히기 위해 끊임없이 연습에 연습을 거듭하며 신체를 단련하고 동작을 익히는 순수한 열정이 전해졌기 때문이다. 반면 이미 강건한 몸을 완성해 그 무게만큼이나 진중하고 고요하게 앉아 있는 남자에게서는 진한 성취감이 느껴졌다. 우리는 대부분 겉모습보다 정신을 중히 여겨야 한다고 교육을 받아왔지만, 외견이 한 사람의 생애와 내면을 반영하는 경우가 얼마나 많은가. 발레리나 강수진의 발이 그녀가 혹독하게 반복했던 연습과 인내의 시간을 오롯이 반영하고 있듯이 말이다.

피카소의 이 그림에서 내가 본 것은 성실하고 반복적인 노력을 거짓 없이 담아내는 인간의 몸이었다. 언젠가 저 가냘픈 소녀는 수 많은 관중 앞에서 자유자재로 공을 타는 재주와 탄력 넘치는 몸매를 갖게 될 것이다. 또 남자는 우람하고 강한 신체만큼이나 깊어진 내면의 힘으로 인생을 겸손하고 침착하게 운영할 것이다. 19세기 후반에서 20세기 초반 프랑스에서 그림을 그렸던 많은 화가들이 그랬듯 피카소도 서커스 구경을 즐겼다고 한다. 몸을 써서 사람들에게 웃음과 감동을 주는 곡예사를 보면서 피카소는 불가능을 가능으로 바꾸는 인간의 노력을 찬탄했던 건 아니었을까.

나는 힘들게 운동하고 신체를 단련해야만 본분을 다할 수 있는 직업을 가진 건 아니다. 취재를 하고 기사를 쓰는 일은 어쩌면 몸보다 머리를 쓰는 일일 것이다. "기사는 발로 써야 한다"는 말은 현장에 가는 일이 중요하다는 뜻이지 육체적 한계를 극복해야 한다는 말은 아니다. 그럼에도 나는 힘든 운동을 시도한다. 몸의 근육을 만들고 가꾸는 일이 정신을 함께 성장시키는 일임을 알기 때문이다. 단단하고 탄력 있는 몸매를 만들고 싶다는 나를 훈련시키며 타라는 늘 말했다. 휘청거리지 않게 중심을 잡고 동작의 속도와 강도를 컨트롤하라고. 집중하라고. 그리고 더 강해지라고.

르누아르 그림 속
그녀처럼

오페라를 찾는 사람들을 동경했던 나는
르누아르의 그림 속 여자처럼 되어보고 싶었다.

지금도 눈에 선하다. 처음 런던에 와서 뭐가 뭔지, 여기가 어딘지, 모든 게 낯설었을 때 멍하니 바라봤던 그 장면이 잊히지 않는다. 돌이켜보니 그때 나는 영화 「마이 페어 레이디」에서 오드리 헵번이 꽃을 팔았던 코벤트가든을 지나왔다. 두리번거리다 고개를 들었는데 건물 발코니에 나와 있는 남자들과 여자들이 보였다. 남자들은 깔끔한 정장 차림이었고, 여자들은 한눈에 봐도 고급스러운 원피스나 투피스를 입고 있었다. 그들은 담소를 나누고 있었다. 저기가 어딘지 궁금해 두리번거리며 간판을 찾아보니 '로열오페라하우스'라고 쓰여 있었다. 19세기부터 자리를 지킨 런던의 대표적 오페라 극장인데 이름대로 주로 오페라를 공연하거나 때로는 발레를 무대에 올리기도 한다.

영화 「미드나잇 인 파리」에서 주인공이 과거의 파리로 시간 여행을 했듯, 나도 과거의 런던 어디쯤에 서 있는 것 같았다. 내게 오페라 극장은 고전 소설이나 그림 속 이미지였기 때문이다. 예술 애호가를 자처하지만 오페라만큼은 왠지 너무 멀게만 느껴왔다. 최상류층의 전유물 같았던 것이다.

계급 사회인 영국에서 나는 어느 계층에도 속하지 않는 여행자였다. 원래 여행자는 사회적 지위나 신분의 카테고리에서 자유롭다. 자신에게도 평소보다 관대해진다. 런던에 있는 동안은 좋은 경험을 할 수 있다면 돈을 아까워하지 않겠다는 게 내 원칙이었다. 로열오페라하우스 티켓을 사면서도 그렇게 생각했다. '기왕이면 좋은 자리에서 최고의 경험을 해야지'라고 합리화하면서 티켓 한 장에

로열오페라하우스 ①⑤ROH

우리 돈으로 40만 원이 넘는 값을 치렀다. 한국에서라면 쉽게 결심하지 못했을 것 같다.

로열오페라하우스는 2018년 11월에 5000만 파운드, 우리 돈으로 약 730억 원가량을 들여 건물 리모델링을 마쳤다. 공연장 내부 리모델링뿐 아니라 극장 로비에 카페도 새로 만든 듯했다. 리모델링 전에 내부 모습을 본 적이 없어 직접 비교할 수는 없지만 재단장을 알리는 기사에서 카페를 홍보하고 있었다. 언제든 와서 와인도 마시고, 차도 마시라는 얘기였다. 이제 극장은 모두에게 열려 있다고 했다. 공연을 보러오지 않는 사람들도 일단 극장 카페로 유인해보자는 발상이었다. 관객을 끌어모으기 위해 극장 문턱을 낮출 필요가 있었던 것이다.

뮤지컬의 본고장 런던에서도 오페라만큼은 결코 대중적이지 않다. 부유한 사업가이자 자선가로 극장 대표를 맡고 있는 이언 테일러 회장도 자신이 오페라를 즐겼던 사람은 아니었다고 말한다. 그는 『이브닝 스탠더드』와의 인터뷰에서 "엘리트주의를 무너뜨리고 싶은 꿈이 있었다"며 극장 재단장에 의미를 부여했다. 좌석 위치에 따라 티켓의 30퍼센트 정도는 30파운드도 안 된다고 홍보했다.

하지만 오페라를 즐기는 데 단순히 금전적인 사정만 문제가 되는 것은 아니다. 사전적 정의에 따르면, 오페라는 단순한 음악극으로 볼 수 없기 때문이다. 16세기 말 이탈리아에서 일어난 음악극의 흐름을 따라야 하고, 모든 대사가 노래로 표현되어야 한다는 두 가

'기왕이면 좋은 자리에서 최고의 경험을 해야지'라고 합리화하면서
나는 티켓 한 장에 우리 돈으로 40만 원이 넘는 값을 치렀다.
한국에서라면 쉽게 결심하지 못했을 것 같다.

지 전제가 있다. 그러니 우리가 오페라를 어렵고 멀게 느끼는 데는 이유가 있는 것이다. 16세기 이탈리아 음악극의 흐름에 조예가 있고, 이탈리아어로 된 가사를 자막 없이도 즐길 수 있는 이들이 과연 얼마나 되겠는가.

나는 주세페 베르디의 오페라 〈운명의 힘La Forza del Destino〉을 관람하기로 했다. 원래는 알렉상드르 뒤마 피스의 소설 『춘희』를 원작으로 하는 〈라 트라비아타〉를 보고 싶었다. 아는 내용인데다 오페라에 나오는 「축배의 노래」도 워낙 유명해서 익숙하기 때문이다. 그런데 내가 티켓을 끊으려고 마음먹었던 시점에 공연 일정이 없어서 아쉽게도 다른 공연을 골라야 했다.

〈운명의 힘〉은 베르디의 오페라 중에서도 가장 비극적인 작품으로 꼽힌다. 남녀 주인공이 모두 파멸하기 때문이다. 여자 쪽 아버지의 반대로 사랑을 이루지 못한 두 남녀와 가족들의 불행한 운명이 얽히고설켜 죽이고 죽게 되는 이야기다. 아무래도 이탈리아어를 모르니 미리 내용을 알고 보면 좋을 것 같아 인터넷으로 찾아보고 빨간색 기념 책자도 사서 훑어봤다. 공연 중에는 천장 아래로 내내 영어 자막이 나왔다. 영화도 아니고 노래와 음악을 들으면서 자막을 봐야 하니 몰입이 되지 않았다. 저녁 여섯 시 반에 시작한 공연은 밤 열 시 반이 되어서야 끝났다. 각각 25분씩 두 번의 인터미션이 있었고 공연 시간만 세 시간이 넘었다. 혼자서 밤늦게까지 네 시간짜리 문화생활을 하려니 솔직히 즐겁고 여유롭기보다는 숙제를 하는 것처럼 피곤했다.

좋았던 게 영 없었던 건 아니다. 〈운명의 힘〉의 서곡은 공연이 끝나고도 계속 귓전에 맴돌 만큼 슬프고 아름다웠다. 객석에서 무대 아래에 있는 오케스트라를 한눈에 볼 수 있었던 것도 좋았다. 원래 오페라에서는 관객의 시선을 가수에게 집중시키기 위해 오케스트라를 무대 아래로 숨기지만 내 자리에서는 오케스트라의 연주 모습이 한눈에 들어왔다. 음악이 좋다고 느껴질 때면 지휘자의 화려한 손놀림을 보면서 또다른 감동을 받았다.

테일러 회장의 말대로 로비에 자리한 카페도 좋았다. 나는 화이트와인 한 잔을 주문해 테이블에 앉지 않고 와인잔을 들고 돌아다녔다. 한껏 멋을 부린 귀부인들과 그들을 에스코트하는 신사들을 구경했다. 로비의 카페에서는 많은 사람들이 그렇게 술잔을 들고 서 있었기 때문에 이상할 게 없었다. 인터미션이 끝나갈 때쯤 종소리가 로비 공간을 가득 채웠다. 종소리와 함께 스피커를 통해 착석해달라는 공지가 나왔는데 마치 19세기 어딘가로 떨어진 듯한 묘한 기분에 휩싸였다. 두번째 인터미션 때는 졸음을 쫓느라 아메리카노를 마셨다. 카페인 때문인지 다행히 4막에서는 한결 집중이 잘됐다. 제대로 몰입하지 못했던 나와 달리 공연에 심취한 관객들도 많았다. 그들은 '브라보'를 연발하면서 열광적인 박수를 보냈다.

생각해보면 나는 오페라 자체보다 오페라가 열리는 장소와 오페라를 보러간 내 행위에 만족하고 있었다. 그럴 만도 한 게, 오페라를 정말 보고 싶었다기보다는 오페라를 찾는 사람들을 동경했기 때문이다. 피에르 오귀스트 르누아르Pierre Auguste Renoir의 그림 속 여자처럼 되어보고 싶었다.

프랑스 인상주의 화가 르누아르의 「특별관람석」은 내 마음속 어디엔가 도사리고 있는 허영심을 자극하는 그림이다. 르누아르는 사람들의 행복하고 기쁜 순간들을 아름답게 그려낸 화가다. 그래서 그의 작품 중에는 집에 걸어두고 싶은 그림이 많다. 「특별관람석」도 마찬가지였다.

런던 코톨드갤러리에서 이 그림을 직접 봤을 때 바스락거리는 소리가 날 것 같은 시스루 실크 옷감과 까만 퍼 장식, 겹겹이 감아 목에 건 진주 목걸이, 향기가 퍼져나올 것 같은 꽃 장식에 감탄했다. 하얀 살결에 꽉 다문 붉은 입술, 보는 이의 시선을 정면으로 마주하는 까만 눈동자의 여인. 그녀는 귀하고 곱게 자란 숙녀임에 틀림없었다. 맑은 눈동자와 야무진 입매에서도 그런 분위기가 느껴졌다. 그녀는 누구와 견주어도 뒤지지 않을 화려한 차림새다. 극장의 특별석에 앉아서 아마도 뭇 사람들의 부러운 시선을 즐기는 중일 것이다. 물론 그녀 옆에는 그녀를 에스코트한 멋진 남자가 있다. 나는 그녀가 아니지만, 그녀가 되는 상상만으로도 입꼬리가 올라간다.

르누아르는 1874년 첫 인상주의 전시회에서 이 작품을 선보였다. 갤러리 설명에 따르면 당시 이 그림에 대한 비평이 둘로 나뉘었다고 한다. 그림 속 여인의 화려한 옷차림을 비판하며 패션 산업의 위험한 유혹을 경고한 쪽이 있는가 하면, 그녀의 우아한 자태를 그

피에르 오귀스트 르누아르, 「특별관람석」, 캔버스에 유채, 80×63.5cm, 1874년, 코톨드갤러리, 런던

저 칭송한 부류도 있었다. 나는 르누아르가 단지 아름다운 여인의 행복한 순간을 그렸을 뿐이라고 생각하는 쪽이다. 그림이 그려진 19세기 후반에는 부유한 남성들이 오페라 극장에 동행할 연인의 옷차림을 위해 많은 돈을 투자했다. 여자가 얼마나 화려하게 치장했는지에 따라 남자의 위신이 결정된다고 생각했다나. 그림 속 남자는 쌍안경으로 경쟁자의 파트너가 어떤 옷을 입고 왔는지 보는 중일지도 모르겠다. 나는 이 예쁜 그림 앞에서 그저 화려한 여인의 행복한 순간이 부러웠다. 오페라를 감상하는 틈틈이 2층 박스석을 쳐다봤다. 혹시 르누아르 그림 속 그녀 같은 여인이 앉아 있지는 않을까 궁금해하면서.

나름 거금을 들여 오페라를 관람했지만 들인 비용만큼의 감동을 얻지는 못한 것 같아 아쉬웠다. 하지만 베르디의 〈운명의 힘〉이 어떤 내용인지, 그리고 그 서곡이 특별히 좋다는 걸 알게 됐다. 공연이 끝나고 집으로 돌아오는 길에 휴대폰으로 오페라의 서곡을 찾아서 계속 들었다. 이젠 어딘가에서 이 곡을 듣게 되면 아는 척을 할 수 있을 것이다. 시간이 지나면 런던에서 혼자 오페라를 봤던 추억도 새록새록 떠오르겠지. 그렇게 따져보니 돈이 아깝지는 않다. 다음에 〈라 트라비아타〉를 보게 되면 오페라가 더 좋아질지도 모르겠다. 어차피 취미와 취향은 만들어가는 것. 언젠가는 르누아르 그림 속 여인처럼 근사하게 차려입고 오페라를 보러가고 싶다.

카나리워프의 야경.
런던의 중심인 1존 바로 다음인 2존에 속하는 이곳은
과거 쇠퇴기를 딛고 일어서 '떠오르는 스타'가 된 곳이다.

런던 트라팔가광장에 있는 내셔널갤러리는
수많은 미술관 중에서도 내가 가장 좋아했던 곳이다.

테이트모던이 특별전으로 진행했던 파블로 피카소
전시는 50만 명의 관람객을 끌어모으며 성황을 이뤘다.

여느 전망대와 견주어도 손색이 없을 만큼 근사한
풍경을 보여주는 테이트모던 5층 바에서 남편과 함께한 시간.

V&A의 캐스트코트(위)와 내부 카페(아래)

런던에서 흔히 볼 수 있는 펍의 풍경.
해질 무렵이면 삼삼오오 모인 사람들이 카페나 펍 입구 밖까지 나와
맥주잔이나 와인 잔을 들고 서서 끊임없이 대화를 나누는 모습은 꽤 인상적이다.

월리스컬렉션의 외관.
하트포드 후작 가문의 저택이 공공 미술관으로 변신한 곳이다.

월리스컬렉션의 리셉션 현장.
와인을 마시며 자연스럽게 대화를 나눌 수 있는 이러한 행사는
스스로를 지성인이라고 생각하는 그들의 사교 무대였다.

일요일에만 문을 여는 콜롬비아로드플라워마켓.
오랜만에 꽃을 들고 거리를 지나다니는 기분이 말할 수 없이 상쾌했다.(왼쪽)
어느 날 엄마의 카카오톡에 우리의 뒷모습 사진이 올라와 있었다.
비 오는 날 내가 우산을 들고 서윤이의 손을 잡고 걸어가는 모습이었다.(오른쪽)

소더비 경매를 관람한 날.
눈치와 긴장, 돈과 열정이 뒤범벅된 한 편의 쇼를 보는 것 같았다.

메종애술린 안에 있는 바에서 나는 책도 읽고, 음악도 듣고,
바텐더들이 일하는 모습을 구경했다가,
다른 테이블에 앉은 손님들을 바라보기도 하면서 한낮의 낭만을 즐겼다.

좋은 걸 모아서,

행복하게

런던에서의
루틴

살면서 좋은 루틴을 많이 만드는 건 좋은 취향을 많이 만드는 것이다.
좋은 루틴과 좋은 취향을 차곡차곡 쌓아나갈 때
인생도 차츰차츰 더 좋아진다고 믿는다.

나는 비교적 규칙적인 삶을 살아왔다. 어려서는 학교를 다녔고 어른이 되어서는 직장을 다녔으니, 수업 시간과 근무 시간에 맞춰 살아온 날들이 대부분 규칙적이었다는 건 당연한 말일지도 모른다. 하지만 외부적인 강제 요인이 없어도 나는 계획이나 습관에 따라 규칙적으로 행동하길 좋아하는 유형이다. 스스로 규칙 만들기를 즐긴다. 그리고 그렇게 정한 나만의 규칙에 따라 일상의 루틴을 깨지 않고 반복할 때 잘 살고 있다고 믿는 편이다. 나의 이런 성향만큼은 어렸을 때부터 줄곧 변한 적이 없다. 가끔씩은 스스로를 가두는 이런 성격에서 벗어나고 싶기도 했고, 또 가끔씩은 끈기와 지구력이 장점으로 느껴져 마음에 들기도 했다. 싫든 좋든, 어쨌든 난 계속해서 루틴이 있는 삶을 살아왔다.

기자의 삶은 팍팍하다. 여름과 겨울 휴가를 일주일씩 쓰곤 하지만 그 외엔 대부분의 기자들이 아침부터 밤까지 일한다. 석간신문 기자로 사는 동안은 보통 사람들이 아직 잠들어 있는 새벽부터 일하기도 했다. 그래서 마침내 연수자 신분이 되어 내 마음대로 쓸 수 있는 1년간의 자유시간(?)을 받고 보니 감개무량했다. 불행인지 다행인지 결혼을 하고 아이가 있는데도 혼자서 런던 생활을 만끽하게 됐다. 조금은 쓸쓸했지만 그만큼 자유로웠고, 서울에서의 일상과는 다른 새로운 루틴도 생겼다. 엄마와 딸이 런던에서 완전히 함께했던 3개월을 제외한 나머지 9개월은 그야말로 내가 나의 하루를 '자유의지'에 따라 기획하고 운용했던 날들이었다. 열심히 학교를 다녀야 한다거나 일하기 위해 꼬박꼬박 출근을 하지 않아도 됐고, 시험 준비와 같은 외부적인 압박도 전혀 없었다. 그저 지금껏 하던 걸 멈추고 쉬어갈 수 있는 시간이었다.

하지만 사람의 성향은 쉽게 바뀌는 게 아니었다. 나는 더 철저하게 계획하고 규칙적으로 움직이고 있었다. 외부 요인 없이 내적 동기와 의지만으로 만든 루틴에 더욱더 철저히 얽매이려는 사람 같았다. 심지어 루틴을 깨지 않기 위해 노력했다.

휴대폰 모닝 알람 시간은 회사 다닐 때와 같았다. 새벽 다섯 시, 다섯 시 반, 여섯 시 이렇게 세 번, 서울에서 설정되어 있던 그대로 유지했다. 서울에서는 보통 첫 알람이 울리면 잠에서 깨지만 노파심에 30분 간격으로 세 번이나 울리게 했다. 대개의 경우 다섯 시 알람을 듣고 일어나 여섯 시 알람이 울릴 때쯤이면 샤워를 하고 나와 뉴스를 틀어놓고 한창 출근 준비를 하고 있을 시각이다. 아침 샤워를 20분 이상 느긋이 하는 습관이 있어서, 일어나서 집을 나서기까지 한 시간 반쯤은 확보해야 마음이 편했다. 중간에 울리는 다섯 시 반 알람은 가끔 너무 피곤한 날 30분쯤 더 잘 때도 있기 때문에 맞춰둔 예비용이었다.

런던에서는 새벽 다섯 시 첫 알람에 거의 곧바로 일어났다. 오히려 어떤 날은 알람이 울리기도 전에 잠에서 깼다. 런던은 겨울이 되면 오후 네 시만 넘어도 해가 지기 때문에 일찍 일어나는 게 여러모로 좋았다. 생각해보면 워낙 아침형 인간인 나는 새벽 여섯 시까지 출근해야 했던 석간신문 기자 생활에 남들보다 더 잘 적응했던 것 같다. 어쩌면 그때의 경험이 지금까지 내 기상 습관에 영향을 주고 있는 건지도 모른다.

일찍 일어나는 만큼 늦은 밤까지 눈을 뜨고 있는 일에는 약하다. 그래서 방송국에서 야근을 할 때마다 힘들었다. 런던에서도 저녁 일정이나 약속이 있는 날이 아니고서는 대부분 밤 열 시 전후로 잠자리에 들었다. 로빈 샤르마의 『The 5AM CLUB』이라는 책은 국내에서도 2019년 초 『변화의 시작 5AM 클럽』으로 번역 출간됐다. 인터넷에서 서평이나 블로그 리뷰를 보고 책이 꽤 인기가 있나보다 생각했는데, 영국에서도 화제가 되긴 마찬가지였다.

어느 날 신문을 보다가 해리 왕자와 결혼한 메건 마클이 '5AM 클럽'에 동참하고 있다는 기사를 봤다. "팀 쿡 애플 CEO는 사실상 한밤중인 새벽 세 시 반이 조금 지나 기상하고, 잭 돌시 트위터 CEO는 새벽 다섯 시에 첫 커피를 마시며, 하워드 슐츠 전 스타벅스 CEO나 로버트 아이거 월트디즈니컴퍼니 회장은 새벽 네 시 반에 알람이 울린다"는 내용이 소개되어 있었다. 기상 시간으로 따지면 내게도 웬만큼은 성공 잠재력이 있는 것일까. 누가 시키지 않아도 일찍 자고 일찍 일어나는 걸 좋아하고 잘하는 건 사실이니 말이다.

런던에서는 의무적으로 수행해야 하는 일정 같은 건 없었지만 나는 스스로 지킬 수밖에 없는 일정들을 만들었다. 주요 언론사나 미술관, 공연장 등이 발행하는 온라인 뉴스레터를 받아볼 수 있도록 일제히 회원가입을 해둔 게 시작이었다. 아침에 일어나서 또는 밤에 잠들기 전 메일을 확인하면서 흥미가 가는 전시나 강연, 투어 일정을 골라 늘 미리 온라인 예약을 했다. 영국에서는 대부분 3~6개월 전부터 각종 광고 홍보 메일을 보내오는데 주요 행사들은 일찍 마감되는 경우가 많았다. 그래서 가끔은 수개월 후 일정까지 미리 잡게 되는 일도 생겨났다.

일정을 계획하면 휴대폰 달력에 바로 입력했다. 마치 회사 다닐 때 취재원과의 약속 날짜를 꼬박꼬박 입력했던 것처럼 말이다. 내가 직접 계획하고 기록해놓은 일정으로 달력이 빼곡해지면 런던에서도 열심히 살고 있는 것 같아 뿌듯한 마음이 들었다. 온라인으로 미리 표를 끊어두면 이미 돈을 지불했기 때문에 강제성이 생겼다. 발길 닿는 대로 다니는 법도 거의 없었다. 대부분은 갈 곳을 정해놓고 다녔기 때문이다. 우연히 예쁜 공원을 지나게 되면 그곳을 가로질러 가곤 했지만 작은 이탈에 불과했다.

런던까지 와서 계획한 일정에 맞춰 살고자 하는 나 자신이 지겹게 느껴지는 순간도 있었다. 하지만 그런 기분은 잠시뿐, 노는 일조차 미리 계획하고 실행하면 일종의 성취감이 따랐다. 일하기 때문에 휴식이 좋듯, 넘치는 자유시간을 좋아하기 위해서는 역설적으로 계획에 구속되는 시간이 필요했다.

정기적으로 교유할 수 있는 '관계의 루틴'을 만드는 것도 시도했다. 먼 곳으로 여행을 가지 않는 한 일주일에 한 번씩은 꼭 그림을 그리러 미술학원에 갔다. 그곳에 가면 나의 그림 선생님 게일이 언제나 반갑게 맞아줬다. 그림 그리는 취미를 갖는 게 목적이긴 했지만 누군가를 꼬박꼬박 만나게 된다는 점이 더 든든했다. 연수 후반기에는 웨이트 트레이닝을 목적으로 운동 선생님 타라를 만났다. 일주일에 한 번씩 트레이너를 만나 운동도 하고 이런저런 수다도 떨다보면 런던에 혼자 있어도 외롭지 않았다. 이 두 명의 선생님들과는 이제 따로 만날 약속을 잡아 함께 밥을 먹을 수 있는 관계로 발전했다. 딸 서윤이가 런던에 와 있을 때 게일은 서윤이의 그림 선생님도 되어줬다.

런던 생활 초반에는 프랑스어 학원과 로열아카데미 10주 단기 강좌에 등록했다. 영국 영어 발음을 익히겠다며 6주 동안 잉그리드 선생님을 꼬박꼬박 만났고, 내가 방문학자로 소속되어 있던 런던 대학교의 동양·아프리카연구원(SOAS)에서 세미나와 리셉션 안내 메일을 보내오면 가능한 한 빠지지 않고 참석했다.

생각해보면, 아무리 친한 사이라 하더라도 서로가 서로의 일상에 포함되어 있지 않다면 따로 시간을 내어 만나는 게 쉽지 않다. 같은 하늘 아래에 있는 친한 친구라도 회사 동료를 매일 보는 것과는 달리 1년에 몇 번 만나기도 어렵다. 그러니 일주일에 한 번씩 선생님과 학생의 관계로 꼬박꼬박 만날 수 있는 인연은 얼마나 귀한 것인가. 가르치고 배우는 사이만큼 긍정적인 에너지를 주고받을 수 있는 관계도 드물다. 런던에서 나는 최대한 많은 선생님들을 일상의 루틴 안으로 불러들였다. 내가 자발적으로 고를 수 있었기에 좋은 사람들과 함께할 수 있었다.

그밖에도 일상의 소소한 루틴들이 많았다. 아침에 일어나면 커피를 마셨고, 좋은 책이나 영화를 보다가 감상에 빠지고 싶을 때면 집에서 레드와인으로 '혼술'을 했다. 런던에서 와인을 마시는 일은 루틴에 속했으므로 슈퍼에서 저렴한 와인을 사서 기분 좋게 마셨다. 루틴이 되려면 무엇보다 가성비도 좋아야 하니까.

하루에 딱 한 번 매일 아침 체중계에 올라서는 루틴은 서른 즈음부터 거의 하루도 빼먹지 않고 하는 일이다. 체중계 숫자에 따라 그날의 음식 종류와 양을 조절하려고 나름대로 노력한다. 점심시간이 지난 후에는 런던 거리 어디에서나 볼 수 있는 무가지 『이브닝 스탠더드』를 어김없이 집어왔고, 일단 집으로 가져온 신문은 제목이라도 훑어보고 휴지통에 버리는 루틴을 만들었다.

다섯 살 때부터 그랬듯 정리와 청소는 언제나 열심히 했고, 외출도 귀찮을 만큼 기분이 저조하면 반신욕을 했다. 집에 향초를 켜두거나 디퓨저를 두는 습관은 런던에서도 여전히 유지했다. 다만 서울에서는 캔들 라이터로 초를 켰는데, 런던에서는 성냥을 사용했다. 성냥을 켜는 게 재미있다는 생각도 들었다. 불을 붙일 때마다 어릴 때 읽었던 안데르센 동화 『성냥팔이 소녀』가 떠올랐다.

살면서 좋은 루틴을 많이 만드는 건 좋은 취향을 많이 만드는 것이다. 좋은 루틴과 좋은 취향을 차곡차곡 쌓아나갈 때 인생도 차츰차츰 더 좋아진다고 믿는다. 시간이 흘러 런던 시절을 추억하게 된다면 '내가 거기서 그랬었지' 하며 런던에서의 루틴들을 떠올릴 것이다. 런던에서 새로 얻었던 일상의 루틴들은 참 좋았고 소중했다. 갈망하고 동경하는 데 그쳤던 좋은 것들을 모아 내 취향도 한층 견고해졌다. 덕분에 앞으로 더 풍성한 인생을 살 수 있는 힘이 생겼다.

나는 전생에
프랑스인이었을까

파리를 꿈꿀 때면 「파리 거리, 비 오는 날」이 떠오른다.
이 그림은 마치 내가 시공간을 뛰어넘어 파리에 있는 것 같은 느낌을 준다.

런던 생활 초반 3개월 동안 매주 수요일 저녁이면 스위스코티지 지역에 있는 프랑스어 학원을 다녔다. 영국에서 프랑스어라니, 지인들은 모두 "아니, 왜?" 하는 반응을 보였다. 나 역시 학원 숙제를 미처 끝내지 못해 수업에 갈까 말까 망설인 날이면 '내가 지금 대체 뭘 하는 건가. 영어를 더 해도 부족할 판에……'라는 생각이 들곤 했다. 하지만 애당초 어학 공부를 하러 학원에 등록한 건 아니었다. 런던 사람들을 최대한 많이 만날 수 있는 방법을 궁리하던 끝에 찾은 아이디어였다. 만약 런던에서 어학 공부를 위해 영어 수업을 듣는다면 학원에서 만나는 사람들은 대부분 비슷한 처지의 이방인들일 것이다. 하지만 런던에서 프랑스어를 배우러 오는 사람이라면 진짜 영국인이거나 적어도 오래된 현지인이 아닐까 하는 생각이 들었다. 그래서 친구도 사귀고 내 오랜 '로망'이었던 프랑스어도 배워보고자 했던 것이다.

하지만 예상은 조금 빗나갔다. 다인종·다문화의 도시답게 수강생들의 국적은 다양했고, 게다가 정작 영국 출신은 한 명도 없었다. 연수 초기만 해도 정통 영국인들과 교류하면서 진짜 영국을 알아야 한다는 강박에 사로잡혀 있던 나로서는 섭섭한 일이었다. 선생님은 당연히 프랑스인, 학생들의 모국은 스페인, 불가리아, 캐나다, 미국, 아프리카 등으로 모두 달랐다. 런던에서 직장을 다니거나 사업을 하는 이들, 가족이나 연인을 따라 낯선 도시로 옮겨온 이들이 저마다 다른 목적으로 프랑스어를 배우러 왔다. 런던에 도착한 지 한 달도 채 되지 않은 내가 거주 기간이 가장 짧았다.

학원 원장 마리는 10여 년 전 런던에 둥지를 튼 프랑스인 중년 여성이었다. 50대 중반쯤으로 짐작되는 그녀는 왠지 모르게 우아하고도 단호한 이미지를 함께 풍겼다. 간단한 레벨테스트를 치르느라 처음 그녀와 마주했을 때 그동안 책이나 영화에서 본 프랑스 여인의 분위기와 꼭 맞아떨어진다는 생각에 약간 설레기도 했다. 그녀와 인터뷰를 하면서 런던에 온 후 처음으로 영어가 무척 편하게 느껴졌다. 마리는 프랑스어로 말하길 독려했지만, 나는 서툰 내 프랑스어를 이해시키기 위해 끊임없이 영어로 보충 설명을 하고 있었다. 내겐 프랑스어보다 영어가 더 우위에 있었던 것이다. 수업을 따라가면서 영국인 친구를 만들겠다는 애초의 마음가짐은 온데간데없이 사라져버렸다. 나처럼 런던이 고향이 아닌 외국인들과 함께 또다른 외국어를 배우고 있다는 사실이 그저 정겨웠다.

런던까지 와서 프랑스어를 취미로 배웠다고 하면 내가 프랑스어를 꽤 잘한다고 생각할지도 모르겠다. 하지만 내 실력은 그야말로 기초 수준에 머물러 있다. 한동안 공부를 놓고 있다보면 그나마도 까먹어버린다. 프랑스어는 전공과도 무관하고 학창 시절에 제2외국어로도 배운 적이 없었다. 하지만 내겐 프랑스에 대한 알 수 없는 애착이 있었다. 한국에서도 프랑스어를 배우기 위해 한동안 개인 과외를 받기도 했다. 알파벳부터 배우기 시작해 열성을 부린 끝에 프랑스어 능력시험인 델프DELF A1, A2 기초 자격증을 땄다.

프랑스를 자주 여행했던 것도 아니었다. 런던으로 연수를 오기 전에 대통령 해외순방 취재차 파리에 두 차례 동행한 게 전부였다.

그래서 가끔 나는 '혹시 전생에 프랑스인이었을까' 하는 허무한 공상에 빠지곤 했다. 서점에서 프랑스 관련 신간들을 발견하면 선물을 발견한 듯 좋아하며 냉큼 샀다. 딱딱한 역사서보다는 주로 에세이 종류였는데, '파리지앵 스타일' '프렌치 시크'와 같은 말이 제목에 들어가면 거의 무조건 사서 읽었다. 런던에서도 『당신이 어디에 있든 파리지앵 되는 법How to Be Parisian Wherever You Are』 『프랑스의 비밀 같은 삶The Secret Life of France』 같은 책들을 사서 읽었다.

'세상에서 가장 아름다운 서점' 중 하나로 꼽힌다는 런던의 던트 북스Daunt Books는 프랑스 여행서 코너에 가벼운 에세이 책들도 진열하고 있어 심심하거나 울적할 때 책을 고르러 가곤 했다. 무심한 듯 자유로운 '프렌치 시크'를 마음속으로나마 지극히 신봉했으며, 제인 버킨이나 카를라 브루니의 노래를 백그라운드 뮤직으로 삼을 때도 많았다. 한국에서 내 휴대폰 연결음은 오랫동안 제인 버킨의 「예스터데이 예스 어 데이Yesterday Yes A Day」였다. 영어로 부른 노래지만 특유의 프렌치 감성이 한껏 묻어 있다. 몇몇 취재원들이 듣기 좋다며 제목을 물어와 괜히 뿌듯했던 기억도 있다.

프랑스라는 나라가 내게 각인된 시점은 아마도 대학교 1학년쯤이었던 것 같다. 20년도 더 흐른 지금까지도 많은 사랑을 받고 있는 영화 「비포 선라이즈」를 그때 제대로 보았다. 각자의 여행길에서 만난 풋풋한 20대 남녀가 오스트리아 빈에서 운명적 하루를 보내며 사랑에 빠진다는 내용이다. 제시와 셀린, 둘의 러브스토리에 감

귀스타브 카유보트, 「파리 거리, 비 오는 날」,
캔버스에 유채, 212.2×276.2cm, 1877년, 아트인스티튜트시카고

정을 이입했던 많은 이들이 빈으로 여행을 떠나곤 했다. 하지만 당시 나는 빈이 있는 오스트리아가 아닌 프랑스에 마음을 뺏겼다. 영화 속 셀린이 프랑스 여자였기 때문이다. 그녀는 여행길에 책을 읽고, 제시의 서툰 프랑스어를 고쳐주고, 인생과 사랑에 대한 심오한 화두를 던지는 노련함을 보였다. 영화를 여러 번 본 이들은 아마도 알 것이다. 문득문득 제시가 셀린을 바라보는 눈빛에서 경외감이라고 불러도 좋을 감정이 비치곤 했다는 걸.

당시 나는 셀린을 보면서 프랑스 여자가 참 멋지다는 것과, 지적이고 똑똑한 여자의 매력이란 바로 저런 것이라는 생각이 들었다. 자신의 친구에게 전화를 건 제시가 셀린을 두고 "아주 똑똑한(super smart)" "매우 열정적인(very passionate)"이라고 묘사하는 대목이 기억난다. 대학 시절 영어 공부를 하느라 영화 대사를 녹음한 테이프를 사서 워크맨으로 듣고 다녔는데, 「비포 선라이즈」는 수백 번도 넘게 들었던 것 같다. 어린 나는 셀린의 대사를 곱씹으며 혼자 감탄했고 나도 'super smart'하고 'very passionate'한 여자가 되어야지 다짐했다. 굳이 근원을 따지자면 아마도 그 이후로 프랑스는 내 무의식에서부터 꿈의 나라가 되었던 것 같다.

내가 좋아하는 그림 중에도 유독 프랑스 인상주의 화가들의 작품이 많다. 마음에 쏙 드는 그림의 작가를 찾아보면 드가, 르누아르, 모네, 카유보트 같은 프랑스 화가들이었다. 그중에서도 귀스타브 카유보트Gustave Caillebotte의 「파리 거리, 비 오는 날」은 오래전부터 파리를 꿈꿀 때면 떠오르는 이미지였다.

이 그림은 마치 내가 파리에 있는 것 같은 느낌을 준다. 왼쪽 저 멀리까지 뻗어나간 거리를 따라 골목으로 걸어 들어가면 갓 구워낸 빵 냄새를 솔솔 풍기는 예쁜 베이커리가 있을 것 같고, 같은 곳을 바라보고 있는 우산 속 연인처럼 누군가와 함께 파리의 비 오는 거리를 걷게 될 날을 상상하게 된다. 비 젖은 거리를 지나는 사람들의 발자국 소리와 우산 위로 떨어지는 빗방울 소리가 들리는 것 같고, 제각각 목적지를 향해 걸어가는 멋진 파리지앵들이 눈앞을 스치는 것만 같다. 나는 그렇게 이 그림 한 장으로도 시공을 초월해 파리에 다녀오곤 했다. 화면 속 장소는 파리의 생라자르역에서 그리 멀지 않은 곳으로 모스코거리와 튀린거리가 만나는 지점쯤 된다고 한다.

「비포 선라이즈」의 셀린과 제시는 속편 「비포 선셋」에서 9년 만에 파리에서 다시 만났다. 오랜 시간 파리를 동경해온 나도 마침내 원 없이 파리 거리를 걸었다. 런던에서 파리는 유로스타를 타고 두 시간 남짓이면 도착하는 가까운 거리였다.

명화 앞에서
와인잔을 든 날

자유롭게 와인을 마시며 명화들을 감상하는 시간.
와인이 주는 기분 좋은 취기에 젖어 명화 앞을 거닐자니
천국이 따로 없었다.

런던의 고급 쇼핑가 본드스트리트 부근에 있는 월리스컬렉션은 후작 가문의 저택이 공공 미술관으로 변신한 곳이다. 하트포드 후작 4세는 인생 대부분을 파리에서 보내면서 런던에 있는 저택을 자신이 수집한 예술품들을 보관하는 장소로 사용했다. 월리스컬렉션이 18세기 프랑스 로코코풍의 작품들로 가득해진 이유다. 대표적으로 장오노레 프라고나르Jean-Honoré Fragonard의 「그네」가 있다. 울창한 숲속에서 그네를 타고 있는 여인의 신발 한 짝이 벗겨져 공중으로 날아가는 장면을 담은 그림이다. 그림 설명에 따르면, 뒤에서 그네를 미는 사람은 그녀의 늙은 남편이고, 앞에서 바라보고 있는 사람은 그녀의 젊은 애인이라고 한다. 월리스컬렉션은 이 그림을 "18세기 프랑스 미술의 가장 상징적인 이미지 중 하나"로 소개하고 있다.

처음에는 프라고나르의 「그네」를 보기 위해 이곳을 방문했는데 아름다운 공간을 둘러보다 미술관 자체에 반하고 말았다. 이후로 이곳에 관심이 생겨 종종 홈페이지를 들여다봤다. 그러다 '고전문학을 통해 티치아노와 푸생 읽기'라는 주제로 강좌가 열린다는 공지를 보게 됐다. 호기심이 생겨 우리 돈으로 5만 원이 조금 넘는 티켓을 예매했다.

월리스컬렉션은 보통 오후 다섯 시면 미술관 문을 닫지만, 저녁 강좌를 마련한 날에는 관람 시간이 끝난 후 리셉션과 강연을 함께 진행하곤 한다. 예정 시각보다 한 시간 정도 일찍 도착한 나는 근처 카페에서 내가 좋아하는 파스타 샐러드와 아메리카노 한 잔을 주문하고 휴대폰으로 티치아노와 푸생의 작품들을 검색해봤다.

장오노레 프라고나르, 「그네」, 캔버스에 유채, 81×64.2cm, 1767년경, 월리스컬렉션, 런던

베첼리오 티치아노, 「바쿠스와 아리아드네」,
캔버스에 유채, 176.5×191cm, 1522~23년, 내셔널갤러리, 런던

베첼리오 티치아노Vecellio Tiziano와 니콜라 푸생Nicolas Poussin은 런던에 오기 전까지만 해도 몰랐던 화가들이었다. 런던 내셔널갤러리에 걸려 있는 「바쿠스와 아리아드네」를 처음 봤을 때 티치아노를 알게 되었다. 이탈리아 르네상스 화가인 티치아노의 이 작품은 자신이 사랑했던 테세우스가 떠나버려 슬픔에 빠진 아리아드네를 보고 바쿠스가 첫눈에 반한 장면을 묘사하고 있다. 갤러리 가이드는 "바쿠스가 아리아드네를 적극적으로 유혹하고 있다"며 "하늘 위의 별들이 둘의 행복한 미래를 암시한다"고 설명했다. 고대 로마 시인 오비디우스가 쓴 신화를 그림으로 표현한 것이다. 왼쪽 하늘의 별자리는 '북쪽왕관자리'로 바쿠스가 아리아드네에게 선물했던 왕관에 박힌 보석들을 의미한다.

17세기 프랑스 최고의 화가로 꼽히는 푸생은 이탈리아 고전과 고대 로마를 끊임없이 동경한 사람이었다. 프랑스인이었지만 주로 로마에서 활동하다 생을 마감했다. 루이 13세 때 파리에서 루브르궁의 장식을 맡은 적이 있는데, 그는 왕의 비위를 맞추는 일이 성격에 맞지 않아 금세 관뒀다고 한다. 왕 앞에서도 꼿꼿한 지조와 품위라니, 작품을 떠나 화가의 인격이 믿음직스러웠다.

강연은 오후 일곱 시 반부터였지만 앞서 한 시간 동안 명화들이 걸려 있는 전시실에서 와인 리셉션이 진행됐다. 리셉션 현장에 모인 사람들은 대부분 중산층 이상으로 보였다. 와인을 마시면서 자연스럽게 대화를 나눌 수 있는 이러한 행사는 스스로를 지성인이라고 생각하는 그들의 사교 무대였다. 그림 앞에서 이런저런 알은체를 하면서 자신의 예술적 소양을 은근히 자랑할 수 있는 기회였다. 아마도 나는 그 공간에서 유일한 '여행자'였을 것이다.

와인을 마시면서 그림을 둘러보고 있는데 어느 자선단체 간부가 내게 말을 걸어왔다. 그 단체는 기부금을 모아 영국 초 · 중등학교 학생들의 고전 교육을 지원하는 곳이었다. 조금 전 내가 관련 팸플릿을 유심히 보고 있는 걸 봤던 모양이다. 학교 선생님이라도 되는 줄 알고 자기네 고전 교육 프로그램을 홍보하려는 의도로 다가왔던 것이다. 나는 한국에서 온 기자임을 밝히고 혹시 개인을 위한 프로그램은 없는지 물었다. 그러자 그는 "우리는 학교 교육을 지원하고 있다"며 사람 잘못 찾았다는 듯 아쉬운 기색을 보였다.

리셉션 시간은 자유롭게 와인을 마시며 명화들을 감상할 수 있다는 점에서 내겐 완벽한 시간이었다. 그림과 와인을 모두 좋아하는 사람이라면 충분히 공감하리라 믿는다. 대부분의 영국 미술관들은 그림 앞에 펜스를 쳐두지 않기 때문에 얼마든지 아주 가까운 거리에서 작품을 감상할 수 있지만, 와인을 마시며 그림 앞에 머무를 수 있는 경우는 흔치 않다. 와인이 주는 기분 좋은 취기(?)에 젖어 명화 앞을 거닐자니 천국이 따로 없었다. 행사 담당자들은 와인과 카나페를 들고 관람객들을 우아하게 따라다니며 "와인 좀더 드시겠어요?" 하고 물었다. 그러면 나는 역사 속 귀부인이라도 된 것처럼 미소를 머금고 고맙다는 인사와 함께 권유에 응하며 잠시 우쭐한 기분을 즐겼다.

강연은 월리스컬렉션의 디렉터 그자비에 브레이와『가디언』의 예술 담당 기자인 샬럿 히긴스의 대담 형식으로 진행됐다. 솔직히 이날은 강연 내용을 알아듣기 위해 꽤 안간힘을 써야 했다. 둘이 주고받는 말이 빨랐던 데다, 특히 샬럿의 억양이 너무 낯설었다. 잠시 딴생각을 하고 나면 대화 주제가 바뀌어 있었다. 다만 "고전이 내 삶을 풍요롭게 했다"는 샬럿의 말만큼은 귀에 쏙 들어와 뇌리에 남았다.

이날의 큰 소득은 내가 새롭게 애정을 갖게 된 그림이 생겼다는 것이다. 푸생의「세월의 음악을 따라 추는 춤」이라는 작품으로, 크기가 작아서 가까이 다가가 보는 게 좋은 그림이다. 리셉션 때 와인을 홀짝이며 그림 앞에 서 있었는데, 역시 와인잔을 손에 든 중년 남녀가 옆으로 다가왔다. 남자는 그림 속 댄서들을 가리키며 "사람들이 왼쪽으로 돌고 있는 걸까? 아니면 오른쪽으로 돌고 있는 걸까?"라고 여자에게 물었다. 자신은 잘 모르겠다고 했다. 여자도 금방 답하지 못하고 뭐가 정답일지 골똘히 생각하는 것처럼 보였다. 본의 아니게 남자의 질문을 듣게 된 내가 그를 쳐다봤더니, 당신은 답을 아느냐는 듯 그가 싱긋 웃어보였다. 나도 그림 앞에서 생각에 잠겨 있었지만 그림 속 인물들이 어느 방향으로 돌고 있는지는 미처 알아내지 못했다. 남자의 질문을 듣고부터 답을 찾으려 애썼지만 쉽게 해석할 수 없었다. 네 명의 댄서들이 각자 다른 방향으로 얼굴을 두고 있었기 때문이다.

니콜라 푸생, 「세월의 음악을 따라 추는 춤」,
캔버스에 유채, 82.5×104cm, 1634~36년, 월리스컬렉션, 런던

이 그림에는 우리의 인생사가 계절로 표현되어 있다. 네 명의 댄서 중 마른 나뭇잎으로 만든 왕관을 쓰고 있는 남자는 '와인의 신'으로 불리는 바쿠스다. 그는 가을을 뜻한다. 마른 나뭇가지에서 느낄 수 있듯 이 남자는 가난의 표상이다. 그리고 머리를 천으로 감고 있는 여자는 겨울이자 노동을 의미하고, 그 옆에 땋은 머리의 여자는 봄과 부유함을 상징하며, 머리를 장미꽃으로 장식하고 푸른 옷을 입은 여자는 여름과 쾌락을 뜻한다.

자연의 아름다움보다는 철학적 메시지를 담은 그림을 그리는 데 집중했던 푸생은 '가난' '노동' '부' '쾌락'으로 이어지고 다시 '가난'으로 넘어가는 인생의 순환을 표현했다. 가난하면 열심히 일하게 되고 그러다보면 돈이 쌓이는데, 부유해져서 즐기는 데 도취되다보면 결국 다시 가난해진다는 삶의 이치를 말하고 싶었던 것이다. 그림 아래쪽 아기천사들이 갖고 노는 비눗방울과 모래시계는 모두 유한한 인생의 허망함을 의미한다. 왼쪽에 있는 야누스 조각상의 젊은 얼굴과 늙은 얼굴에 똑같이 꽃목걸이가 걸려 있는 것은 인간의 젊음과 늙음이 모두 똑같이 축복받을 만하다는 뜻이다. 네 명의 댄서들이 무엇을 상징하는지 알고 보면, 그들이 오른쪽으로 돌고 있다고 생각하는 게 합리적일 것 같다.

아주 어렸을 때는 영영 마흔 살이 되지 않을 것처럼 멀게 느껴졌다. 10대, 20대 때는 그 나이가 되면 엄청나게 대단한 사람이 되어 있지 않을까 하는 막연한 꿈을 꾸기도 했다. 30대 후반으로 갈수록

'하루 앞을 어찌 장담할 수 있을까' 하는 생각을 하게 됐다. 그러면서도 '아직 인생의 클라이맥스가 남아 있겠지' 하는 위안에 기댈 때가 많다. 그림을 보면서 지금 나는 과연 인생의 어디쯤에 와 있을까 궁금했다. 아트숍에서 그림의 복제화를 하나 샀다. 서울 집까지 고이 가져가 벽에 붙여두려고. 그리고 그 앞에서 와인 한 잔을 마시리라.

향기로운
장미의 가시

꽃이 아름다운 건 유한하기 때문이다.
인생을 아름답다고 말하는 것도 유한하기 때문이다.
그러니 유한한 인생을 사는 우리 모두는 꽃과 같은 존재다.

"당신에게서 꽃내음이 나네요. 잠자는 나를 깨우고 가네요. 싱그런 잎사귀 돋아난 가시처럼 어쩌면 당신은 장미를 닮았네요"라는 노랫말의 가요 「장미」를 들으면 나는 금방 기분이 좋아지고 마음이 설렌다. 특히 가수 서영은이 부른 걸 좋아한다. 신혼 때 남편과 같이 차 안에서 많이 들었던 기억에 풋풋했던 감수성을 되살려주는 노래이기도 하다. 장미는 내가 가장 좋아하는 꽃이다. 장미 향기에는 더욱 열광적이다. 장미향이 들어간 향수나 화장품에도 무조건 욕심을 낸다.

나는 꽃이 참 좋다. 꽃을 볼 때도 살 때도 받을 때도 늘 특별한 행복을 느낀다. 아무리 좋아해도 항상 귀한 아이템이라서 그런가보다. 생각보다 꽃값이 비쌀 뿐 아니라 밤낮없이 쫓기는 직장생활을 하다보면 꽃을 사러갈 여유나 시간을 내기도 쉽지 않다. 누군가로부터 꽃을 선물받는 것 역시 흔치 않은 일이다. 대부분의 경우 직접 꽃을 고르고 품에 안아서 상대에게 가져다주는 일은 약간의 용기와 어색함을 동반하기 때문이다. 사랑하는 남자가 직접 꽃을 사서 내게 안겨주는 건 연애소설을 읽는 나이가 됐을 때부터 간직해온 로망이었다. 그래서 나는 지금도 남편이 가끔씩 나를 위해 꽃을 사들고 오길 기대한다. 하지만 그는 적어도 꽃 선물에는 인색하다.

한번은 괜히 꽃을 사오라고 하루 종일 남편을 조른 적이 있었다. 내가 살 수도 있지만 선물로 받는 게 더 행복할 것 같아서 욕심을 부렸던 것이다. 그랬더니 그날 내 등쌀에 못 이긴 남편은 꽃가게에서 선인장 화분을 사들고 들어왔다. 선인장도 꽃이라고 할 수 있나?

잠깐 혼란스러운 마음을 가다듬는데 남편이 하는 말, "이건 빨리 죽지도 않고 진짜 오래간다."

런던에서는 정말이지 거의 모든 사람들의 일상에 꽃이 있었다. 아무리 공원이 많고 정원 가꾸기가 국민적 취미인 나라라고 하지만 슈퍼에서도 꽃을 파는 건 참 새로운 광경이었다. 웬만한 마트에서는 매일매일 싱싱하고 어여쁜 꽃다발들이 한가득 준비되어 있는 걸 볼 수 있다. 사람들은 퇴근길에 저녁거리를 위한 식료품을 사고 생필품을 고르는 것처럼 꽃 매대 앞에서 꽃을 고른다. 말끔한 양복을 차려입은 직장인, 아이들을 데리고 나온 주부, 스웨터 차림의 중년부인, 나이 지긋한 노신사 등 너나 할 것 없이 꽃을 고르고 있는 모습에서 삶의 여유가 느껴져 부러운 마음이 들었다.

언젠가 귀갓길에 마트에 들러 이것저것 먹을 걸 잔뜩 골라 계산하려고 줄을 섰다. 차례를 기다리는데 계산대에 올려둔 내 물건들 옆으로 피자와 와인, 그리고 꽃다발이 툭 올라왔다. 뒤를 돌아보니 서류가방을 들고 양복을 입은 한 젊은 남자가 서 있었다. 퇴근길인 것 같았다. 저 남자는 집에 가서 화병에 꽃을 꽂고 피자와 와인으로 저녁을 먹겠구나. 그가 산 꽃다발이 자신을 위한 건지, 누굴 위한 선물인지 알 순 없었지만 피자와 와인을 계산하는 곳에서 꽃도 함께 계산하는 그의 일상이 참 멋있어 보였다.

나로서는 마트에서 꽃을 사는 일이 빵을 사는 일만큼 익숙하지 않다. 늘 꽃을 갈망하면서 살고 있다고 생각했는데 좋은 것도 습관이 되어야 취할 수 있나보다. 하지만 런던에서는 작정하고 꽃시장을 찾아가는 여유를 부렸다. 엄마와 딸과 함께 지내고 있을 때였다. 크리스마스를 앞둔 어느 일요일, 우리는 다 같이 일요일에만 문을 여는 '콜롬비아로드플라워마켓Columbia Road Flower Market'을 찾았다. 런던 동부 지역에서 열리는 시장인데 혹스턴 지하철역에 내려서 조금만 걸으면 되는 위치에 있었다. 카나리워프역에서 일곱 정거장 정도 지나는 거리라 멀지 않았다. 다만 오후 세 시면 문을 닫는다기에 일찌감치 서둘러 점심때쯤 도착했다.

꽃시장 초입부터 크리스마스트리와 일렉스베리 등을 한아름 사들고 나오는 사람들로 발 디딜 틈 없이 북적였다. 영국인들에게는 겨울 성탄 분위기를 내는 데도 꽃이 필수품이었다. 나는 향기가 오래가는 보랏빛 라벤더를, 딸 서윤이는 보기만 해도 크리스마스 분위기가 느껴지는 알알이 빨간 일렉스베리를, 엄마는 크림색 장미 한 다발을 골라 각자 품에 안고 시장을 나왔다. 근처에서 브런치를 먹기 위해 20여 분 정도 카페를 찾아 길을 걸었는데 오랜만에 꽃을 들고 거리를 지나다니는 기분이 말할 수 없이 상쾌했다. 엄마와 나는 소녀가 된 듯, 나보다 더 꽃을 좋아하는 딸 서윤이는 세상을 다 가진 듯 모두가 신이 났다.

집에 돌아와서 엄마는 장미 가시를 일일이 다듬었다. 한 다발에 단돈 5파운드, 우리 돈으로 7000원이 좀 넘는 비교적 싼값에 산 장미라서 그런지 가시는 각자 다듬으라는 뜻이었나보다. 자칫 찔리기라도 하면 피가 날 것 같은 뾰족한 장미 가시를 조심스럽게 다듬던

빈센트 반 고흐, 「해바라기」, 캔버스에 유채, 92.1×73cm, 1888년, 내셔널갤러리, 런던

존 싱어 사전트, 「카네이션, 릴리, 릴리, 로즈」,
캔버스에 유채, 174×153.7cm, 1885년경, 테이트브리튼, 런던

엄마가 "장미는 참 예쁜데, 이렇게 가시가 있어서 말이야. 이럴 줄 알았으면 다른 꽃을 살 걸" 하고 혼잣말을 했다.

　나는 꽃이 그려진 그림도 좋아한다. 런던에 와서 좋았던 것 중엔 내셔널갤러리에서 빈센트 반 고흐Vincent van Gogh의 「해바라기」를 볼 수 있었던 것도 포함된다. 고흐가 고갱을 열렬히 환영하고 사모하는 마음으로 그렸던 해바라기에는 태양 같은 열정이 담겨 있다. 그리고 태어나서 꽃을 피우고 점점 시들어 죽음을 맞는 인생사의 의미도 함축되어 있다. 고흐는 아를에서 이 해바라기를 그렸던 시기에 가장 행복했다고 한다.

　테이트브리튼에 걸려 있는 존 싱어 사전트John Singer Sargent의 「카네이션, 릴리, 릴리, 로즈」는 그림 제목만 들어도 여기저기서 꽃망울이 터지는 소리가 들리는 듯 언제나 마음을 밝혀주는 그림이다. 초기 인상주의 화가였던 사전트는 2년에 걸쳐 두 번의 여름 정원을 관찰한 끝에 이 그림을 그렸다. 동심과 어우러진 꽃들이 아름다움을 밝히는 순간이다.

　자연을 자세히 관찰해 세부적으로 묘사하는 중세시대 미술을 찬양했던 영국 라파엘전파 화가들도 꽃을 많이 그렸다. 꽃들은 저마다 다른 의미를 갖는다. 존 에버렛 밀레이John Everett Millais는 「오필리아」에서 오필리아의 손에 '죽음'을 의미하는 붉은색 양귀비꽃을 쥐어줬다. 존 윌리엄 워터하우스John William Waterhouse는 「장미의 영혼」에서 장미 향기를 맡으며 지난 사랑의 추억에 젖은 여인을 그려

조지 프레더릭 와츠, 「엘렌 테리(선택)」,
마분지에 유채, 47.2×35.2cm, 1864년, 내셔널포트레이트갤러리, 런던

냈다. 사랑은 결국 장미가 피고 지는 것처럼 짧고 덧없는 것이라는 암시였다.

빅토리아시대 상징주의 화가 조지 프레더릭 와츠George Frederic Watts의 「엘런 테리(선택)」에도 꽃이 등장한다. 나는 이 그림을 런던의 내셔널포트레이트갤러리에서 처음 봤다. 꽃향기를 맡고 있는 소녀가 매우 아름다웠지만 왠지 모를 쓸쓸함이 느껴졌다. 뭔가를 갈망하는 것처럼 보이기도 했다. 그림 속 그녀는 와츠와 결혼했던 배우 엘런 테리다. 테리는 와츠보다 서른 살이 어렸고, 그림의 모델이 되었던 당시 열일곱 살이었다.

테리를 둘러싸고 있는 화려한 붉은 꽃은 카멜리아, 즉 동백꽃이다. 동백꽃은 향기가 없다. 빼어나게 아름답지만 향기가 없는 동백꽃에서 향기를 찾는 건 무의미하고 헛된 일이다. 와츠는 테리의 왼손 안에 제비꽃을 그려넣었다. 순수함의 표상인 제비꽃은 화려한 동백꽃과 강렬한 대비를 이룬다. 화가의 의도는 화려하지만 향기 없는 동백꽃을 보지 말고 소박하지만 순수한 제비꽃을 선택해야 한다는 것이었다.

당대 최고의 배우였던 어린 테리를 아내로 맞이한 와츠는 그녀가 무대 위의 헛된 유혹에서 벗어나 결혼생활에 충실하길 원했다. 하지만 테리는 한 남자의 아내로만 살기엔 재능과 열정이 너무 뛰어났다. 결국 결혼생활은 겨우 1년 남짓 보낸 후 끝이 났고, 테리는 다시 무대로 돌아가는 자기다운 선택을 했다. 그녀는 지금껏 빅토리아시대 최고의 배우로 남아 있다. 화가는 꽃같이 아름다운 여인을 꺾어 자기 방에만 두려고 했던 걸까. 하지만 그녀는 '장미의 가시'를 가진 여자였다.

와츠는 향기 없는 동백꽃이 결국 허상에 불과하다고 했지만 그건 어찌 보면 모든 꽃의 속성이다. '화무십일홍'이라는 말이 있듯 눈부시게 아름다운 꽃도 시들기 마련이다. 하지만 꽃이 아름다운 건 유한하기 때문이다. 그래서 우리는 조화보다 생화를 아름답게 여긴다. 향기를 느낄 수 있는 것도 유한하기 때문이다. 영원히 지속되는 향기라면 후각을 마비시켜버리고 말 것이다. 인생을 아름답다고 말하는 것도 유한하기 때문이다. 그러니 유한한 인생을 사는 우리 모두는 꽃과 같은 존재다. 다만 나는 화려하지만 향기 없는 동백보다는 가시가 있어도 향기로운 장미처럼 살고 싶다.

뒷모습을
보는 일

내가 모르는 사이에도 애정 어린 눈으로
내 뒷모습을 바라봐주는 이들이 있다.
그들의 눈에 비친 내 뒷모습이 언제나 아름답길 바란다.
그러면 아마도 좋은 삶을 살고 있는 것이리라.

런던에 있는 동안 히스로공항에 참 많이도 갔다. 인근 유럽 도시들을 여행할 때도, 나를 찾아온 가족들을 마중하고 배웅하기 위해서도 공항에 갔다. 혼자 떨어져 있던 내가 약속한 날짜에 가족들을 맞으러 공항에 갈 때면 늘 설렜다. 그리고 함께 시간을 보낸 가족들을 다시 보내야 할 때는 마음 한구석이 시렸다. 런던에서 혼자 지내는 동안 가족과 떨어져 산다는 건 생각보다 쓸쓸한 일임을 새삼 느꼈다. 혼자만의 고독한 시간을 즐기는 순간에도 스며나오는 모순된 감정이었다. 히스로공항에서 출국 길에 오른 남편과 딸, 엄마와 동생의 뒷모습은 내게 선명한 잔상으로 남았다. 사랑하는 사람들을 보내면서 뒷모습을 본다는 게 그렇게 애틋한 감정을 남기는 건지 예전에는 미처 몰랐다.

떠나는 가족들의 뒷모습을 보면서 센티멘털해졌던 것과 달리 낯선 이들의 뒷모습을 보면서는 곧잘 의미 없는 상상의 나래를 펼쳤다. 모르는 사람들의 뒷모습을 보면서 멋대로 생각을 이어가며 멍하게 있거나 무료함을 달랬던 적이 많다. 미술관이나 박물관에서 앞장서서 안내하는 가이드를 뒤따라가면서 '저 사람은 어떻게 가이드 일을 시작하게 됐을까'라는 생각을 하기도 했고, 카페에서 책을 보다가 고개를 들어 건너편 앞자리에 앉은 사람의 뒷모습을 보면서 '저 사람은 왠지 지적일 것 같다'고 넘겨짚기도 했다. 마트 계산대나 화장실 순서를 기다리는 긴 줄에 서서 앞사람의 뒷모습이 단정하다거나 지저분하다는 생각을 해본 적도 있고, 돈을 내고 찾은 강연장이나 공연장에서는 앞에 앉은 이의 뒷모습을 보고 '나와 비슷한 관심사를 갖고 있을까' 하는 생각에 빠지기도 했다.

거리를 지나가는 무수히 많은 이들의 뒷모습을 하염없이 바라본 적도 많다. 나와 전혀 상관없는 타인들이었지만 그 뒷모습만은 얼마든지 편하게, 마음껏 바라볼 수 있었다. 저 사람은 어떤 사람일까 짐작해보는 것은 누구에게 방해가 되는 일도 아니었다. 나름대로 무척 재밌기도 했다. 물론 이젠 나이가 들어버린 아빠의 뒷모습이 고단해보이거나 엄마의 뒷모습이 힘없어 보일 때면 마음이 울적해 졌다. 가까운 이들의 뒷모습은 표정이 없어도 진실을 말해줄 때가 많으니까. 나에게 누군가의 뒷모습을 보는 것은 무심한 눈길로 마음껏 상상하는 일이거나, 그저 편히 바라보는 일이거나, 연민과 사랑을 느끼는 일이었다.

'뒷모습' 하면 떠오르는 뚜렷한 이미지도 몇 개쯤 갖고 있다. 학창 시절에 배웠던 시, 이형기의 「낙화落花」 첫번째 연이 가장 먼저 생각난다. "가야 할 때가 언제인가를 분명히 알고 가는 이의 뒷모습은 얼마나 아름다운가"로 시작하는 이 시를 배우면서 나는 꼭 물러나야 할 때를 아는 사람이 되겠노라 다짐했다. 이별과 성숙을 말하는 서정시로 유명하지만, 나에게는 더함과 덜함 없이 정도를 지키는 사람이 되라는 소리로 들리기도 했다.

19세기 프랑스에서 동시대 인상주의 화가들을 금전적으로 지원할 만큼 부와 안목을 두루 갖췄던 화가 귀스타브 카유보트의 대표작도 떠오른다. 「창가의 남자」는 고독과 애수가 어려 있는 남자의

귀스타브 카유보트, 「창가의 남자」, 캔버스에 유채, 117×82cm, 1875년, 개인 소장(왼쪽)
카스파어 다피트 프리드리히, 「안개 바다 위의 방랑자」,
캔버스에 유채, 94.8×74.8cm, 1818년경, 함부르크미술관, 함부르크(오른쪽)

멋진 뒷모습을 보여준다. 그가 저 멀리 시선을 던져 바라보고 있는 여자는 어떤 사람일까. 지켜봐주는 남자를 가진 그녀를 내심 부러워했던 적도 있다.

18세기 독일 낭만주의 화가였던 카스파어 다피트 프리드리히 Caspar David Friedrich의 「안개 바다 위의 방랑자」는 워낙 유명한 뒷모습이다. 제임스 엘킨스의 『그림과 눈물』에서는 이 그림을 보고 눈물을 흘렸다는 여자의 이야기가 소개되어 있다. 그림 한가운데에 높은 산 위에서 눈 덮인 산봉우리를 바라보는 남자의 뒷모습이 있다. 나는 그림을 직접 보지 못해서 그런지 저렇게 좁고 높은 바위 위에 서 있으면 무섭고 위험할 것 같다는 생각이 먼저 든다. 어쨌든 황량한 곳에 홀로 선 남자에겐 많은 사연이 있을 것 같은 느낌이다.

런던에 온 이후 좋아하는 그림 속 뒷모습이 하나 더 생겼다. 17세기 스페인 궁정화가였던 디에고 벨라스케스Diego Velázquez의 「비너스의 단장」이다. 벨라스케스 작품으로는 스페인 프라도미술관에 있는 「시녀들」을 알고 있었는데 「비너스의 단장」은 이번에 처음 보았다. 런던 내셔널갤러리에서 가장 유명한 작품 중 하나인 이 그림은 실오라기 하나 걸치지 않은 여인의 뒷모습을 그린 누드화다. 큰 전시장에서도 이 그림은 단연 눈에 띈다. 침대 혹은 소파 위에 비스듬히 몸을 기댄 여인은 옷을 입지 않은 건 물론 어떤 액세서리도 하지 않은 채 맨몸을 그대로 드러내고 있다. 유난히 잘록한 허리가 시선을 끈다. 그녀의 하얀 살결과 올림머리 아래로 드러난

디에고 벨라스케스, 「비너스의 단장」, 캔버스에 유채, 122.5×177cm, 1647~51년, 내셔널갤러리, 런던

목덜미는 귀한 느낌을 준다. 게다가 군살 하나 없이 아주 날씬한 몸매다.

당시 가톨릭 국가였던 스페인은 신교를 탄압하는 종교재판이 이뤄졌던 곳이다. 사람의 나체를 그리는 것도 금기였다. 그럼에도 이 그림은 살아남을 수 있었다. 바로 날개를 달고 있는 포동포동한 남자아이 때문이었다. 나체에 날개를 단 아이는 로마 신화 속에 등장하는 사랑의 신, 즉 큐피드를 상징하는 것으로 여겨졌고 나체의 여인 또한 신화 속 큐피드의 엄마이자 미의 여신인 비너스를 그린 것으로 해석됐다. 한마디로 인간이 아닌 신의 누드라서 괜찮았던 것이다. 뒷모습만으로 얼굴까지 알 수는 없는 법. 하지만 벨라스케스는 거울을 그려넣어 희미하게 얼굴이 비치도록 표현했다. 비너스의 뒷모습을 본 관람객들의 상상이 거울 속에 반영된 것이다. 거울 속에서 비너스는 마치 우리를 처다보고 있는 것 같다. 자신을 바라보는 시선을 의식하고 있는 듯 말이다.

내셔널갤러리의 설명에 따르면 이 그림의 주제는 '반영reflection'이다. 거울에는 비너스의 얼굴이 비치고 있고, 그녀의 뒷모습에는 아름다움이 반영되어 있다. 여인의 뒷모습만 보고도 그 아름다움이 비너스의 아름다움이란 걸 알아차릴 수 있다. 비너스의 몸 아래에 깔린 천은 회색과 청색이 섞인 듯 검푸르게 보인다. 하지만 이건 시간이 지나면서 그림의 색이 바랜 것으로, 원래는 짙은 보라색이었다고 한다. 붉은색 커튼과 보라색 시트였다면, 원래 그림은 더 화려하고 관능적이었을 것이다.

벨라스케스가 그린 비너스의 뒷모습에서 느낄 수 있는 건 절정의 아름다움이다. 그림의 모델은 벨라스케스의 연인이었다. 모델을 바라보는 화가의 눈에 사랑이 담길 수밖에 없다. 화가가 대상을 어떤 시선으로 보느냐에 따라 표현도, 해석도 달라지게 마련이다.

런던에서 엄마는 가끔씩 나와 서윤이의 뒤에서 걸었다. 다리가 아파 걷는 속도가 느려졌기 때문이다. 그래서인지 엄마는 휴대폰 카메라로 나와 서윤이의 뒷모습을 자주 찍어 보여주곤 했다. 어느 날 엄마의 카카오톡에 우리의 뒷모습 사진이 올라와 있었다. 비 오는 날 내가 우산을 들고 서윤이의 손을 잡고 걸어가는 모습이었다. 카나리워프역 앞이었다. 어딘가 다녀오는 길이었는지 날이 저물어 어두운 밤이었다. 서윤이는 하늘색 백팩을 메고 분홍색 패딩 코트의 모자까지 덮어쓴 채 무장하고 있었다. 나는 회색 코트의 허리끈을 바짝 조여 맨 상태였다.

우리가 걸어가는 모습을 뒤에서 바라보는 엄마의 눈에 애정이 가득 담겨 있었던 것 같다. 나와 내 딸의 모습은 다정하고 자연스러워 보였다. 내가 모르는 시이에도 애정 어린 눈으로 내 뒷모습을 바라봐주는 이들이 곁에 있는 건 행복한 일이다. 그들의 눈에 비친 내 뒷모습이 언제나 아름답길 바란다. 그러면 아마도 좋은 삶을 살고 있는 것이리라.

그림을 사고
싶다는 욕망

좋아하는 그림을 위해 돈을 쓸 수 있다고 생각하는 마음만큼은
거두고 싶지 않다. 누군가의 창작물을 사랑하는 마음과 작품의 가치를
알아보는 안목이 있어야만 생기는 욕망이라고 믿기 때문이다.

런던에서 지낸 지 반 년쯤 되자 뭔가 더 새로운 일이 없을까 고민하는 일이 잦아졌다. 서점에서 톰 존스Tom Jones라는 작가가 쓴 『Tired of London, Tired of Life: One Thing a Day To Do in London』이라는 책이 눈에 들어온 것도 그런 까닭이다. 우리말로 옮기면 '런던이 지겨워졌다면, 삶이 지겨워진 것―하루에 하나씩 런던에서 할 것들'이라는 뜻으로, 영국 시인 새뮤얼 존슨이 한 말에서 따온 것이다. 런던을 사랑했던 그는 런던이야말로 "삶이 줄 수 있는 모든 것이 있는 곳"이라고 칭송했다. 정말 무료하거나 할 게 딱히 떠오르지 않는 날에는 책이 그날 하라고 시킨 걸 해야지 하는 마음으로 책을 샀다.

일단 책장을 휘릭 넘겨보는데 5월 17일의 할 일로 나와 있는 '소더비 경매 관람'에 시선이 확 꽂혔다. 런던에 본사를 둔 세계적인 미술품 경매회사 소더비의 경매 현장은 누구나 무료로 관람할 수 있도록 개방된다는 것이다. 작가의 진품을 직접 사본 적도, 경매 현장을 취재해본 적조차 없었지만 그림이 팔리는 현장을 보고 싶다는 생각을 하곤 했었다. 그래, 런던에 온 김에 소더비경매장도 한번 가보자 하고 결심한 후 책이 제안한 일을 실행에 옮겼다.

2월의 어느 날, 소더비는 프랑스 인상주의 화가 클로드 모네의 1908년 작품 「두칼레궁전」을 경매에 붙인다고 홍보했다. 모네가 베네치아에 머물던 시기에 그린 그림으로 특유의 색감과 빛이 마법같이 구현된 희귀하고 아름다운 작품이 처음으로 시장에 나온다는 것이었다. 예상 낙찰가는 우리 돈으로 300~400억 원에 달했다. 내가

클로드 모네, 「두칼레궁전」, 캔버스에 유채, 81.3×99.1cm, 1908년, 브루클린박물관, 뉴욕

입찰에 응할 수 있을 리 만무했지만, 책이 알려준 대로 공짜 관람이라면 얼마든지 할 수 있지 않은가. 소더비는 경매에 앞서 일주일 정도 시장에 나온 40여 점의 작품을 전시한다고 했다. 나는 경매 당일 오후 세 시까지 전시되는 작품들을 먼저 보고 저녁 일곱 시부터 시작되는 경매까지 관람하기로 계획했다.

만약 그림에도 심장이 있다면 지금쯤 어떤 심정일까. 불과 몇 시간 후 자신의 값이 어떻게 매겨질지 아직 알지 못하는 다양한 그림들이 전시장의 조명을 받으며 한껏 들떠 있는 듯했다. 전시실마다 소더비에서 고용한 우람한 남자 직원들이 그림을 지키면서 방문객을 주시하고 있었다. 오늘 소더비 경매의 하이라이트 작품인 모네의 그림 옆에도 덩치 좋은 흑인 경비원이 서 있었다. 깔끔한 검정 양복을 차려입은 그는 그림과 함께 은은한 조명을 받고 있었다.

그림 속 두칼레궁전은 베네치아의 운하에 아름답게 비치고 있었다. 누가 저 그림을 살까. 혹시라도 경매 시간을 잘못 알고 있는 건 아닌가 싶어 그림 옆에 서 있는 그 경비원에게 행사 시작 시간과 장소를 다시 확인했다. 그는 "저녁 여섯 시쯤이면 이 전시실 바깥쪽에서 경매장이 열릴 거예요"라고 말해줬다. 그러더니 "그냥 당신 주소를 말해주면 내가 그림을 보내줄게요" 하며 웃어보였다. 나도 "농담을 잘하시네요"라고 웃으며 맞받았는데, 그는 다시금 자못 진지한 척 말했다. "왜요? 당신도 이 그림을 살 수 있어요. 오늘밤에 '챔피언 레이디'가 되어보는 거예요"라고 너스레를 떨면서. 그러게, 그런 꿈같은 일은 생각만 해도 기분이 좋지.

소더비 본사는 명품 상점들이 즐비한 본드스트리트에 위치해 있다. 덕분에 전시 관람 후 경매 시간까지 기다리는 동안 나는 뜻하지 않게 런던의 가장 화려한 명품거리에 머물게 됐다. 춥고 어두웠던 겨울 날씨가 생각조차 나지 않을 만큼 따뜻한 봄 햇살이 쏟아졌다. 거리를 지나는 사람들에게서도 활력이 넘쳐났다. 야외 좌석이 마련된 한 카페에 자리를 잡고 무화과와 청포도를 곁들인 치즈 토스트, 아메리카노를 주문했다. 휴대폰으로 경매 관련 기사들을 찾아보면서 이른 저녁을 먹으며 한가로운 시간을 보냈다.

거리에는 검은색 옷을 입은 세련된 멋쟁이들이 유난히 많아 보였다. 수백억 원에 달하는 그림들이 팔려나갈 저녁을 기다리며 보내는 시간이 왠지 꿈같이 느껴졌다. 이게 영화라면, 아마도 나는 결코 살 수 없는 그림이 팔리기 전에 한 번이라도 보고 싶어 경매장 주변을 서성이는 미술 애호가 정도로 묘사될지도 모르겠다. 어쨌든 나는 경매가 열릴 때까지 몇 시간을 그렇게 밖에서 기다렸다.

저녁 여섯 시가 조금 넘어 다시 소더비로 향했다. 경매 장소로 무작정 올라가려는데 직원이 티켓을 보여달라고 했다. 무료 개방이 아니냐고 물었더니, 무료이긴 하지만 사전에 관람 신청을 하고 티켓을 받아야 한다는 것이다. 오늘도 좌석이 꽉 찼다고 했다. 그렇다고 포기하고 돌아가기엔 기다린 시간이 너무 아까워서 안내 데스크로 갔다. "한국에서 온 기자인데 경매를 보고 싶어요. 그런데 사전에 따로 관람 신청을 하진 않았거든요" 하고 울상을 지어보였다.

경매 홍보 기사를 염두에 뒀는지 안내 데스크 직원은 나를 언론

담당자와 연결해주었다. 나는 기자라는 신분을 밝히고 결국 경매장에 차려진 프레스석에 앉을 수 있었다. 세상을 적극적으로 읽어야 하는 기자에겐 많은 경험이 필요한 법. 설령 미술이나 경매 현장을 취재해보지 않았더라도 기죽지는 말자고 생각했다.

취재 기자들을 위한 프레스석은 일반 좌석보다 높은 곳에 위치해 있었다. 경매 현장 전체를 조망할 수 있는 좌석이었다. 경매장 입구에서는 샴페인을 제공하고 있었다. 당장 기사를 쓰지 않아도 되는 취재 현장은 얼마나 편안한가. 나도 샴페인 한 잔을 들고 의기양양하게 프레스석에 앉았다. 클로드 모네, 에곤 실레, 바실리 칸딘스키 등 오늘 경매에 나올 주요 거장들의 작품이 무대 앞에 걸려 있었고, 약속이나 한 듯 검정색 옷차림을 한 사람들이 한 손에 샴페인잔을 들고 속속 들어왔다.

내 옆에 자리를 잡은 한 미술잡지 기자가 처음 보는 당신은 누구인지 궁금하다는 듯 내게 인사를 건넸다. 내가 "한국에서 온 기자인데, 미술 기사를 담당한 적은 없어요. 그림 보는 게 그냥 취미일 뿐이에요"라고 말했더니 그는 "와, 진짜 큰 취미네요"라며 응수했다. 취재를 하러온 기자들은 기사를 쓰느라 바빠 보였다. 그에 비해 취재와 기사로부터 자유로웠던 나는 그저 현장을 즐기기만 하면 됐으니, 얼마나 좋았는지 모른다.

경매가 시작됐다. 번호판을 들고 현장을 지키고 있는 입찰자들이 보였다. 하지만 정작 그림은 경매사 직원을 대리인으로 내세우고 전화 응찰로 참여하는 사람들에게 낙찰되는 경우가 더 많았다.

얼굴을 알리지 않는 숨은 부호들이 저렇게 그림에 투자를 하나 싶었다. 오늘의 주인공인 모네의 그림도 전화 응찰자에게 돌아갔다. 2400만 파운드, 우리 돈으로 355억 원이 넘었다. 불과 4~5분 만에 가격이 수직상승했고, 경매사가 망치를 두드리며 "감사합니다" "축하합니다"를 연발하더니 박수가 터져나왔다. 눈치와 긴장, 돈과 열정이 뒤범벅된 한 편의 쇼를 보는 것 같았다.

2018년 11월, 영국 화가 데이비드 호크니David Hockney의 그림 「예술가의 초상」은 뉴욕 크리스티 경매에서 우리 돈으로 1000억 원이 넘는 가격에 낙찰됐다. 크리스티 관계자는 『이브닝 스탠더드』와의 인터뷰에서 그림 값이 치솟은 배경에 대해 "런던 테이트브리튼에 전시됐던 이 작품을 거의 50만 명이 봤다는 사실이 확실한 도움을 줬다"고 분석했다. 사람들이 이미 잘 알고 있는 익숙한 그림이라서 값이 더 올라갔다는 얘기다. 많은 이들이 함께 즐기고 공감한 작품의 가치가 올라간다는 건 연예인의 인기와 출연료가 비례하는 것과 마찬가지였다. 예술작품에 값을 매기는 일이 어쩐지 비인간적으로 느껴진 적도 있었는데 그럴 일이 아니라는 생각이 들었다. 결국 작품 값은 지극히 인간적으로 결정되는 것이었다.

그림을 보는 게 좋아질수록 그림을 사고 싶다는 생각도 더 커져갔다. 기념품숍에서 파는 복제본 말고 유일한 진품을 갖고 싶은 욕망이 내게도 있다. 물론 갑자기 억만장자가 되지 않는 한 진짜 명화를 소장하거나 내 것으로 만드는 일은 아마 일어나지 않을 것 같다.

하지만 좋아하는 그림을 위해 돈을 쓸 수 있다고 생각하는 마음만큼은 거두고 싶지 않다. 누군가의 창작물을 사랑하는 마음과 작품의 가치를 알아보는 안목이 있어야만 생기는 욕망이라고 믿기 때문이다. 사랑하는 마음과 최상의 안목을 끊임없이 가꿔나가고 싶다.

마음속 우상은
영원하다

삶에 영감을 주는 하늘의 별 하나 정도는 마음에 품고서 살고 싶은데,
비비언 리가 내게 그런 존재다.

'54 Eaton Square, Belgravia, London, SW1W 9BE, City of Westminster' 이것은 영화배우 비비언 리가 살았던 런던 집의 주소다. 이곳에는 잉글리시 헤리티지에서 관리하는 파란색 명판 블루 플라크가 붙어 있고, 거기에는 이렇게 새겨져 있다.

Vivien Leigh, 1913 ~ 1967, Actress lived here
비비언 리, 1913~1967, 배우가 여기 살았다

런던에는 과거 유명인이 살았거나 일했던 장소를 표시하는 블루 플라크가 붙은 곳이 900여 곳 정도 되는데, 비비언 리의 집도 그중 한 군데이다. 인도 다르질링에서 태어난 영국 배우, 마거릿 미첼 원작 소설을 영화화한 「바람과 함께 사라지다」에서 '스칼렛 오하라'를 연기했던 그녀다.

빅토리아역에서 내려 런던의 고급 주택지구인 벨그레이비어로 들어서자 2월 하순인데 벌써 만개한 벚꽃들이 햇살을 받아 눈이 부셨다. 블루 플라크 앱에서 찾은 주소를 구글 지도에 입력한 후 지도를 따라 이튼스퀘어 쪽으로 난 대로를 걸었다. 그녀가 살았던 동네였으니, 그녀도 나처럼 이 길을 따라 걸었겠지. 마음속 오랜 우상의 자취를 좇아 실체를 더듬어본다는 건 생각보다 훨씬 설레고 흥분되는 일이었다. 그녀를 직접 볼 수도, 그녀가 살았던 집 안을 들여다볼 수도 없고, 고작 파란 명판 하나로 이곳이 그녀가 살았던 장소라는 단순한 사실을 확인할 뿐인데 나는 왜 이렇게 가슴이 두근대는

내 마음속 우상인 비비언 리.
내가 알고 있는 그녀는 언제나 열정적이었다.
마음속에 열정을 품은 사람은 누구보다 자신을 사랑한다.

런던에서 내가 가장 좋아하는 장소인 워털루브리지에서 보이는 풍경.
올리브빛 템스강 위로 유람선이 유유히 지나가고,
노을이 질 무렵의 다리 풍경도 근사하다.

걸까. 그녀의 전기에서 읽은 대로라면, 비비언 리는 이튼스퀘어에 있는 이 집에 드가와 푸생 같은 저명한 화가들의 그림을 많이 걸어 두었다.

런던에 온 나는 런던에서 살았던 비비언 리가 있었을 법한 곳들을 찾아다녔다. 그중 워털루브리지는 런던에서 내가 가장 좋아하는 장소다. 양 옆으로 세인트폴대성당과 런던아이가 보이고 올리브 빛(사람들은 '흙탕물'이라고도 하지만) 템스강과 그 위를 유유히 지나는 유람선을 볼 수 있는, 언제나 멋진 곳이다. 노을이 질 때 이곳에서는 다리 너머 풍경을 담느라 카메라 셔터를 눌러대는 사람들이 어느새 스스로 작품이 되어버린다.

비비언 리와 로버트 테일러 주연의, 한국에서는 「애수」라는 제목으로 소개된 흑백영화의 원제는 '워털루브리지'다. 제1차세계대전 중 워털루브리지 위에서 우연히 만난 군인과 무용수가 이별과 만남을 되풀이하다 결국 비극적 결말을 맞는다는 내용이다. 나는 이 영화에서 비비언 리가 연기한 마이라가 스칼렛보다 더 아름답다고 생각했다. 비비언 리도 자신의 작품 중에서 「애수」를 가장 좋아하는 영화로 꼽았다.

마이라를 사랑했던 로이가 안개 낀 워털루브리지에서 회상에 잠기는 장면, 마이라가 자신이 간직해온 행운의 마스코트를 로이에게 건네주는 장면, 스코틀랜드 민요 「그리운 옛날Auld Lang Syne」에 맞춰 로이와 마이라가 춤을 추는 장면, 워털루브리지에서 회한에 잠긴 마이라의 마지막 모습을 담은 장면까지, 나는 영화의 많은 장면들을 기억하고 있다. 워털루브리지의 안내판에는 프랑스 인상주의 화가 모네가 이 다리를 그린 적이 있다는 것과, 비비언 리와 로버트 테일러 주연의 영화가 비극적으로 끝난다는 사실을 소개하고 있다.

비비언 리가 다녔던 런던 왕립연극학교(RADA)에도 가보았다. RADA에서 셰익스피어의 연극 〈한여름 밤의 꿈〉을 봤고, 1층 카페에서 점심을 먹거나 커피를 마시기도 했다. 그녀의 학교까지 가보게 될 줄은 몰랐는데, 우연이 필연처럼 느껴졌다. 비비언 리의 첫번째 남편 허버트 리 홀먼은 연애 시절에 학교가 있는 가워스트리트에서 그녀를 기다렸다. 수업이 끝나면 함께 저녁을 먹으러 가거나 연극을 보러 다녔다고 한다. 혹시 나도 그들이 함께 걸었던 어디쯤에 서 있었던 것일까.

초등학교 때 텔레비전에서 우연히 「바람과 함께 사라지다」를 보고 비비언 리를 처음 알게 되었다. 거침없고 당차고 제멋대로지만 강한 의지의 소유자인 스칼렛이 레트와 같은 카리스마 넘치는 남자의 사랑을 독차지하는 게 부러웠다. 그러다 대학 시절 비비언 리의 전기를 읽게 됐는데, 그 이후로 이 배우는 내 마음속 우상으로 자리잡았다. 알렉산더 워커가 쓴 『비비언—비비언 리의 삶Vivien: The Life of Vivien Leigh』이라는 책이었다.

책을 다 읽은 후 「바람과 함께 사라지다」 외에도 「애수」 「욕망이라는 이름의 전차」 「레이디 해밀턴」 등 그녀가 나온 영화들을 찾아보기 시작했다. 외국서적 코너에 가면 책 제목에서 'Vivien Leigh'를 먼저 찾아보는 습관도 그때부터 생겼다. 런던의 서점들을 돌아다니다 내가 못 봤던 그녀에 관한 책을 세 권이나 새로 구입할 수 있어서 얼마나 기뻤는지 모른다. 특히 2019년 1월에 출간된 『다크 스타─비비언 리 전기Dark Star: A Biography of Vivien Leigh』를 발견했을 땐 책을 쓴 이에게 고마운 마음까지 들었다.

나는 비비언 리의 어린 시절과 학창 시절, 스칼렛 배역을 따내기까지의 과정, 로런스 올리비에와의 사랑 이야기에 매료됐다. 그녀는 문학과 역사, 그리스 신화를 좋아하는 총명한 아이였고, 언제나 에너지가 넘치고 생기발랄했다. 배우가 되기 전부터 그녀는 "'그냥 배우'가 아니라 '위대한 배우'가 되겠다"고 공언할 정도로 야심찼다. 스칼렛을 연기하겠다는 의지가 너무 강했던 나머지 오디션을 보러 온 그녀의 얼굴에 이미 '스칼렛의 미소'가 보였다는 일화도 있다.

비비언 리는 동시대 명배우 로런스 올리비에를 흠모했고, 그와 연인이 되어 결혼도 했으며, 같은 무대에서 연기했다. 그녀는 남편이 된 올리비에를 사랑했지만 그의 재능을 질투했다. 죽을 때까지 매일 일기를 썼고, 장미를 좋아했으며, 지독한 워커홀릭이었다. 셰익스피어와 찰스 디킨스의 작품을 즐겨 읽는 지적인 여자였고, 스콧 피츠제럴드의 『무너져 내리다The Crack-Up』를 읽으면서 자신의 신경쇠약 증세를 달랬다. 매 순간 연기에 대한 열정은 식을 줄 몰랐으며, 영국 수상 윈스턴 처칠이나 미국 극작가 테네시 윌리엄스와는 좋은 친구 사이였다. 또한 그녀는 정원을 가꾸고 파티를 여는 일을 좋아했다. 조울증이 악화되어 이혼하긴 했지만 로런스 올리비에를 평생 사랑했다. 그리고 안타깝게도 53세의 젊은 나이에 폐결핵으로 세상을 떠났다. 나는 책을 통해 알게 된 그녀의 많은 것들에 깊은 애정을 느꼈다. '단호한determined' '투지determination'처럼 그녀의 전기에 자주 등장하는 단어들이 좋았다.

유튜브에서 나이 든 비비언 리의 실제 인터뷰 영상을 본 적이 있다. 책을 통해 상상했던 내 환상 속 그녀와는 조금 달라 보였다. 나는 환상이 깨지는 게 싫어서 보던 영상을 껐다. 때로는 실체를 확인하지 않는 것이 마음속 우상을 지켜내는 길이다. 삶에 영감을 주는 하늘의 별 하나 정도는 마음에 품고서 살고 싶은데, 비비언 리가 내게 그런 존재다. 한 번도 직접 본 적이 없기에 가능한 일이다.

비비언 리가 살았던 집 앞 정원에는 노란 수선화가 한가득 피어 있었다. 수선화의 꽃말은 '자기애'다. 내가 알고 있는 그녀는 언제나 열정적이었다. 마음속에 열정을 품은 사람은 누구보다 자신을 사랑한다. 수선화의 꽃말처럼 살아가라는 그녀의 메시지였을까. 마음속 우상은 영원하다.

무거워도
갖고 싶은 책

내가 고른 책은 나의 욕망이고, 책을 사는 건 그 욕망을 사는 일이며,
구입한 책을 읽어내는 건 욕망을 실현하는 일이다.

런던의 쇼디치역에 내려서 구글 지도를 켜고 골목을 따라 조금 걸었더니 독립서점 '리브레리아Libreria'가 나왔다. 린던을 예찬한 한 칼럼에서 책을 사랑하는 이들에게 "완벽한 은신처가 되는 공간"이라고 소개되어 있는 걸 보고 찾아간 곳이다.

나는 서점에 가는 걸 즐긴다. 책을 읽는 것 이상으로 서점에서 책을 구경하고, 고르고, 사는 행위 자체를 큰 취미로 삼고 있다. 서울에서 광화문 교보문고는 언제나 내게 가장 큰 만족감을 주는 공간이었다. 런던에서도 다르지 않았다. 책을 구경하고 고르고 살 때면 늘 행복감을 느꼈다. 조금 다른 점이라면, 런던에서는 작고 오래된 동네 서점들을 즐겨 찾았다는 것이다. 워터스톤Waterston이나 포일스Foyles 같은 대형 체인 서점 외에도 지역마다 발길을 끄는 매력적인 서점들이 많았다.

그린파크역에 내리면 1797년에 세워져 런던에서 가장 오래됐다는 해처드Hatchard's에 들렀다. 베이커스트리트역에 내려서는 책을 좋아하는 여행자들을 위해 지은 가장 아름다운 서점이라는 던트북스를 찾아갔다. 서울의 홍대 앞과 분위기가 비슷한 브릭레인에 있는 리브레리아도 규모는 작았지만 동화나 영화 속에 나올 법한 서점이었다. 벽면과 천장이 유리로 되어 있어 실제보다 훨씬 커보이는 공간에 샛노란 책장 인테리어와 분위기 좋은 음악이 조화롭게 어우러져 마음이 편안해졌다.

한참을 머물다 2018년 맨부커상을 수상한 샐리 루니Sally Rooney의 소설 『평범한 사람들Normal People』을 한 권 사들고 나왔다. 리브

리브레리아 서점

레리아에서 나와 골목 모퉁이를 돌아 조금 더 걸으니 브릭레인북숍Brick Lane Bookshop이 나왔다. 이곳 역시 작은 동네 서점인데 여행책에서 본 적이 있었다. "런던 동부의 브릭레인을 느긋하게 걷고자하는 사람들이라면 누구나 잠시 들러 쉴 수 있는, 러브송과도 같은곳"이라고 소개되어 있었다. 이미 책 한 권을 샀지만 이곳도 그냥지나칠 수 없어 안으로 들어갔다. 인테리어나 분위기는 리브레리아가 더 좋았지만 이곳의 컬렉션이 눈에 띄게 마음에 들어 한 번에 일곱 권이나 구입해버렸다.

처음에는 런던에서 책을 사는 게 조금 두려웠다. 한국에서는 책에 쓰는 돈을 한 번도 아깝게 여긴 적이 없었지만, 외국에서는 자꾸환율을 따져 값을 계산하다보니 책값이 비싸다는 생각이 들곤 했다. 두툼한 하드커버 책들은 보통 우리 돈으로 2~3만 원쯤 했다. 런던에서 습관적으로 사 모은 책들을 나중에 귀국할 때 서울로 다시가져갈 일을 생각하니 더 큰 걱정이었다. 런던으로 올 때도 한 박스쯤 되는 책을 부치는 데 돈이 꽤 많이 들었다. 비용만 따진다면 런던에서 책을 사서 서울로 가져가는 건 결코 이득이 아니었다. 일단내 손에 들어온 책을 버리는 일도 거의 없기 때문에 내게 책은 재산인 동시에 짐이었다.

나는 책을 '추억의 사진'으로 여긴다. 책을 산 날의 관심과 목적,기분이 내가 구입한 책에 오롯이 반영되어 있는 것 같아서다. 그래서 함부로 버릴 수가 없다. 예를 들어 2019년 3월의 어느 날, 런던의 브릭레인 서점에서 구입한 책들의 제목을 죽 살펴보면 그즈음

브릭레인북숍.
"런던 동부의 브릭레인을 느긋하게 걷고자 하는 사람들이라면
누구나 잠시 들러 쉴 수 있는, 리브롱과도 같은 곳"

내가 런던과 영어, 파리와 그림, 행복 등에 관심이 있었음을 알 수 있다. 책을 사는 행위를 통해 나는 자신이 지금 어떤 상태인지 발견하게 된다. 혹시라도 비용을 따지거나 '언제 다 읽겠어?' 하는 마음으로 책을 사지 않고 그냥 서점을 나온다면 그날의 관심을 기록하거나 추억을 남기는 일과도 영영 이별하게 되는 셈이다. 그래서 내게는 책을 읽는 것 이상으로 책을 사는 행위가 중요하다. 한아름 사들고 온 책을 쌓아두고 종일 여유를 부리며 이 책 저 책을 읽는 행복은 느껴본 사람만이 알 것이다. 런던 생활에 적응하기 시작하면서 어느새 나는 책을 사 모으고 있었다. 런던 집에도 책이 쌓여갔다. 옷은 사지 않아도 책은 계속 샀다.

책을 사들이는 것에 비해 다독을 하거나 속독을 하는 편은 아니다. 하지만 어릴 때부터 나는 줄곧 책과 함께했다. 아빠의 영향이 컸던 것 같다. 유년 시절 내 기억 속에서 아빠는 늘 퇴근길에 '동보서적' 봉투를 들고 있었다. 책을 사고 책을 읽는 건 아빠의 취미였다. 동보서적은 부산의 대형 서점이었는데 지금은 문을 닫아 추억으로만 남아 있는 공간이다. 동생과 나는 휴일에 아빠를 따라 동보서적에 자주 갔다. 한참을 구경하다 서점을 나올 때면 우리 손에는 각자 고른 책이 한두 권씩 꼭 들려 있었다. 집에는 벽면을 가득 채운 높은 책장에 아빠가 사 모은 책들이 한가득 꽂혀 있었다.

지금 친정집은 딸 서윤이 책들로 넘쳐난다. 서윤이가 부산에서 자라다보니 이제 아빠는 서윤이의 책을 끊임없이 사 모은다. 덕분에 서윤이도 책을 읽을 때 가장 행복하다고 말할 만큼 책을 좋아한다. 책을 사서 집에 들여놓는 습관이 딸에게도 대대로 이어지는 중이다.

많이 읽거나 빨리 읽어야 한다는 강박에 사로잡히면 책을 사는 게 어려운 일이 된다. 그래서 책 사는 걸 포기하지 않기 위해 나는 다독이나 속독에 집착하지 않는다. 책을 직접 사는 일에 익숙하면 언제나 책과 함께하게 되고, 나중에라도 읽게 되는 '책과의 인연'이 생긴다. 책이 있는 집에서 나는 마음의 평화와 위로를 얻었다.

전기나 자서전은 내가 특별히 좋아하는 장르다. 나와 다른 시대를 살았던 사람들 혹은 지금 지구 반대편에 살고 있는 누군가의 삶을 책으로 알게 된다는 게 경이롭다. 그렇게 치면 책값이 너무 저렴하다는 생각이 들 때도 있다. 기자가 되기 전에 읽었던 빌 클린턴의 『마이 라이프』는 1권과 2권을 모두 합쳐 2000쪽이 넘었지만 책장을 넘기는 게 아까울 정도로 재미있게 읽었다. 그가 책 서문에서 밝힌 젊은 시절 목표 중에서 "좋은 사람이 되고 싶었다"거나 "좋은 책을 쓰고 싶었다"와 같은 대목은 지극히 평범한 말임에도 내게 큰 감명을 줬다. 나도 좋은 기자가 되기 위해 좋은 사람이 되고 싶었고, 언젠가는 좋은 책을 쓰고 싶다고 생각했다. 그렇게 시공간을 뛰어넘어 독자에게 영감을 제공하는 책의 속성 또한 경이로웠다.

2018년 말에 출간된 미셸 오바마의 자서전 『비커밍』은 영국에서도 베스트셀러였다. 400쪽이 넘는 두꺼운 책이지만 나도 한 권 구입했다. 그녀의 어린 시절 이야기가 흥미진진했다. 누군가의 삶을 되짚어 통째로 알 수 있다는 게 전기의 매력이다. 미셸 오바마는 일찌감치 어머니로부터 책 읽는 법을 배웠고 어린 시절 내내 도서관을 드나들었다고 회상했다.

2019년 2월 19일, 샤넬의 수석 디자이너 칼 라거펠트가 85세를 일기로 사망했다는 소식이 속보로 나왔다. 유럽 언론들은 라거펠트의 사망 소식을 대대적으로 다뤘다. 관련 뉴스를 보다가 그의 서재를 찍은 사진에 눈길이 갔다. 높은 천장까지 사방을 가득 채운 그의 책은 20만 권이 넘는다고 했다. 그의 서재가 탐나고 부러웠다.

서울 집에 있는 남편과 나의 책들을 떠올려본다. 우리 부부도 꽤 방대한 양의 다양한 책을 갖고 있다. 남편도 책 사는 걸 좋아해서 거실은 물론 방마다 책이 한가득 공간을 차지하고 있다. 절반 이상이 아직 내가 읽어보지 못한 것들이다. 쌓여 있는 책을 볼 때마다 얼른 읽고 싶어진다. 언젠가 나와 만날 인연을 기다리고 있는 책들이다.

책이라면 얼마든지 더 많이 갖고 싶다. 내가 고른 책은 나의 욕망이고, 책을 사는 건 그 욕망을 사는 일이며, 구입한 책을 읽어내는 건 욕망을 실현하는 일이다. 설령 현실이 미처 욕망을 따라가지 못하더라도 꿈꾸는 일마저 거두고 싶진 않다. 그래서 나는 언제 어디서나 계속 책을 산다.

셰익스피어의
낭만

『한여름 밤의 꿈』에서 요정의 왕 오베론의 심부름을 하는
어릿광대 요정 '퍽'은 극의 주제를 관통하는 유명한 대사를 남겼다.
"이런 바보 인간들 같으니!"

사랑은 눈이 아닌 마음으로 보는 거야. 그래서 날개 달린 큐
피드를 장님으로 그려놨지. 게다가 사랑 신의 마음은 판단력
도 전혀 없어. 날개 있고 눈 없으니 무턱대고 서두르지. 그러
니까 사랑을 어린애라 하잖아.

_윌리엄 셰익스피어,『한여름 밤의 꿈』1막 1장 중에서

윌리엄 셰익스피어의『한여름 밤의 꿈』에서 헬레나의 대사다. 한
때 사랑했던 자신을 버리고 친구 허미아를 쫓아다니는 드미트리우
스를 원망하면서 하는 말이다. 대학교 1학년 때였나, 교양과목으로
연극론 수업을 들었다. 그때 강의를 맡았던 교수는 "우리는 다른 사
람을 볼 때 처음엔 눈으로 보는데 나중에는 마음으로 보게 된다"는
말을 했다. 나는 그 말이 너무 멋지다고 생각했고, 20년이 지난 지
금까지도 기억한다.

눈이 아닌 마음으로 보는 게 당연히 더 좋은 것 아닌가? 최근에
책을 읽으면서 헬레나 대사에 잠깐 멈칫했던 이유다. '눈 없는 큐피
드'로 묘사한 사랑, 사랑에 빠지면 종종 이성을 잃는다는 얘기다. 사
랑할 때 '눈에 콩깍지가 씌었다'는 말을 자주 한다는 걸 모르지 않
지만, 보통은 토실토실 귀엽게 그려지는 '사랑의 신' 큐피드가 앞을
보지 못한다니 새삼 충격이었다. 나는 프랑스 신고전주의 화가 윌
리엄아돌프 부그로William-Adolphe Bouguereau의 그림「에로스로부터
자신을 방어하는 어린 소녀」에서 한 손에 화살을 들고 소녀에게 질
세라 빤히 눈을 맞추고 있는 큐피드(에로스)의 이미지에 매료되어

윌리엄아돌프 부그로, 「에로스로부터 자신을 방어하는 어린 소녀」,
캔버스에 유채, 81.6 × 57.8cm, 1880년경, 게티미술관, 로스엔젤리스

있었다.

하지만 화가들은 종종 눈을 가린 큐피드를 그렸다. 이탈리아 르네상스시대 화가 산드로 보티첼리Sandro Botticelli의 「봄」이 대표적이다. 하얀 천으로 눈을 가린 큐피드의 불화살은 순결의 여신을 향하고 있다. 중세시대에는 눈가리개를 한 큐피드가 비이성적인 사랑뿐만 아니라 죄의 어둠을 상징하기도 했다고 한다.

엘리자베스 1세가 인도와도 바꾸지 않겠다고 했다는 셰익스피어는 영국이 자랑하는 대문호다. 극작가이기 전에 배우이기도 했다. 영국이 얼마나 셰익스피어를 사랑하는지는 웬만한 서점에 셰익스피어 코너가 따로 마련되어 있는 것만 봐도 알 수 있다. 역사적 인물들의 초상화가 전시되어 있는 영국 내셔널포트레이트갤러리에도 당연히 셰익스피어의 초상화가 걸려 있다. 이곳에 있는 단 한 점의 셰익스피어 초상이 바로 그의 실물과 가장 유사하다고 알려져 있다.

런던브리지 인근에는 셰익스피어글로브극장도 있다. 16세기 당시 셰익스피어의 연극을 공연했던 목재로 지은 극장을 재현한 곳이다. 극장에서는 매일 가이드 투어를 진행하는데, 이곳을 방문했던 날 나도 투어에 참가했다. 지붕이 없어 올려다보면 하늘이 보이는 야외극장이었다. 가이드는 "당시에는 양초나 횃불이 모두 귀해서 사람들이 공연을 보려면 자연 빛이 들어와야 했다"고 이유를 설명했다. 1페니만 내면 누구나 극장에서 연극을 볼 수 있었지만, 여

셰익스피어글로브 극장. 16세기 당시 셰익스피어의 연극을 공연했던
목재로 지은 극장을 재현한 곳이다.

섯 배 비싼 6펜스를 내면 '신사석Gentlemen's Room'에 앉을 수 있었다. 오페라하우스의 박스석 같은 특별석인 셈이다. 1페니를 낸 사람이 무대 앞마당에 앉는 것과는 차이가 있다.

지금도 실내 공연이 이뤄지는 셰익스피어글로브극장은 5파운드 짜리 입석 티켓을 판다. 얼핏 모두를 배려하는 것처럼 보일 수도 있지만 본질은 결국 자본주의다. 예나 지금이나 모든 가치를 돈으로 매기는 데 철저한 나라가 영국이다.

셰익스피어가 영국의 자랑인 건 맞지만 그의 문학은 이미 우리 모두의 것이다. 설령 셰익스피어의 희곡을 직접 읽어본 적이 없더라도 그의 이름을 들어본 적 없는 사람은 없지 않을까. 『로미오와 줄리엣』을 모르는 사람도 없을 것이다. 원수 집안의 두 남녀가 사랑에 빠지면서 결국 죽음에 이르는 비극적 이야기다. 헬레나의 말대로 로미오와 줄리엣도 눈 먼 큐피드의 화살을 맞았던 것일까. 둘은 파티에서 춤을 추다 서로에게 첫눈에 반했다. 날개는 있지만 눈은 없어 무턱대고 서둘렀던 큐피드가 사고를 쳤던 게 분명하다. 런던에서는 〈로미오와 줄리엣〉 발레를 봤다.

『햄릿』에 나오는 대사 "사느냐, 죽느냐, 그것이 문제로다"라는 구절도 유명하긴 마찬가지다. 셰익스피어 4대 비극 중 하나인 『햄릿』은 선왕이었던 아버지를 죽이고 왕위에 오른 숙부에게 햄릿이 복수를 결심하면서 겪는 인간적 고뇌와 파멸의 서사다. 선왕은 유령이 되어 나타나 햄릿의 행동을 이끈다. 초지일관 암담한 내용이다.

존 에버렛 밀레이, 「오필리아」, 캔버스에 유채, 76.2×111.8cm, 1851년경, 테이트브리튼, 런던

테이트브리튼에서 존 에버렛 밀레이가 그린 「오필리아」를 봤다. 물 위에 떠 있는 오필리아는 아름답긴 해도 끔찍했다. 자신의 아버지를 연인 햄릿이 죽였다는 사실을 알게 된 오필리아가 정신을 잃고 돌아다니다 강물에 빠져 죽은 장면이다.

아무리 셰익스피어의 문학이라도 나는 비극보다는 『한여름 밤의 꿈』 같은 희극이 좋다. 런던에서 나는 연극 〈한여름 밤의 꿈〉을 두 번 보았다. 하나는 RADA에서 졸업생들이 공연하는 것이었고, 다른 하나는 영국의 대표적인 연극·영화감독 니컬러스 하이트너가 연출한 작품이었다. 유독 '그러므로(therefore)'라는 단어가 또렷하게 들렸던 고전 연극의 대사를 일일이 알아듣는 건 무리였지만, 줄거리를 알고 있으니 큰 문제가 되진 않았다. 매 연극에서 나는 헬레나가 좋았다. 헬레나는 변심한 옛 애인 드미트리우스를 끝까지 좋아하는 순정파다. 허미아에게 빠진 드미트리우스를 죽어라 쫓아가며 아이처럼 철없는 큐피드를 비난한다.

셰익스피어는 『한여름 밤의 꿈』을 쓰면서 오비디우스의 『변신 이야기』에 나오는 신화 '아폴로와 다프네' 이야기를 끌어들였다. 그리스 로마 신화 속 태양신 아폴로는 큐피드의 화살을 맞은 뒤 첫눈에 반한 요정 다프네를 뒤쫓는다. 하지만 순결을 지키려는 다프네는 아폴로가 다가오자 차라리 월계수 나무로 변해버리는 선택을 하고 만다.

로마 보르게제미술관을 찾았을 때 잔 로렌초 베르니니Gian Lorenzo Bernini가 조각한 대리석상 「아폴로와 다프네」를 봤다. 다프네의 손

요한 하인리히 퓌슬리, 「티타니아와 보톰」,
캔버스에 유채, 217.2x275.6cm, 1790년경, 테이트브리튼, 런던

끝이 나무껍질로 뒤덮이기 시작하는 결연한 순간이 생생하게 표현되어 있었다. 헬레나는 자신이 다프네처럼 달아나지 못하고 아폴로처럼 뒤쫓는 신세가 된 걸 한탄했다. 드미트리우스를 쫓아가는 헬레나를 안타깝게 여긴 요정의 왕 오베론은 이제 드미트리우스가 헬레나를 더 좋아하게 해주겠다고 결심한다. 오베론은 드미트리우스의 눈에 마법의 꽃즙을 발라 허미아를 향한 그의 사랑이 다시 헬레나에게 돌아오도록 만든다.

셰익스피어는 헬레나와 오베론을 통해 "남자가 사랑하는 여자를 쫓는 건 괜찮지만, 여자가 남자를 쫓아다녀선 안 된다"는 진부한 얘기를 한 것이다. 최종철 연세대 교수는 작품 해설에서 "오베론의 참사랑은 한마디로 전통적인 남녀 간의 사랑의 질서를 대변하는 것"이라고 말했다. 셰익스피어는 남성이 사랑을 주도하는 게 정상이라고 믿었다. 오늘날 우리가 그에게 동의하기는 어렵지만 말이다.

셰익스피어는 결국 헬레나에게 드미트리우스를 돌려준다. 심지어 극 중간에서 허미아의 애인이었던 라이샌더마저 헬레나를 좋아하게 만들기도 했으니, 연인을 일편단심으로 사랑한 헬레나에게 큰 애정을 갖고 쓴 글이라 짐작된다. 오베론이 부린 마법의 힘으로 한때 미혹에 빠졌던 사람들은 모두 제짝을 되찾는다. 셰익스피어식 '참사랑'이다. 『한여름 밤의 꿈』은 해피엔딩이다. 오베론의 심부름을 하는 어릿광대 요정 '퍽'은 극의 주제를 관통하는 유명한 대사를 남겼다. "이런 바보 인간들 같으니!"

테이트브리튼에 가면 「오필리아」 말고도 「티타니아와 보톰」도 볼 수 있다. 스위스 태생으로 영국에서 활동했던 화가 요한 하인리히 퓌슬리Johann Heinrich Füssli의 그림이다. 셰익스피어의 『한여름 밤의 꿈』에서 여왕 티타니아가 남편 오베론의 마법에 걸려 당나귀 얼굴로 변한 보톰을 사랑하게 되는 장면이다. 이성의 눈을 잃고 자기만의 환상에 빠진 티타니아. 퓌슬리는 낭만주의 화가답게 신비스럽고 초자연적인 사랑의 마법을 유감없이 재현했다. 조금 있으면 티타니아를 가엾게 여긴 오베론이 다시 그 마법을 풀어줄 것이다. 셰익스피어는 낭만적이고, 희극은 즐겁다.

다시 보러 오겠다는
약속

나는 마지막일지도 모른다며 미리 그리워한 유일무이한 그림들과
그림 같았던 도시들을 향해 약속해야 한다는 사실을 깨달았다.
꼭 다시 보러 오겠다고 말이다.

런던에서 지내는 동안 가장 많이 한 생각은 '혹시 이게 마지막일까' 하는 것이었다. 예쁜 걸 보거나 맛있는 걸 먹거나 여기서 알게 된 사람들과 이야기를 나누다 문득문득 그런 생각이 들었다. 내셔널갤러리에서 하염없이 그림을 보다가 내가 언제 또 지금처럼 한가로이 이곳에서 그림을 볼 수 있을까 생각했다. 눈앞에 템스강이 흐르는 우리 동네의 어느 마트에서 먹을 걸 고르다가도 이번 연수가 끝나면 런던에서 장을 보는 일이 다시 있을까 궁금해졌다. 런던에서 그림을 그리고 운동도 하고 취미를 즐기는 나 자신이 대견하다가도 이곳에서 뭘 배우는 날이 또 오기는 쉽지 않을 거란 생각에 아쉬움이 커졌다. 귀국 일정이 3개월 앞으로 다가오니 이런 생각들을 더 자주 하게 된다. 얼른 한국에 돌아가서 삼겹살과 소주, 떡볶이와 순대도 먹어야지 생각하다가도 여기에 두고 갈 것들에 대한 미련을 버리기가 어렵다. 마지막일지도 모른다고 생각될 때마다 아름다운 풍경은 더욱 슬퍼졌다.

나만 유난한 감수성을 가진 건 아니었다. 나와 함께 외국에서 3개월을 보내면서 부산 집과 한국 음식을 그리워했던 엄마도 여행하는 내내 언제 다시 오겠느냐며 숙제하듯 휴대폰을 꺼내 사진을 찍었다. 엄마가 한국으로 돌아간 지 한 달이 안 됐을 무렵이었다. 보이스톡을 건 내게 엄마는 "텔레비전에서 로마의 트레비분수와 바티칸성당이 나오네. 내가 저기 갔었는데 하고 보니까 감동적이기도 하고…… 기분이 그렇더라"라고 말했다. 나는 엄마가 뜸을 들이며

전한 '그런 기분'의 실체가 그리움일 거라고 짐작했다.

나보다는 확실히 감수성이 덜한 남편에게서도 비슷한 인상을 받은 적이 있다. 내가 런던에 머물렀던 1년 동안 남편은 런던을 모두 다섯 번 방문했다. 함께 런던을 구경하고 인근 유럽도 여행하기 위해서였다. 남편이 런던에서 네번째 귀국하던 날 우리는 히스로공항의 카페에 앉아 에일 맥주를 마시며 다섯번째 여행 일정에 대해 얘기했다. 잠정 마지막 유럽 여행이 될 터여서 시간도 아낄 겸 아예 런던이 아닌 다른 곳에서 만나자고 한 상태였다. 하지만 비행기 왕복표와 일정을 고려하다보니 차라리 런던에서 같이 출발하는 게 여러모로 효율적이겠다는 결론을 내렸다. 그때 남편은 "히스로공항 참 많이 왔다"며 "이번이 마지막인가 했는데 또 오게 됐네"라고 말했다. 그도 런던 방문이 마지막이냐 아니냐에 의미를 부여하고 있었다는 생각이 들어 속으로 피식 웃음이 났다. 학원 선생님이라 언제나 바쁜 동생도 내가 런던에 있는 동안 시간을 쪼개 네 번이나 다녀갔다. 우리가 같이 유럽에서 놀 수 있는 날이 또 언제 올지 모른다고 아쉬워하며 의기투합했기 때문이다.

후일을 장담하거나 기약할 수 없다는 사실은 가능한 한 어떻게든 한 번이라도 더 보자는 애착심을 불렀다. 런던을 빼놓고는 파리와 로마가 그 애착의 대상이었다. 다른 여행지와는 달리 파리와 로마는 이상하게도 떠나려면 애틋한 마음이 일었다. 3박 4일, 4박 5일 같은 짧은 여행 일정으로 인연을 끝내기엔 미련이 너무 많이 남았다. 미처 가보지 못한 유럽의 다른 도시들이 많았는데도, 파리와 로마만은 다시 가고 싶었다. 자꾸만 한 번 더, 두 번 더 다녀와야지 하는 미련이 생겼다.

파리에 대한 기억의 첫번째 장면은 호텔 창문 너머로 보이던 베이커리로 시작된다. 이른 새벽 어스름이 채 가시지 않은 시각, 오렌지색 조명으로 불을 밝힌 베이커리를 내려다봤던 꿈같던 기분이 아직도 생생하다. 크루아상, 바게트, 브리오슈…… 갓 구운 빵들이 차례로 진열되고 있던 풍경이었다. 달콤함과 고소함, 바삭함과 부드러움이 한데 어우러진 따끈한 아몬드 크루아상은 빵을 좋아하는 내게 천국의 맛이었다.

루브르와 오르세 관람은 하루이틀로는 성에 차지도 않았다. 고대 그리스 유물인 「밀로의 비너스」, 레오나르도 다빈치의 「모나리자」, 미켈란젤로의 「노예상」 들을 루브르에서 드디어 직접 봤다. 모르는 사람이 없을 정도로 유명한 밀레의 「만종」과 고흐의 「별이 빛나는 밤에」는 오르세에 있었다. 세상에서 하나밖에 없는 이 그림들을 이제야 직접 눈으로 보니 또 언제 다시 만나게 될까 하는 생각이 들었다. 까만 밤의 황금빛 에펠탑, 그리고 로댕과 카미유 클로델의 작품이 모여 있던 로댕미술관이 주는 낭만은 오직 파리에서만 느낄 수 있는 것이었다. 바나나와 누텔라, 하얀 생크림으로 꽉 차 있는 커다란 크레이프는 하나를 다 먹으면 1000킬로칼로리쯤은 훌쩍 넘길 것 같았지만 너무 맛있어서 중간에 포기할 수 없었다.

내게 로마는 오랫동안 앤 공주의 도시였다. 오드리 헵번의 영화

「로마의 휴일」의 로마였다. 오래전부터 가고 싶었던 곳이었다. 그래서였는지 로마에서 묵었던 호텔에서 떠나는 날 나도 모르게 직원에게 "다음에 또 만나요(See you later)"라고 마지막 인사를 해버렸다. 3박 4일간 로비를 지나치며 짧은 인사를 나눴을 뿐이었는데 무심결에 나온 인사가 '안녕'이 아니라 '또 만나자'였다니. 나는 내가 로마에 다시 오고 싶어 한다는 걸 그때 깨달았다.

진한 이탈리아 커피맛과 그 커피를 따라주던 웨이터의 인자한 미소가 잊히지 않는다. 에메랄드 물빛과 해신의 조각상에 반해서 머무는 내내 일부러 지나다녔던 트레비분수, 앤 공주가 젤라토를 먹던 모습이 눈에 선한 스페인광장, 딸 서윤이가 무섭다며 손을 넣을까 말까를 한참이나 고민하다 결국 손가락 끝만 갖다대고 말았던 '진실의 입', 미켈란젤로의 「최후의 심판」과 「천지 창조」와 「피에타」가 있던 바티칸의 성당들, 미켈란젤로를 뛰어넘겠다는 야심을 품었던 카라바조의 그림들을 전시해둔 보르게제미술관, 시간이 늦어 입장하지 못하고 밖에서만 바라봤던 콜로세움을 두번째 여행 때 기어이 다시 찾아갔던 일, 그리고 콜로세움을 향해 걷던 길 위의 시간들, 가지와 호박 토핑이 너무 맛있었던 피자와 그곳의 레드와인을 만약 다시 만날 수 없다면, 살면서 희미해지는 기억에 안타까움이 커져갈 것임을 지금도 알 수 있다.

미술사학자 제임스 엘킨스는 『그림과 눈물』에서 "작품과 강렬한 만남을 나눌 수 있는 비결"에 대해 이야기했다. "미술관에는 혼자

가라" "모든 것을 보려고 노력하지 마라" 등 모두 여덟 가지를 제시했는데, 특히 내 마음을 끄는 건 마지막 조언이었다. "충실하라"는 것. 엘킨스는 "일단 그림 한 점과 시간을 보내고 나면, 다시 보러 오겠다고 자신과 약속하라"고 했다. 나는 혹시 마지막일지도 모른다며 미리 그리워한 유일무이한 그림들과 그림 같았던 도시들을 향해 약속해야 한다는 사실을 깨달았다. 만나기 전에는 보통의 존재였으나 만난 이후부터 고유한 존재로 내 안에 자리잡은 것들, 더 많이 알게 되어 비로소 온전하게 좋아하게 된 것들에 대해 나는 앞으로 충실해야 한다. 다시 볼 것을 약속하면 다시 만날 때까지 만날 날을 기다리게 되고, 기다리는 동안 잊지 않게 될 것이다. 나는 엘킨스의 조언을 따랐다. 보던 그림을 등져야 할 때마다 마음속으로 꼭 다시 보러 오겠다고 약속했다.

파리와 로마를 떠나며 되뇌었던 '다시 오겠다'는 약속도 런던에 있는 동안 반복해서 지켰다. 파리에 세 차례 갔고, 로마에는 두 차례 갔다. 로마에서 호텔 직원에게 "또 만나요"라고 했던 말이 씨앗이 된 건지 다시 갈 때도 그 호텔을 찾았다. 십수년간 반복했던 일상을 벗어나 있는 동안 내겐 좋은 것들이 더 많이 생겼다. 하나도 빼놓지 않고 모두 챙겨서 사는 내내 함께하고 싶다. 지치고 지루한 날이 찾아와도 좋은 것들 덕분에 금방 기운을 차리고 행복해질 수 있도록 말이다. 앞으로도 더 많은 것들과 '다시 보자'는 약속을 할 것이다. 그리고 계속 약속을 지킬 생각이다. 런던에도 약속한다. 다시 만나러 오겠다고.

꿈꾸는 삶

기자는
생각해야 한다

"기자는 항상 자기 생각을 갖고 움직여야 된다.
자기 판단이 없으면 기자가 아니다."
이 말은 내가 믿어 의심치 않는 '기자의 자세'다.

파리를 여행하면 꼭 가봐야지 했던 곳이 로댕미술관이었다. 우디 앨런 감독의 영화 「미드나잇 인 파리」에 나온 로댕미술관 장면을 좋아했기 때문이다. 그 장면이 좋았던 건 가이드 역을 맡은 카를라 브루니 때문이었다. 모델이자 가수인 그녀는 니콜라 사르코지 프랑스 전 대통령의 부인이기도 하다. 나는 그녀의 노래를 좋아한다. 원래 연기를 하는 배우가 아닌 그녀는 이 영화의 미술관 장면에서 카메오로 잠깐 출연했다. 그녀는 늘씬한 몸매에 어울리는 청바지와 회색 재킷을 입고 한 손에 노트를 든 채 특유의 허스키한 음성으로 로댕의 「생각하는 사람」과 그의 뮤즈였던 카미유 클로델을 설명했다. 런던에서 미술관을 돌아다니며 큐레이터의 설명을 듣는 일이 일상이 되면서 나는 내가 예술작품을 설명하는 사람들에게 일종의 동경심을 갖고 있다는 걸 깨달았다. 미술관 가이드 역으로 나온 카를라 브루니에게 푹 빠진 데도 이유가 있었던 것이다. 영화 속에서 그녀는 로댕이 자신의 작품 「생각하는 사람」을 자기 무덤 옆에 두길 원했다고 말했다.

로댕미술관은 11월에도 정원에 분홍색 장미가 피어 있었다. 이 곳은 한때 로댕이 살았던 곳이다. 원뿔 모양으로 깎아놓은 푸른 나무들이 잘 정렬되어 있는 정원 사이에 「생각하는 사람」이 우뚝 놓여 있었다. 팔과 다리의 두드러진 근육 때문에 마치 온몸으로, 마음을 다해 생각하는 듯한 인상을 주는 청동상이다. 「생각하는 사람」은 로댕의 또다른 대표작 「지옥의 문」 위에도 있다. 「지옥의 문」 높은 곳에 앉아 처참한 인간 군상을 내려다보던 존재가 그대로 떨어

오귀스트 로댕, 「생각하는 사람」, 청동, 1903년, 로댕미술관, 파리

져 나와 독립적으로 또하나의 작품이 됐다. 로댕은 단테의『신곡―
지옥편』을 읽고 또 읽으며 죽는 날까지 「지옥의 문」을 조각했다. 지
옥의 문 위에서 그 생각하는 사람은 자신이 과연 어떤 심판을 받게
될 것인가를 생각하는 데 몰두했던 것 같다. 그는 핏줄이 불거질 만
큼 사력을 다해 고뇌하는 것처럼 보였다.

기자로 살아온 내게 생각하는 일은 언제나 강박감을 주는 의무
였다. 불행인지 다행인지 그 강박은 나의 수습 시절로 거슬러 올라
간다. 2005년 말, 내가 문화일보에서 수습 생활을 시작했을 때 지금
내 남편은 나의 첫번째 1진이었다. 그러니까 도제식 교육이 이뤄지
는 언론사에서 나의 첫 사수였던 셈이다. 나보다 여덟 살이나 많고
이미 7년차 기자였던 그는 말수가 적고 잘 웃지도 않는 사람이어서
안 그래도 잔뜩 긴장해 있는 나를 더 주눅들게 했다.

지금 15년차인 내가 7년차 후배들을 보면서 그때를 생각하면 웃
음이 나는 게 사실이지만, 당시 수습기자였던 내게 그는 하늘처럼
높고도 어려운 존재였다. 그래서 새벽부터 밤까지 하늘 같은 선배
의 지시를 따라 이리저리 온갖 취재 현장을 누비고 다녀야 했던 수
습기자 생활은 너무 피곤했던 나머지 아무런 생각이 없게 만들었
다. 후배라면 선배가 시키는 대로 반항하지 않고 어떤 지시라도 잘
따르는 걸 최고의 미덕으로 여겼던 탓도 있다.

나는 특별히 누구 말을 고분고분 잘 듣는 부류는 아니었지만, 당
시에는 일단 무조건 "네, 알겠습니다"로 대답하고 봐야 한다는 강박

이 있었다. 하지만 자동반사적인 복종은 일의 의미와 사유하는 방법을 잊게 만든다. 선배가 시킨 것을 취재해오고도, "이유가 뭐라고 생각하나"라든지 "넌 어떻게 생각하느냐"라는 질문을 받으면 답이 막힐 때가 적지 않았다. 그러면 지금 내 남편이 된 당시의 1진은 그런 나를 혼내거나 면박을 줬다. 그는 "기자는 항상 자기 생각을 갖고 움직여야 된다. 자기 판단이 없으면 기자가 아니다"라는 뼈아픈 말로 내 자존심을 긁었다. 그런 말을 들으면 어느 때보다 마음이 상했고 자존감이 낮아졌다. 그래서 나는 자존감을 되찾기 위해 다시 생각해야 했다. 생각하고 답을 말해야 했다. 생각하고 답을 찾고 기사를 써야 했다. 그리고 지금까지, 그때의 사수가 나를 몰아치며 했던 그 말은 내가 믿어 의심치 않는 '기자의 자세'다.

기자로서 생각하고 판단하는 일은 결코 쉽지 않다. 시간이 흐르고 일을 많이 하고 경험이 쌓일수록 어쩐지 나는 이 일이 점점 더 어렵게 느껴진다. 기자가 기사를 쓴다는 건 결국 옳고 그름, 정의와 불의를 판단하고, 어느 한쪽을 지지하고 대변하는 일이기 때문이다. 기사의 각, 이른바 '야마'라고 불리는 기사 주제에 관한 문제다. 너도 맞고 나도 맞고, 이래도 좋고 저래도 좋다는 시각으로는 결코 기사를 쓸 수 없다. 그래서도 안 된다. 스케치 기사 하나에도 가장 중점적으로 묘사할 장면이 뭔지, 그래서 하고 싶은 얘기가 무엇인지를 드러내야 한다.

누군가의 말을 옮겨 인용할 때도 기자가 옹호하거나 비판하려는 의도가 담겨 있다. 다른 사람의 입장을 전하는 것 같은 기사에도 결국은 기자의 관점과 주장이 깔려 있는 것이다. 누군가의 입장과 말이 기사의 주제를 드러내기 위한 긍정적·부정적 근거로 사용된다는 얘기다. 주제와 입장이 없는 기사는 기자의 게으름과 무책임을 반영할 뿐이다.

하지만 절대선과 절대악이 있을 수 없고 신이 아닌 이상 그 누구도 완벽할 수 없다고 생각하게 되면 문제가 복잡해진다. 자신의 생각과 판단을 맹신하는 것만큼 두려운 일도 없다. 기자의 제한된 취재 정보와 경험과 지식을 토대로 상대적인 죄의 경중을 따지고, 잘못을 저지른 쪽에는 책임을 묻고, 역시 완벽하기 어려운 대안을 제시하는 일. 내가 이해한 기자라는 직업은 이만큼 불완전하지만 막중한 임무를 수행해야 하는 것이다.

그러한 까닭에 나는 대부분 열심히 취재했다. 특히 사람에 대한 이해와 소통이 요구되는 정치 영역을 취재할 땐 스스로 반문하고 회의했다. 한국처럼 정치적 이념의 양극화가 심한 사회에서 어느 한쪽 편의 선은 다른 편의 악이기도 하다. 기자로서는 특별한 방법이 없다. 모두의 얘기를 최대한 많이 듣고 종합한 뒤 자신의 모든 역량을 동원해 판단하고 그 결과에 따라 어느 입장에서 목소리를 내야 한다.

"펜은 칼보다 강하다"는 말이 있듯, 기자가 쓴 기사로 인해 누군가 영향을 받는다는 사실만큼은 제대로 인식해야 한다. 두려운 지점이다. 기자가 자신이 쓴 기사를 쉽게 수정하거나 번복할 수 없음은 기자의 독선과 아집 때문이 아니다. 외부의 공격에 휘둘리지 않을 정도로 견고하게 취재했고 올바로 판단했다고 믿기 때문이다. 그래야만 기사가 될 수 있었기 때문이다.

그런 믿음과 자존감이 좋은 기자를 만든다. 역설적인 건, 취재를 많이 하고 더 많은 이들의 이야기를 들을수록 생각하고 판단하고 주장하는 일이 더 어려워진다는 것이다. 모두가 옳다는 양시론과 모두가 틀렸다는 양비론으로는 기사가 될 수 없는데, 선뜻 어느 쪽 논리도 택하기 어렵다면, 그때 기자의 고뇌는 얼마나 깊어지겠는가.

로댕이 조각한 「생각하는 사람」은 그 육중한 체구에도 불구하고 서글퍼보였다. 존재나 운명 같은 고차원적 주제를 놓고 답을 구하는 것일까. 기자가 직업인 까닭에 가끔은 인류 평화나 선과 악 같은 거대담론이 고민거리가 될 때도 있다. 기자로 사는 건 갈수록 어렵고 힘들게 느껴지지만 싫지는 않다. 내 일이 아닌 것들에 대해서도 생각해볼 수 있는 기회를 주기 때문이다. 끊임없이 더 좋은 판단을 내리기 위해 분투하도록 만들기 때문이다. 하나둘 작은 심판의 주체가 될 때마다 스스로를 가다듬는 일도 많아지기 때문이다. 비로소 "나는 생각한다. 고로 존재한다"는 데카르트의 명제를 조금이나마 체득하며 살 수 있기 때문이다.

지성과
미모를 위하여

우리는 흔히 얼굴이 예쁘고 몸매가 날씬한 외형을
아름다움 자체와 동일시하지만, 감동을 주는 진짜 아름다움은
내면이 반영된 외면을 통해 드러난다.

살다보면 대수롭지 않은 순간에 보거나 들은 말이 뇌리에 꾹 박혀 시간이 흘러도 명징하게 기억되는 것들이 있다. 지성과 미모, 이 두 단어의 화려한 결합이 내 머릿속으로 성큼 들어와 똬리를 튼 것도 비슷했다. 대학교 1학년 때쯤으로 기억하는데, 인터넷을 찾아보니 시기가 맞다. 1998~99년에 방영된 MBC 일일드라마, 임성한 작가의 「보고 또 보고」에서 모두에게 사랑받는 주인공 금주는 자신을 '지성과 미모'라고 표현했다.

「보고 또 보고」는 겹사돈 소재를 다루며 막장 논란에 불을 붙이면서도 온 가족이 함께 시청할 정도로 국민적 인기를 끌었던 드라마였다. 금주와 은주라는 두 자매가 주인공이었는데 나는 둘 중에서 금주를 더 좋아했다. 여지없는 세침데기에다 과도한 자기애에 빠져 공주병에 걸린 캐릭터였지만, 그럼에도 불구하고 부모와 연인의 맹목적 사랑을 받는다는 점에서 대리만족했기 때문이다. 게다가 금주는 녹슬지 않은 순진함을 간직한 인물이었다. 드라마에서는 그런 동화 같은 캐릭터에 더 끌린다. 당시 금주 역을 맡았던 배우 윤해영이 감칠맛 나게 똑 부러진 연기를 선보인 덕도 있었다.

금주 때문에 '지성과 미모'라는 말이 각인된 건 맞지만 그게 전부는 아니었다. 지성과 미모라는 두 단어가 한 단어처럼 자연스럽게 맞물릴 수 있다는 사실이 신선한 충격이었다. 그때까지 나는 지성과 미모를 함께 추구하는 건 불가능한 일이라고 생각했던 것 같다. 오히려 내 무의식에서 그 둘은 상반되거나 분리된 개념이었다. 아주 똑똑한 사람이 아주 예쁘긴 어렵고, 아주 예쁜 사람이 아주 똑똑하지는 않은 게 일반적이라는 선입견을 갖고 있었다.

금주가 내세운 '지성과 미모'에 귀를 쫑긋했던 스무 살의 나는 어느새 그로부터 20년 가까운 시간을 더 살았다. 그랬더니 20년 전에는 마치 신기루처럼 느껴졌던 그 사치스러운 조화를 이제는 다르게 받아들이는 나이에 이르렀다. 30대 초반쯤엔 지성과 미모가 실은 시너지를 낼 수 있는 협력 관계라는 사실을 알 것 같았고, 30대 중반을 넘어서자 깊은 지성이 진정한 아름다움을 견인한다는 믿음이 찾아왔다.

마담 퐁파두르. 18세기 프랑스의 왕 루이 15세의 정부였던 그녀는 당시 왕들이 거느렸던 한낱 애첩을 뛰어넘어 역사 속 '지성과 미모'의 대명사로 남아 있다. 그녀를 그린 다양한 초상화에는 로코코풍의 화려한 의상 외에도 책, 악보, 도자기, 충성스러운 개 등의 도상이 함께 등장한다. 이 모든 것들은 퐁파두르를 표현하고 설명하는 소재들이다. 마담 퐁파두르는 평민 출신으로 왕의 정부가 됐지만 학문과 예술, 문화에 대한 교양과 재능은 그 누구보다도 뛰어났다. 그 덕분에 죽는 순간까지 20년 가까운 세월 동안 왕이 가장 친애하는 정신적 동반자이자 정치적 조언자로 남을 수 있었다. 패션과 공예를 비롯해 당대 문화 예술을 선도했을 뿐 아니라, 볼테르와 같은 계몽주의 철학자들을 후원할 만한 지적 소양을 갖추고 있었고, 직접 연극배우로 활동하는 예술적 열정도 보였다. 야심만만했던 그녀는 왕을 통해 국정에 개입하려 한다는 비판도 받았다. 하지

장마르크 나티에, 「잔앙투아네트 푸아송, 퐁파두르 후작 부인」,
캔버스에 유채, 102×82cm, 1746년, 베르사유궁전, 파리

만 조금 달리 생각해보면, 그녀가 그만한 지적 능력을 갖추고 있었다는 얘기도 된다. 그녀는 외모도 훌륭했다. 왕이 그녀를 보고 첫눈에 반했던 건 일단 그녀의 겉모습이 뛰어나게 아름다웠기 때문이다.

서울의 우리 집에는 마담 퐁파두르의 초상화 한 점이 걸려 있다. 언젠가 예술의전당 기념품숍에서 샀던 그림이다. 루이 15세 때 로코코 양식의 초상화를 주로 그렸던 장마르크 나티에Jean-Marc Nattier가 퐁파두르를 그리스 신화 속 사냥의 여신 아르테미스로 표현했다. 매끈한 어깨를 드러내고 한 손에 활을 든 채 정면을 응시하고 있는 퐁파두르의 눈빛에서 그 시대 뭇 여자들은 쉽게 갖추기 어려웠을 권위와 패기가 느껴지는 그림이다. 자유분방하고 활기차면서 주관과 고집이 뚜렷한 아르테미스를 닮았던, '지성과 미모'의 마담 퐁파두르. 이 일 저 일로 유달리 시달리거나 몹시 지친 상태로 집으로 돌아온 날이면, 마담 퐁파두르의 이 초상화를 가만히 들여다보곤 했다. 그러면 왠지 모르게 위안이 됐다.

런던에서도 퐁파두르를 볼 수 있었다. 내셔널갤러리에도 있었고 월리스컬렉션에도 있었다. 하나는 나이를 먹어 후덕해진 모습이었고, 다른 하나는 여전히 앳되고 어여쁜 모습이었다. 뜻하지 않게 그녀의 초상화를 봤을 때 타지에서 오래된 친구를 만나기라도 한 듯 "오, 퐁파두르!"라는 말이 절로 새어나왔다. 내셔널갤러리의 퐁파두르는 프랑수아 위베르 드루에François Hubert Drouais의 작품으로 프레임이 꽤 큰 초상화다. 퐁파두르가 자수틀 앞에 앉아 있는 모습을 담

프랑수아 위베르 드루에, 「자수틀 앞에 앉아 있는 마담 퐁파두르」,
캔버스에 유채, 217×156.8cm, 1763~64년, 내셔널갤러리, 런던(왼쪽)
프랑수아 부세, 「마담 퐁파두르의 초상」,
캔버스에 유채, 91×68cm, 1759년, 월리스컬렉션, 런던(오른쪽)

은 그림인데 1764년 4월, 폐결핵에 걸린 그녀가 43세의 나이로 생을 마감한 지 한 달 뒤에 완성되었다.

드루에는 퐁파두르가 죽기 1년 전에 얼굴 부분만 따로 먼저 그렸다. 그림이 완성됐을 때 그녀는 이미 이 세상 사람이 아니었다. 하지만 그녀의 초상화는 그녀가 일평생 사랑하고 열정을 바쳤던 것들로 가득하다. 묵직한 책들이 꽂힌 책장, 악기, 자기 장식, 자수틀, 로코코풍의 화려한 드레스, 그녀의 뺨을 물들인 장밋빛 분홍색. 갤러리 가이드는 "이 초상화 안에 당대의 부유한 문화가 그대로 드러나 있다"고 말했다. 퐁파두르를 그리는 것은 곧 그녀가 살았던 로코코시대를 묘사하는 것이었다. 누군가의 초상화가 한 시대를 대변할 수 있다면 그 인생은 얼마나 큰 의미인가. 그림 속 퐁파두르의 눈빛이 유독 관조적으로 보였다. 이 그림에서 자수틀을 붙잡고 퐁파두르를 바라보고 있는 까만 애완견은 루이 15세를 향한 퐁파두르의 충성심을 표현한 것이다. 당시 화가들은 충성과 지조를 상징하는 소재로 개를 그려넣었다.

월리스컬렉션에 전시되어 있는 퐁파두르의 초상화에도 개가 등장한다. 1759년 그녀의 후원을 받았던 궁정화가 프랑수아 부셰 François Boucher가 그린 것이다. 그림에서 퐁파두르는 부채로 개를 가리키고 있는 듯한데, 역시 왕을 향한 지조의 의미로 읽힌다. 부셰가 그린 퐁파두르의 유명한 초상화 중에는 그녀가 한 손에 책을 들고 비스듬히 앉아 있는 모습을 그린 것도 있다. 여인의 휘황찬란한 드레스와 주변 장식들을 단번에 압도하는 가장 화려한 액세서리는

'책'이라는 사실을 깨닫게 해주는 그림이다.

지성과 미모는 모두 아름다움에 속한다. 그리고 이 둘은 시너지를 내는 관계다. 우리는 흔히 얼굴이 예쁘고 몸매가 날씬한 외형을 아름다움 자체와 동일시하지만, 감동을 주는 진짜 아름다움은 내면이 반영된 외면을 통해 드러난다. 따라서 지성과 지혜가 깊으면 아름다움도 깊어진다.

기자로 살면서 많은 사람들을 만나왔다. 외형적 조건이 근사한 사람이 아름답다거나 정말 멋지다고 느껴졌다면, 그건 그 안의 지성과 품위가 빛을 밝히고 있었기 때문이었다. 미모는 아름다움의 충분조건일 수는 있지만 필요조건은 아니다. 하지만 걸맞은 지적 능력과 지혜를 갖추지 못한 사람에게서는 매력을 느낄 수 없다. 지성 아니면 미모로 양분되던 시대는 이미 오래전에 지났다. 역사 속에 살아 있는 지성과 미모의 아이콘 퐁파두르는 시대를 앞서간 인물이었다.

불가근불가원
테크닉

"기자와 취재원은 불가근불가원 관계여야 한다."
가까워서도 안 되고 멀어서도 안 되는 관계.
기자로서 이것은 어렵지만 가장 적절한 처방이다.

정치부 기자의 덕목은 일단 최대한 많은 정치인들을 만나는 것이다. 만나서 대화를 나누고, 상대를 파악하고, 앞으로 어떻게 움직일 것인지를 예측해야 한다. 오늘 당장 기사를 쓰지 않아도 내일 더 좋은 기사를 쓰기 위해 꾸준히 취재원을 팔로업follow up 하는 일이 중요하다. 한 사람 한 사람이 갖고 있는 '인생의 드라마'를 이해할 때 기사 내용이 풍부해진다. 하지만 사람을 상대하는 일은 결코 쉽지 않다. 더구나 모르는 사람들과 끊임없이 새롭게 친분을 맺어야 한다면 엄청난 에너지가 필요하다. 우리가 겪는 대부분의 스트레스는 사람들 사이의 관계에서 비롯되지 않던가.

나는 지금까지 기자 생활의 절반 정도를 정치부 기자로 일했다. 그래서 누군가를 새로 아는 일이 의무가 될 때가 많았다. 정치부 기자가 아니어도 기자의 일이라는 게 사람을 만나는 것이지만, 정치부는 기본적으로 인적 취재가 필수인 곳이다. 이슈를 주도하는 요직에 있는 정치인들에게는 숙제를 하듯 매일 전화했다. 통화를 하거나 만나서 대화할 때면 마치 내가 그들의 마음과 의도를 다 이해하는 척 열심히 잘 들어줬다. 속으로는 늘 만나는 취재원들을 평가하게 됐지만 겉으로는 드러내지 않았다. 어차피 취재원들도 자신이 상대하는 개별 기자들을 마음속으로 평가하고 있기는 마찬가지였을 것이다.

어쨌든 나는 중립적인 입장에서 취재해야 했으므로 대부분 포커페이스를 유지했다. 원활한 대화를 위해 속마음과는 달리 오히려 웃어보일 때도 많았다. 여기까지는 정해진 테크닉을 따르면 된다.

하지만 좋은 기자와 좋은 취재원이라면 알고 지내는 시간이 길어질수록 서로 간에 무언의 신뢰가 쌓인다. 믿음이 생기면 그 사람을 이해하게 된다. 그러다보면 기자는 혼란스러워진다. 사람을 너무 깊이 이해하면 기사를 쓸 수 없는 순간이 찾아오기 때문이다.

불가근불가원不可近不可遠. 문화일보에서 처음 정치부 기자가 됐을 때 당시 정치부 C부장으로부터 들은 말이었다. "기자에게 필요한 자세"라며 "기자와 취재원은 불가근불가원 관계여야 한다"는 것이다. 가까워서도 안 되고 멀어서도 안 되는 관계라니, 당시만 해도 좋고 싫은 게 분명해서 가깝거나 멀거나 둘 중 하나인 경우가 많았던 나로서는 참 난감한 숙제였다.

하지만 왠지 부장의 말이 마음에 와닿았다. 일 욕심이 많았던 내가 기사를 하나라도 더 쓰고 싶은 마음에 취재 대상이었던 정치인들과 가까워지려는 노력을 엄청 기울이던 때여서 그랬던 것 같다. 4년차 기자 초년생으로서 취재원을 사귀는 일에 몰두하면서도 '이 사람과 너무 가까워지면 정작 기사를 써야 할 때 못 쓰는 것 아닌가' 하는 막연한 불안감을 스스로도 느끼고 있었다. 취재원들과 멀어지는 것도, 가까워지는 것도 모두 두려웠다. 내가 취재원을 대하는 목적은 결국 기사를 쓰기 위해서였기 때문이다. 어쨌든 나는 갈팡질팡하는 마음을 다잡기 위해 불가근불가원 원칙을 세웠다. 어렵지만 가장 적절한 처방이었다.

기자 경력이 많아질수록 불가근불가원의 중요성은 점점 더 크게

다가왔다. 편견 없이 객관적으로 보려는 노력을 뒷받침할 수 있는 필수 테크닉이었다. 우리는 더 잘 아는 상대를 더 많이 이해한다. 이해하게 되면 너그러워진다. 반면 상대에 대해서 아는 게 적을 경우 거리감을 느낀다. 멀게 느끼는 상대에 대해서는 더 쉽게 비판할 수 있다. 하지만 두 가지 모두 기자에겐 바람직한 자세가 아니다. 기자는 많이 알고 있는 상대를 제대로 비판할 수 있어야 한다. 그게 애정 어린 비판이다. 사회가 발전하려면 비판에도 애정이 담겨 있어야 한다.

현직 기자인 나 역시 책임에서 자유로울 수 없지만, 한국 언론은 특히 정치적 문제에서 불가근불가원 원칙을 잘 지키지 못한다. 애정을 갖고 '달리는 말에 채찍질한다'는 마음보다는 미우니까 '어디 한번 보자, 못하면 죽는다' 하고 벼르는 마음이 클 때가 많다. 그럴 때 정치와 언론은 서로가 서로에게 적이 된다. 나는 21세기 언론은 가치 지향적이어야 한다고 믿는다. 하지만 나의 가치와 주장을 입증하기 위해 먼저 필요한 건 나를 단련하는 일이다. 상대를 무너뜨려 반사이익을 보려는 경향에서 탈피해야 한다. 상대를 밟고 올라서야 하는 게 정치의 속성이다. 그럼에도 언론 수준이 정치 수준보다 더 나아야 미래가 있다고 생각한다.

취재원과의 불가근불가원 관계 못지않게 중요한 것이 이슈나 사안에 따라 장기적·단기적 안목을 갖는 일이다. 문제에 따라 어디까지 전망하고, 어떻게 취재하고, 어떤 대안을 제시할 것인가를 다르게 봐야 한다. 미술관에서 그림을 구경하다보면 알 수 있다. 프레임이 큰 그림 앞에서는 그 크기만큼 먼 거리를 유지해야 그림의 전체를 감상할 수 있다. 반면 그림의 크기가 작다면 더 가까이 다가가야 그림을 제대로 볼 수 있다. 거대담론을 말하고 패러다임을 바꾸는 기사를 쓸 때는 멀리 내다봐야 한다. 당장 눈앞에 일어난 문제에만 빠져 있으면 본질을 파악하거나 제대로 전망하기가 어려워진다. 반면 당장의 잘잘못을 따지고 즉각적으로 개선되어야 할 사안을 취재할 때는 작은 디테일 하나에도 집중해야 한다. 한 조각만 잃어버려도 퍼즐을 완성할 수 없는 것과 마찬가지다.

유능한 정치부 기자들은 한 치 앞은 물론이고 미래의 결과를 전망하는 일에 익숙하다. 제2차세계대전을 연합군의 승리로 이끈 윈스턴 처칠 전 영국 수상은 정치인의 능력에 대해 "내일과 다음주, 다음달, 그리고 다음해에 무슨 일이 일어날지를 예측할 수 있는 능력"이라고 정의했다. "그리고 나중에 그 일이 왜 일어나지 않았는지를 설명할 수 있는 능력"이라고 했다. 정치인을 취재하는 정치부 기자에게도 결국 같은 능력이 필요하다. 선거에서 누가 누구를 이기고, 어느 정당이 몇 석을 차지하게 될지, '판세'를 읽을 줄 안다는 건 방대한 취재량과 팩트를 해석하는 노하우를 갖췄다는 의미가 된다.

기자 초년병 시절 선거철이 되면 "이번엔 이렇게 될 거야" 하고 설득력 있는 전망을 내놓는 선배들이 늘 대단해 보이고 부러웠다. 내일을 정확하게 예측하는 안목을 갖추는 건 기자로서 나의 궁극적 목표다. 단발적 현상에 과도한 의미를 부여하거나 과장된 해석을 내놓는 건 가벼운 자세다. 현재의 크고 작은 팩트들을 가지치기하고 의미 있게 종합해야 한다. 이는 뉴스에 매몰되지 않고 적당한 거리를 지킬 때에만 가능하다. 기자로서 고수가 된다는 건 어려운 일이 아닐 수 없다.

기자로서의 삶을 떠나서도 거리를 조절하는 일은 인생의 중요한 테크닉이다. 꿈을 설계하는 데 필요한 장기적 안목, 인간관계에서 상대를 배려하고 자신을 지킬 수 있는 힘, 자신에 대한 객관적 성찰과 같이 삶에서 중요한 대부분의 것들은 모두 자신으로부터 적당한 거리를 유지해야 가능해진다. 흔히 "나무를 보지 말고 숲을 보라"는 조언을 많이 듣는다. 작은 것에 일희일비하지 말고 시야를 길게 가져가라는 의미다. 하지만 숲을 보면서도 그 안에 있는 나무와 꽃의 모습을 하나하나 자세히 봐야 할 때가 있다. 그러기 위해서는 가까이 다가가야 한다. 중요한 것은 내가 지금 가까운 거리에서 꽃과 나무만을 보고 있는 건지, 멀리 떨어져 숲을 보고 있는 건지 자각하는 일이다. 그래야 실수도, 실망도 없다.

최선을 다하면
완벽해진다는 착각

최선을 다하되, 결과는 언제나 놓아주기.
지혜로운 삶의 기술을 연습하려고 한다.

JTBC 뉴스룸에서 손석희 앵커의 클로징 멘트는 한결같이 "저희는 내일도 최선을 다하겠습니다"이다. 아마도 시청자에 대한 각별한 예의의 표현일 것이다. 동시에 나와 같은 직원들의 귀에는 "내일도 열심히 취재하라"는 주문으로 들리기도 한다. 그래서 우리 뉴스를 끝까지 모니터한 날 이 클로징 멘트를 듣노라면 가끔씩 망연자실해지기도 했다. 이제 막 오늘 일을 끝냈는데, 내일 일도 최선을 다하라고 미리 채찍질을 당하는 것 같아서다.

특히 스스로 막중한 책임을 느꼈던 청와대 취재 시절은 더욱 그랬다. 나는 박근혜 정부의 절반 정도를 청와대 출입 기자로 일했다. 임기 후반과 대통령 탄핵안 가결 시점까지의 전 과정이었다. 마지막 두 달여 정도는 거의 매일 청와대 춘추관 2층 야외 테라스에 나가 생중계를 했다. 팽팽한 긴장감이 감도는 생방송 시간, 모두가 일부러 숨죽이고 있는 듯 조용하고 깜깜하고 추웠던 그곳에서 나는 대부분 그날 남은 에너지를 모두 쏟았다. 중계를 마치고 기자실로 돌아와 이어지는 뉴스를 보다보면 어느새 "저희는 내일도 최선을 다하겠습니다"라는 마무리 인사가 나왔다.

사실 나는 최선을 다한다는 말을 좋아한다. 내가 할 수 있는 모든 노력을 다할 때 언제나 당당해지기 때문이다. 재능보다 노력을 믿는 나는 최선을 다했다고 생각될 때 대부분 결과가 좋았다. 문제는 '최선을 다한다'는 다짐이 '완벽하고 싶다'는 욕망의 다른 말이기도 했다는 것이다. 기자 분량으로 치면 길어야 3~5분 안팎인 현장

생중계나 스튜디오 출연을 위해 최선을 다하려고 했던 나는 늘 완벽하고 싶었다. 내 이름과 얼굴을 걸고 만드는 뉴스에 티끌만 한 흠집이라도 나서는 안 된다고 생각했다. 이 때문에 원고의 콘텐츠와 질을 좌우하는 취재를 열심히 하는 게 무엇보다 중요했다. 하지만 대통령 탄핵 취재 당시에는 청와대 관계자들과 쉽게 연락이 닿지 않을 때도 많았고, 한마디라도 더 들으려고 매달리다보면 취재 자체에 시간이 한참 걸렸다. 저녁 8시 메인 뉴스의 경우 마지막까지 취재하다 원고를 작성하고 승인받으면, 정말이지 하루 종일 일했는데도 완성된 원고를 한번 읽어볼 새도 없이 카메라 앞에 서야 할 때도 많았다.

아직 프로가 되지 못해서 그런지, 타고난 성격 탓인지 나는 시간이 허락하는 한 원고를 해체하는 수준으로 준비를 해야 마음이 편했다. 띄어 읽어야 할 부분, 카메라를 쳐다봐야 할 부분, 외워야 할 부분, 다시 종이를 내려다볼 부분 등 가능한 한 디테일을 모두 체크해두는 스타일이었다. 그래서 원고를 채 읽어보지 못하고 방송에 들어갈 때면 '최선을 다할 시간이 없었다'는 낭패감에 젖곤 했다. '최선을 다하지 못했으니 완벽할 수도 없겠지' 하는 생각이 자연히 뒤따랐다.

간혹 앵커가 돌발질문이라도 하는 날에는 최선을 다해 준비하고 연습했어도 기대했던 완벽함이 예상치 않게 무너지는 기분을 느껴야 했다. 돌발질문에 대한 답변을 애당초 준비했던 원고 수준으로 매끄럽게 구사하기는 어렵기 때문이다. 그럴 때는 내가 어떤 답을 했든 결국 완벽하지 못했다는 찜찜함이 남았다.

인터넷에 올라온 내 중계 영상을 보통 수십 번쯤 보고 들었다. 잘했다고 생각될 때는 만족스러워서 계속 보았고, 못했다고 생각되면 자책하면서 계속 봤다. 나는 최선을 다하는 만큼 결과에도 집착하고 있었다. 힘들었다. 더구나 완벽주의자가 꼭 일을 완벽하게 해낸다는 보장도 없었다.

프랑스 인상주의 화가 에드가르 드가Edgar De Gas도 지독한 완벽주의자였다. 날아오를 듯 어여쁜 발레리나의 모습을 많이 그렸던 그는 정확한 표현을 위해 무용수들의 근육 하나하나를 모두 관찰했다. 모든 움직임을 똑같이 표현하기 위해 무대 앞과 뒤에서 몇 주, 몇 달을 보내는 사람이었다. 그렇게 현장에서는 끊임없이 스케치만 했고, 실제 작업은 집으로 돌아온 뒤 실내에서 했다. 모델들을 집으로 불러놓고 같은 동작으로 몇 시간씩 멈춰 있게 하고선 한 치의 오차도 없이 그려내야 직성이 풀렸기 때문이었다.

그는 이렇게 정확히 묘사한 개별 인물들과 요소들을 화폭의 가장 좋은 위치에 배치하고 예술적으로 완벽해질 때까지 숙고를 거듭해 작품을 탄생시켰다. 공연장, 경마장, 카페 등을 묘사한 그의 그림들은 마치 스냅사진처럼 현장을 고스란히 포착한 것 같지만 사실은 모두 시간을 두고 재구성한 것들이었다.

드가는 자기 사전에 영감이나 즉흥 따위는 없다고 했다. 움직이는 존재들을 완벽하게 그리려는 그의 고집은 짧은 순간 즉석에서

에드가르 드가, 「별—무대 위의 댄서」, 종이에 파스텔, 44×60cm, 1878년, 오르세미술관, 파리

그림을 완성하는 걸 어렵게 만들었다. 드가는 완벽주의적 성향 탓에 "작품을 완성했다"고 말하는 일조차 드물었다.

예술에서는 같은 대상을 열 번, 백 번 반복해서 그리는 것이 기본이다. 어떤 동작도 우연인 것처럼 보여서는 안 된다.
_『예술가들은 이렇게 말했다』(함정임, 원경 옮김, 마로니에북스, 2018)

드가의 1878년 작품 「별―무대 위의 댄서」는 발레리나를 그린 그의 작품 중에서도 내가 특히 좋아하는 그림이다. 나비처럼 활짝 펼친 양팔로 마치 하늘 위로 날아오를 것만 같은 발레리나는 꿈을 꾸고 있는 듯하다. 저 뒤편에서 다리와 몸통만 보이는 검은 양복의 신사는 마음속으로 춤추는 소녀의 꿈을 응원하고 있는 것 같다. 한동안 이렇게 해석하며 혼자 흐뭇해했는데, 어느 날 그게 아님을 알게 됐다. 당시 파리에서는 대부분 생계를 위해 춤을 추러온 소녀들이 발레리나가 되었고, 부유한 남성 후원자들 중에는 어린 발레리나를 꾀려는 목적으로 저렇게 무대 뒤에서 어정거리며 추파를 던지는 이들이 많았다는 것이다.

드가는 그런 적나라한 현실을 그대로 화폭에 옮겼다. 그림의 배경을 알고 적잖이 낙담했지만, 그냥 내가 낭만적으로 짐작한 해석을 그대로 유지하기로 했다. 어쨌든 이렇게 아름다운 그림을 남긴 드가가 그토록 완벽한 결과에 집착하는 사람이었다면 그의 개인적 삶이 그리 행복하지는 않았을 것 같다. 실제로 그는 성격이 까다로웠고 논쟁하길 좋아했으며 평생 독신으로 살았다고 한다.

런던의 한 서점에서 우연히 혜민 스님의 책을 발견했다. 한국에서는 2016년에 『완벽하지 않은 것들에 대한 사랑』으로 출간된 책의 영문판이었다. 미처 읽어보지 못했는데 이렇게 런던에서 보게 되니 반가웠다. 완벽을 갈망하는 나는 아이러니하게도 "완벽하지 않아도 괜찮다"는 위로와 격려의 메시지에 늘 마음이 동한다. 책을 구입해 읽었다. 비교적 쉬운 어휘들로 영어 번역이 잘되어 있어서 읽기 좋았다. 마지막 챕터는 '수용', 받아들이는 것에 관한 얘기였다. 'letting go', 즉 '놓아주기'는 결국 완전히 받아들인다는 것의 다른 표현이라고 했다. 그러니 완벽하지 않은 나를 있는 그대로 받아들이고 행복해지라는 메시지였다.

최선을 다하는 것과 완벽에 집착하는 것은 사실 전혀 다른 문제다. 최선을 다해 노력하는 과정 자체를 충분히 사랑할 수 있어야 한다. 미리 상정한 완벽한 결과에 지나치게 자신을 옭아매지 말아야 한다. 그동안 나는 최선을 다하면 완벽해진다고 종종 착각했다. 그래서 결과가 마음에 안 들면 내 노력이 부족했던 건 아닌가 스스로 의심했다. 충분히 행복할 수 있었던 순간에도 합당한 즐거움을 놓친 때가 많았다.

버락 오바마 미국 전 대통령의 부인 미셸 오바마가 그녀의 자서전 『비커밍』의 출간을 기념해 오프라 윈프리와 함께한 북토크 영상을 봤다. 미셸은 "우리는 끊임없이 '되어가는' 존재"라고 했다. "그렇지 않고 만약 ('됐다'는) 끝이 있다면 그건 슬픈 것"이라고 말했다. 아직 완벽하지 않기 때문에 꿈을 가질 수 있고 희망이 생긴다. 최선을 다하되, 결과는 언제나 놓아주기. 지혜로운 삶의 기술을 연습하려고 한다.

고독해야
알게 된다

가끔은 예의와 매너로 빈틈없이 화려한 곳에서 홀로 고독을 맛보자.
화려한 듯 초라한 듯 미묘하게 섞이는 감정들 사이에서
자신을 더 깊이 바라보는 순간을 맞게 된다.

근사하고 멋진 바에서 '혼술'을 하는 건 내 오랜 꿈이었다. 마음만 먹으면 못 이룰 꿈도 아니었건만 오랫동안 상상에 그쳤다. 능숙한 바텐더가 묵묵히 제 할 일을 하고 있는 바 한쪽에 앉아 독한 위스키나 보드카 한 잔을 앞에 두고 생각에 잠기는 것. 영화나 드라마에서 심심찮게 볼 수 있는 흔한 이미지에 나를 투영해보곤 했다. 내 기분을 알아서 배려해주는 바텐더는 내게 특별히 말을 걸지는 않지만 정성을 다해 술 한 잔을 만들어준다. 그러면 나는 낯선 공간 속에서도 마치 보호받고 있는 듯, 마음놓고 고독을 씹는다. 사람을 앞에 두고 특별한 얘깃거리를 찾으려 애쓰지 않아도 되고, 그저 나 자신과의 대화에 집중하면 되는 순간이다.

런던에서 이 오랜 꿈을 비슷하게 실현했다. 낯선 나라에 머무는 이방인인 나는 시선으로부터의 자유와 어디서든 예사로 술을 즐기는 도시의 관대함에 이끌렸다. 장소는 '메종애슐린Maison Assouline' 안에 있는 바였다. 메종애슐린은 예술서적 출판사로 유명한 애슐린의 책들을 파는 부티크 서점으로 그 안에 '스완스바Swans Bars'가 딸려 있다. 사진과 그림이 많은 장식용 책, 이른바 '커피테이블 북'이라고 불리는 애슐린의 책들은 값이 비싸서 한국에서도 쉽게 사지 못했다. 하지만 책을 좋아하는 여행자로서 런던의 메종애슐린을 그냥 지나칠 수 없었다. 메종애슐린은 번화가인 그린파크 지역에 있는데, 서점 안에 애프터눈티나 칵테일, 간단한 식사를 할 수 있는 바가 있다는 걸 알고 찾아갔다. 모나코 여행을 준비하고 있던 나는 마침 모나코 왕비였던 배우 그레이스 켈리가 표지를 장식한 『몬테

메종애슐린의 바에서 '이탈리안 드림'이라는 칵테일을 한 잔 시켰다.
근사한 바에서 '혼술'을 하는 내 오랜 꿈을 실현한 날이다.

카를로의 정신In the Spirit of Monte Carlo』이라는 책이 보여 냉큼 사고 말았다.

바에서는 감미로운 재즈가 흐르고 있었다. 꿈꿨던 것과는 달리 바텐더들이 서 있는 바 자리는 조금 부담스러웠다. 대신 한쪽 테이블에 자리를 잡고 '이탈리안 드림'이라는 이름의 칵테일을 한 잔 시켰다. 책도 읽고, 음악도 듣고, 바텐더들이 일하는 모습을 구경했다가, 다른 테이블에 앉은 손님들을 바라보기도 하면서 한낮의 낭만을 즐겼다. 상상대로라면 나는 낮이 아닌 밤에, 어두운 조명 아래에서 독한 위스키를 마셔야 했다. 하지만 현실은 환한 오후였고, 방금 새로 산 책을 넘겨보며 달콤쌉쌀한 칵테일을 마시고 있었다. 그래도 혼자 그러고 있으니 고독한 건 사실이었다. 바텐더가 서비스로 올리브를 가져다줬다. 칵테일을 한 모금 마시고 올리브 한 알을 먹었다. 달콤함과 고소함이 어우러져 입안이 화려해졌다. 문득 누구든 얘기를 나눌 동행이 있으면 좋겠다는 생각이 들었다. 둘러보니 사방에 널린 고급 서적들 덕분에 내가 있는 곳이 더욱 화려하게 느껴졌다.

화려한 곳에서 고독을 느낄 때 그 고독은 더 크게 다가온다. 내가 있는 곳은 화려하지만 고독한 나는 그렇지 않아 이질감이 커지기 때문이다. 프랑스 인상주의 대부 격인 에두아르 마네Édouard Manet의 마지막 역작 「폴리베르제르의 바」에서 내가 느낀 그림의 정서도 고독함이었다. 이 그림을 처음 본 건 인상주의 작품 컬렉션으로 유명한 런던 코톨드갤러리에서였다. 그림 제목에 들어 있는

에두아르 마네, 「폴리베르제르의 바」, 캔버스에 유채, 96×130cm, 1882년, 코톨드갤러리, 런던

'폴리베르제르'는 1869년 프랑스 파리에 문을 연 카바레 이름이다. 술을 마시면서 발레나 서커스 등 각종 공연도 즐길 수 있는 곳이어서 항상 파리 상류층 인사들로 북적였다.

부유했던 마네도 이곳을 자주 찾았다. 찬란한 조명 장식, 잘 차려입은 신사와 숙녀, 샴페인과 맥주와 압생트처럼 당시 유행하던 술이 넘쳐나는 화려한 공간에서 마네가 그림의 주인공으로 택한 인물은 여자 바텐더였다. '쉬종Suzon'이라는 이름을 가진 실존 인물이다. 금색 펜던트가 달린 까만 초커를 하고 레이스로 장식된 벨벳 느낌의 옷을 입고 가슴 앞에 꽃을 단 화려한 차림새다. 옷차림과는 어울리지 않게 눈빛은 텅 비어 있다. 여자는 무심하고 멍한 시선을 허공에 던지고 있다. 지금 있는 공간에서 괴리된 존재처럼 보인다.

여자의 뒤로 보이는 큰 거울에는 그녀 눈에 비치는 광경이 반영되어 있다. 하지만 거울 속에 비친 그녀의 모습만큼은 논리적으로 설명할 수 없는 이미지다. 이 그림의 최대 수수께끼다. 마네가 여자의 정면을 그린 것이라면 여자의 뒷모습이 거울의 오른쪽에 비칠 수 없다. 게다가 거울 속의 여자는 멍하게 정면을 바라보는 게 아니라, 앞에 선 남자에게 몸을 기울여 이야기를 나누고 있는 것처럼 보인다. 이렇게 거울 밖 여자와 거울 속 여자의 모습을 다르게 그린 이유는 무엇이었을까.

마네는 당시 매독과 류머티즘에 걸려 지독한 병마에 시달리고 있었다. 그는 이 그림을 파리 살롱 미술전에 제출한 다음 해인 1883년에 숨을 거뒀다. 죽음을 앞둔 거장의 마지막 작품이었던 것이다. 그렇다면 마네가 이 그림에 실었을 의미가 자못 궁금해진다. 모두가 정신없이 환락에 취한 곳, 인간의 유희가 절정에 달한 곳에서 나 홀로 느끼는 고립감을 말하고 싶었던 것일지도 모르겠다. 웃고 떠들고 즐기는 사이에도 문득문득 느껴지는 고독이 어떤 건지 마네는 진작 알고 있었던 것 같다. 무엇보다 맨정신으로 웃으며 취객들을 대했을 여자의 고독감을 짐작했을 것이다. 거울 밖 여자는 그녀의 속마음을, 거울 속 여자는 그녀의 겉모습을 반영한 건 아니었을까 추측해본다.

고급 레스토랑이나 명품 상점, 호화로운 극장처럼 화려한 곳에 머무를 때면 마네가 그린 「폴리베르제르의 바」가 자주 떠올랐다. 풍부한 음영을 동반하는 조명, 다양한 존재들을 반사해 비추는 거울, 웃음과 눈물을 배가시키는 술, 탐스러운 꽃. 그림에 담겨 있는 소재들은 거의 대부분 화려함의 표상이기 때문이다. 가끔씩은 그 화려한 공간의 공기 속에 드문드문 스며들어 있는 시큼한 고독감이 마음 한편으로 전해지기도 했다. 내가 고독했을 수도 있고, 그곳의 다른 이가 그림 속 바텐더처럼 공허한 현실에 종종 넋을 놓고 있었기 때문일 수도 있다. 누구나 웃으면서도 울고 싶을 때가 있을 것이다. 겉으로 웃고 있지만 속으로는 눈물을 삼킬 때도 있을 것이다. 바다 한가운데 외딴 섬이 된 듯 문득 찾아온 고립감을 안고 사는 건 어쩌면 누구에게나 보통의 일상일지도 모른다.

런던에 있는 동안 나는 여러 화려한 곳들을 손님의 자격으로 누렸다. 그리고 내면의 고독과 대면했다. 홀로 있는 시간에는 나 자신이 동행이었다. 이방인으로서의 삶은 고독을 확장시키기에 충분했다. 소피아 코폴라 감독의 「사랑도 통역이 되나요?」를 다시 봤다. 2003년에 나온 영화라 오래전에 본 기억이 남아 있었는데 런던에서 다시 보니 감회가 새로웠다. 영화 속 주인공 남녀는 도쿄에 머물게 된 미국인들로, '런던에서의 나'와 같은 이방인들이다.

아직 어리고 고독한 여자가 역시 고독하지만 인생을 더 오래 산 남자에게 묻는다. "사는 게 힘들어요. 점점 나아지나요?" 그녀의 물음에 그는 이렇게 답한다. "그래, 나아져. 자신이 어떤 사람인지 뭘 원하는지 더 많이 알게 될수록, 주변 상황에 흔들리는 일이 적어지지."

고독해야 자신에 대해서 알게 된다. 타인의 마음도 헤아리게 된다. 화려한 곳에서 느끼는 고독은 남다르다. 그러니 가끔은 예의와 매너로 빈틈없이 화려한 곳에서 홀로 고독을 맛보자. 화려한 듯 초라한 듯 미묘하게 섞이는 감정들 사이에서 자신을 더 깊이 바라보는 순간을 맞게 된다.

타인의 선의에
기댈 수밖에 없다면

—————————

—————————

더 나은 걸 계속 기대할 수 있는 삶이 좋다.
현재에 만족하지 못해서가 아니라, 현재에 충실하기 위해서다.

외출하는 날이면 집에서 나와 카나리워프 지하철역까지 15분 정도 걸어서 다녔다. 나는 걷는 데 익숙하고 걸음이 빠른 편이라 그 정도면 충분했지만, 보통은 걸어서 20분 넘게 걸리는 거리쯤 될 것이다. 지하철역까지 3분쯤 남겨둔 지점에 템스강을 가로지르는 다리가 하나 있다. 꼭 그 다리를 건너야 지하철역으로 갈 수 있기 때문에 나는 다리를 건널 때마다 거의 매번 그녀 또는 그를 봤다. 그녀 또는 그는 늘 다리 초입과 중간 지점에 각각 앉아 있었다. 둘이 아는 사이인지 아닌지는 잘 모르겠다. 그들은 항상 자그마한 돈 통을 앞에 두고 앉아서 "동전 좀 주세요(Change, Please)"라고 말했다. 특별히 신체적 장애가 있는 것 같지는 않았다. 밤이 되어 인적이 드물어지면 자리를 떠나고 없었다. 그러고 나서 다음날 보면 또 같은 자리에 앉아 있었다. 집은 있는지, 잘 곳이 따로 있는지도 모르겠다.

런던에서 길을 가다보면 이런 사람들이 꽤 많다. 특히 지하철역 주변이나 사람들이 들끓는 한길이면 거의 어디서나 볼 수 있다. 약간의 동전이 담긴 통을 앞에 두고 그저 앉아 있는 사람들뿐 아니라 침낭이나 이불을 감고 번데기처럼 몸을 웅크린 채 길바닥에서 잠을 자고 있는 사람들도 많다. 영국의 TV뉴스와 신문에서는 그들을 '러프 슬리피rough sleeper'라고 표현했다. 집 없이 거리를 돌아다니며 잠을 자는 노숙자들, 그러니까 '홈리스'들이다. 잉글랜드 지역에서만 하룻밤에 8000명 정도가 밖에서 잠을 자고 있다는 기사를 『가디언』에서 읽었다. 영국 정부는 2027년까지 노숙자 문제를 모두 해결하겠다고 약속한 상태다. 런던에 이렇게 집 없는 사람들이 넘쳐나는 데 집을 단기 렌트하는 여행자들이 갈수록 늘어 가뜩이나 비싼 집값이 더 오르고 있다는 냉소적인 기사를 읽은 기억도 있다.

그래서인지 런던의 '러프 슬리퍼'들을 볼 때마다 나는 왠지 미안한 마음이 들었다. 이곳에서 잠깐 머물다갈 뿐인 내겐 안전하고 안락한 보금자리가 있었기 때문이다. 그러면 안 된다고 생각하지만, 때때로 남과 비교하면서 자신의 행복을 확인하게 된다. 런던에서 나는 참 복 받은 사람이라는 생각을 자주 했다. 굳이 따지자면 내가 그들에게 미안한 감정을 갖는 건 비합리적이었다. 그래서 미안한 마음을 거두긴 했지만, 가엾고 안타까운 마음이 드는 건 어쩔 수 없었다. 먹고 자는 문제를 해결하기 위한 돈이 없어 보였기 때문만은 아니었다. 하루 종일 나지막이 "Change, Please"를 읊조릴 뿐인 그들에겐 타인의 선의를 기대하는 것만이 유일한 희망으로 보였기 때문이다.

초등학교 1학년이었던 딸 서윤이는 그들을 자꾸 '노동자'라고 표현했다. "엄마, 노동자들이 너무 불쌍해"라면서 "나 동전 갖고 있는데 이거 줘도 돼?"라고 묻곤 했다. 프라하 카를교에 있는 네포무크의 성 요한 조각상에 손을 얹고 소원을 빌면서 "노동자들이 없는 세상을 만들어주세요"라는 바람을 포함했다고 털어놓기도 했다. 어린 눈에 꽤 마음 아픈 광경이었나보다. "서윤아, 그런데 저 사람들은 '노동자'라기보다는 '노숙자'라고 말하는 게 맞아. 노동자라면 엄마도 노동자거든"이라고 나는 고쳐줬다. 그렇게 말했는데도 웬일인

조지 프레더릭 와츠, 「희망」, 캔버스에 유채, 111.8×142.2cm, 1886년, 테이트브리튼, 런던

지 서윤이는 이후에도 계속 '노동자'라는 표현을 고집했다. 나는 사전을 찾아봤다. '노동자'는 "노동력을 제공하고 얻은 임금으로 생활을 유지하는 사람"이고, '노동'은 "사람이 생활에 필요한 물자를 얻기 위해 육체적 노력이나 정신적 노력을 들이는 행위"라고 되어 있었다. 하루 종일 거리에서 타인의 선의에 기대를 걸 수밖에 없다면 그야말로 육체적·정신적 노력이 필요한 건지도 모르겠다. 그럼 서윤이의 표현도 틀리지 않은 건가.

런던의 러프 슬리퍼들을 볼 때마다 조지 프레더릭 와츠가 그린 「희망」이 떠올랐다. 무엇보다 그림 속 여자의 맨발이 연상 작용을 불러일으킨 것 같다. 그림 한가운데 보이는 여자의 발바닥이 새까매서 왠지 차가운 거리를 맨발로 전전하고 다녔을 것 같아서다. 여자가 몸을 기대고 있는 악기는 고대 발현악기 리라다. 손가락이나 손톱을 튕겨 연주해야 하는데 줄이 다 끊어지고 단 하나만 남아 있다. 상징주의 화가였던 와츠는 리라에 남은 단 한 줄에 '희망'이라는 의미를 부여했을 것이다.

리라 연주를 들어본 적이 없어 유튜브에서 찾아봤다. 청명한 소리였는데 저 한 줄로 소리가 날지는 의문이다. 게다가 여자는 눈을 가리고 있다. 실제 보이지 않아 가린 건지, 더 이상 아무것도 보고 싶지 않아 차라리 가려버린 것인지는 모르겠지만 앞을 볼 수 없는 상황이다. 리라를 연주할 의지를 갖기엔 너무 지쳐 보인다. 버락 오바마와 넬슨 만델라가 이 그림에 감명을 받았다고 한다. 와츠가 희망의 상징으로 남겨둔 리라의 한 줄을, 그 의미 그대로 받아들였을 것이다.

하지만 1886년 와츠가 이 그림을 선보였을 당시 그림 제목을 두고 논란이 일었다. '희망'이 아니라 '절망'으로 바꿔야 한다는 것이었다. 그림을 보고 희망을 갖기엔 여자의 모습이 너무 처연했기 때문이었다. 여자는 도무지 스스로를 위해 뭔가를 할 수 없어 보인다. 눈도 가려져 있어 위태롭게 올라앉아 있는 구체 위에서 자율적으로 벗어날 수도 없을 것 같다. 누군가의 도움이 절실하다.

어쩌면 희망이란 건 사람이 자신을 위해 할 수 있는 일이 있을 때라야 비로소 가질 수 있을 것이다. 누군가의 도움만을 기다려야 한다면 차라리 절망에 빠진 게 맞을지도 모른다. 희망과 절망의 차이는 동전의 양면처럼 '나에게 기대할 것인가'와 '남에게 기대할 것인가'의 차이라는 생각도 든다. 타인의 이타심을 기대하며 살긴 하지만, 정말 행복하기 위해서는 누구보다 자신에게 희망을 품을 수 있어야 한다. 타인의 선의에 기댈 수밖에 없는 삶은 비참해진다.

바라고 원하는 건 좋은 것이다. 모든 걸 통틀어 단 하나의 가치만을 선택해야 한다면 나는 주저 없이 희망을 택하겠다. 더 나은 걸 계속 기대할 수 있는 삶이 좋다. 현재에 만족하지 못해서가 아니라, 현재에 충실하기 위해서다. 내일에 희망을 품어야 오늘 정성을 다 하는 일이 더 쉬워지기 때문이다. 다만 여기에는 언제나 전제조건이 따른다. 희망을 품는 대상이 나 자신이어야 한다는 것. 누군가 날 위해 뭔가를 해주길 바랐을 때, 나 아닌 타인에게 기대를 걸었을 때 나는 종종 실망했고 슬퍼졌다. 희망은 주관적인 것이어서 내 희망과 타인의 희망이 어긋날 때도 많았다. 그러니 희망하는 일이 아무리 좋다 해도, 남을 향한 희망이라면 욕심을 버리고 거두는 게 현명하다. 희망이 절망으로 바뀌면 더 견디기 어려우니까.

나는 '노숙자' 혹은 '노동자'들의 희망에 크게 부응하지 못했다. 처지가 딱하다고 생각했고 동정심을 가졌지만 늘 도와주지는 못했다. 내가 나빠서도 아니었고 그들이 나빠서도 아니었다. 타인에게거는 희망이란 게 원래 그렇게 허약한 것이다. 내가 다니는 길목을 지키고 있던 그녀와 그는 매일매일 나의 선의를 간절하게 기대했겠지만, 나는 점점 안타까운 마음마저 무뎌졌다.

언젠가 한 남자가 다리 위의 그에게 도시락 상자를 건네주는 걸 봤다. 이례적인 광경이었다. 받는 이 역시 동전이라면 몰라도 도시락 상자까지 기대하지는 않은 듯했다. 마치 신이라도 만난 듯 경외감에 찬 표정이었다. 다행이다. 아직 절망적인 건 아니다. 그들의 희망을 외면하지 않는 사람들이 오늘도 다리를 건넌다.

닮고 싶은
사람

어릴 때부터 닮고 싶은 누군가를 늘 동경했던 나는
이제는 누군가에게 '닮고 싶은 존재'가 될 수 있기를 희망한다.

파리에 갔을 때 오르세미술관에서 「낮잠」을 봤다. 빈센트 반 고흐가 그린 그림이다. 한참 열심히 일하다 잠시 쉼을 청한 듯, 짚더미 위에 몸을 기대고 곤히 잠에 빠져 있는 농부들의 모습이 그지없이 평안해 보였다. 고흐가 좋아하던 색깔인 파랑과 노랑이 주조를 이루는 이 그림에는 고흐 특유의 붓질과 화풍이 고스란히 살아 있다. 점심식사 후 10~20분 책상에 엎드려 자고 일어나면 얼마나 개운한 느낌인지, 잠깐의 달콤한 휴식이 어떤 맛인지 너무도 잘 안다. 그래서인지 잠든 농부들에게서도 에너지가 느껴진다. 자고 일어나면 아마도 다시 일하기에 충분한 기운이 샘솟을 것이다.

고흐는 1889~90년, 생레미정신병원에 입원해 있던 시기에 이 그림을 그렸다. 37세라는 젊은 나이에 권총 자살로 생을 마감한 게 1890년이었으니, 인생 말미에 그린 그림이다. 고흐가 그렸음을 단박에 알 수 있는 그림이지만, 사실 그가 존경했던 장프랑수아 밀레 Jean-Fransois Millet의 작품을 그대로 모사한 것이다. 역시 유명한 밀레의 「낮잠」은 짙은 갈색톤이 지배적이라 좀더 경건한 느낌을 준다. 고흐가 밀레의 실제 그림이 아니라 판화집을 보고 그린 탓에 좌우 구도가 바뀌긴 했지만, 색깔을 제외하고는 따라 그린 느낌이 분명하다.

고흐는 밀레의 「낮잠」을 무려 90번이나 모사했다. 당시로는 늦은 나이인 스물일곱 살에 독학으로 그림을 그리기 시작한 고흐는 밀레의 그림을 동경했고 지향했다. 고흐가 20대 초반이었던 1875년에 밀레가 숨졌으니 둘은 살아 있었던 시기가 겹친다. 하지

빈센트 반 고흐, 「낮잠」, 캔버스에 유채, 73×91cm, 1889~90년, 오르세미술관, 파리

만 둘이 만난 적은 한 번도 없었다. 고흐는 삶의 마지막까지 밀레의 그림을 따라 그렸다. 그리고 밀레를 넘어서서 '불멸의 화가'가 되었다.

나는 어려서부터 닮고 싶은 사람이 참 많았다. 그 대상이 학교나 학원 선생님이었던 경우도 있었고 가까운 친구일 때도 있었다. 책이나 TV에 등장하는 위인 또는 유명인이기도 했다. 특별히 분야를 가리지도, 실존 인물과 가상의 인물을 가리지도 않았다. 어떤 인물의 좋은 점을 내 것으로 만들고 싶다고 열망하는 일에서만큼은 탁월한 재능이 있었던 것 같다. 훌륭하고 멋진 사람들이 지닌 삶의 태도와 방식, 그들이 이뤄낸 결과물에 관심이 많았다. 나에겐 늘 흥미로운 주제들이었다.

오바마 정부의 국무장관이자 뉴욕주 상원의원이기도 했고 빌 클린턴 미국 전 대통령의 부인이기도 한 힐러리 클린턴은 오랫동안 내게 살아 있는 멋진 우상이었다. 언젠가 책에서 읽었던 그녀의 일화가 생각난다. 힐러리가 대통령이 된 남편 빌 클린턴과 함께 차를 타고 가다 주유소에 들렀는데 그 주유소 사장이 힐러리의 옛 남자친구였다. 의기양양해진 남편 빌은 힐러리에게 "당신이 저 사람이랑 결혼했다면 지금 주유소 사장 부인이 돼 있었겠네?"라고 말했다. 힐러리는 뭐라고 대답했을까. 그녀는 "아니, 그럼 저 사람이 미국 대통령이 됐겠지"라고 응수했다. 남편과 부인이 주고받은 농담 같은 대화였지만, 힐러리의 캐릭터가 집약되어 있다. 나는 언제나 변

함없는 그녀의 자신감을 동경했다. 2016년 대선 당시 도널드 트럼프와의 경쟁에서 패한 후 그녀가 했던 '승복 연설'에서는 그녀의 자신감만큼이나 원숙미도 돋보였다.

나와 같은 미디어 분야에서 일하고 있는 사람 중에 크리스티 루스타우트Kristie Lu Stout라는 앵커가 있다. 그녀는 CNN 아시아태평양 본사이기도 한 홍콩지국에서 뉴스를 전하는 앵커이자 기자다. 내가 좋아하는 건 그녀의 방송 스타일이다. 그녀만의 개성적인 어조와 제스처, 눈빛, 단정하면서도 강렬한 복장이 언제나 매력적이었다. 가끔 생중계를 하거나 카메라 앞에서 긴장되고 집중하기 어려운 순간이면 나는 스타우트의 이미지를 떠올리면서 힘을 냈다. 그녀는 2016년 중앙일보 창간 50주년을 맞아 개최했던 미디어 컨퍼런스에 참석했다. 당시 나도 현장에 있었지만 아쉽게도 가까이에서 보지는 못했다. 동경하는 존재를 직접 알고 지내야 할 필요는 없다는 생각도 있었다. 미디어에서 보이는 그녀의 이미지만으로도 나는 충분한 영감과 자극을 받으니 말이다.

예술계 인사인 발레리나 강수진도 흠모했다. 그녀가 쓴 책이나 그녀를 다룬 다큐멘터리를 참 열심히도 봤다. 단 하루도 허투루 보내지 않을 정도로 "오늘 하루를 열심히 산다"는 그녀의 좌우명을 나도 실천하려고 노력했다. 발레 공연을 보는 걸 좋아한다는 점을 빼고는 발레와는 아무런 관계도 없는 나이지만, 그녀가 한국으로 돌아와 국립발레단의 예술감독을 맡은 게 더없이 자랑스러웠다. 강수

진은 자신의 책『나는 내일을 기다리지 않는다』에서 "엄청난 꿈을 가졌으면서도 대충 사는 사람을 절대 이해하지 못한다"고 말했다. 대충 살면서도 꿈을 이룰 생각은 하지 말라는 이야기다. 나는 더 잘하고 싶은 게 생길 때마다 그 말을 되새겼다.

영화나 드라마를 좋아하는 나는 때때로 배우들도 동경의 대상으로 삼았다. 누구에게나 좋아하는 연예인이 한둘은 있을 것이다. 나는 특히 심은하를 좋아했다. 그녀가 나온 드라마나 영화는 아마 모두 봤을 것이다. 외모도 아름답지만 무엇보다 탁월한 연기력의 소유자였다. 배우로서 연기를 잘하는 것 이상의 미덕이 있을까. 은퇴 후 십수년이 지났지만 여전히 컴백이 기대되는 배우로 남아 있다는 점이 나는 부럽다. 자신이 속했던 분야에서 끊임없이 자신을 원하게 할 수 있다는 건 참 대단한 일이다. 전기까지 찾아 읽을 정도였던 영화배우 비비언 리에 대한 맹목적인 열광은 굳이 더 말할 필요도 없다.

벌써 10년도 더 지났지만, SBS에서 방영됐던 김은숙 작가의 드라마「온에어」에 나온 대사 중에 잊히지 않는 게 있다. 극 중에서 스타 배우 '오승아'를 연기했던 김하늘의 대사였다. 극 중 드라마에서 함께 연기하는 후배 여배우가 자신의 분량이 오승아에 비해 적다며 연기를 거부하고 병원에 입원하는 쇼를 벌이던 대목이었다. 병원을 찾은 오승아가 후배에게 물었다. "내 꿈은 그레이스 켈리처럼 되는 거거든, 네 꿈은 뭐냐?" 뾰로통하게 굴던 후배는 머뭇거리다가 결국 "오승아처럼 되는 거요"라고 말했다. 예상치 못한 답변에 잠깐 생각하던 오승아가 다시 말했다. "네가 나처럼 되는 건 어려운 게 아냐. 누가 너처럼 되고 싶게 만드는 게 어려운 거지"라고.

어릴 때부터 닮고 싶은 누군가를 늘 동경했던 나는 나이를 먹어가면서 나도 누군가에게 '닮고 싶은 존재'가 될 수 있기를 바라게 됐다. 다른 사람을 닮고 싶어 하는 건 욕망하는 일이지만, 누군가가 나를 닮고 싶어 한다면 그건 아마도 성공의 결과일 것이기 때문이다. 밀레를 동경했던 고흐는 밀레와 비슷한 그림을 그릴 수 있기를 욕망했고, 결국 자신만의 독창적 화풍을 창조하는 데 성공했다. 죽는 날까지 겸허한 자세로 같은 그림을 아흔 번이나 모방했던 노력이 있었기에 가능했다. 이제는 많은 이들이 어디선가 고흐의 그림을 모사하고 있을 것이다.

성장과 성숙의
차이

————————

————————

램브란트가 생의 마지막까지 그림을 그렸듯
나도 마지막까지 하던 일을 멈추고 싶지 않다.

그림을 보면서 마음이 아리는 건 처음이었다. 렘브란트의 자화상 앞에서였다. 63세의 렘브란트. 그는 이 자화상을 그린 해에 생과 이별했다. 인생 마지막 해의 모습이다. 그림 속에서는 그의 얼굴만이 빛을 받고 있다. 빛이 사라지면 그 얼굴도 사라질 것 같다. 아마도 세상을 향한 마지막 시선인가보다. 조금은 충혈된 눈에 물기가 어려 있다. 회한의 감정일까. 한때는 화려했던 인생이여, 돈과 명예도 결국 그렇게 중요하지 않았다, 이젠 모두 안녕. 이렇게 말하는 것 같아 슬프고 애잔하다.

런던 내셔널갤러리 22번 전시실에서 내가 이 자화상을 봤을 때 맞은편 벽에는 34세 렘브란트의 자화상도 걸려 있었다. 인생에서 가장 큰 성공을 거뒀던 젊은 시절의 그는 더없이 확신에 차 있는 모습이었다. 화려한 의복과 의기양양한 시선은 말년의 그것과 어쩌면 이다지도 대조적일까.

17세기 네덜란드를 대표한 화가 렘브란트의 인생에는 굴곡이 있었다. 비할 데 없는 초상화 솜씨로 30대에 이미 화가로 성공했지만, 젊어서 재산을 탕진한 그는 중년 이후 파산에 이르렀다. 게다가 세 아들과 사랑하는 아내가 잇따라 숨졌다. 불행은 거기서 멈추지 않았다. 아내를 먼저 보낸 그가 다시금 의지했던 연인과 남아 있던 한 아들마저 먼저 세상을 떠났다. 행복한 시간은 그리 길지 않았고, 전성기는 짧았으며, 성공의 절정이 눈부셨던 만큼 몰락은 비참했다. 그런 인생에서 그가 평생토록 그려낸 자화상은 모두 80~90여 점에 달했다. 이중 10여 점이 인생 후반부의 모습이다. 그는 삶이 끝나가

렘브란트, 「63세의 자화상」, 캔버스에 유채, 86×70.5cm, 1669년, 내셔널갤러리, 런던(왼쪽)
렘브란트, 「34세의 자화상」, 캔버스에 유채, 102×80cm, 1640년, 내셔널갤러리, 런던(오른쪽)

는 해에도 그렇게 자신을 그렸다.

같은 자리에서 한 사람의 부침 있는 운명을 동시에 마주한다는 것은 묘한 감정을 불러일으켰다. 나는 지금 생의 어디쯤 와 있는 걸까. 지금의 내 모습과 인생의 마지막 모습은 어떻게 달라질까. 지금보다 마지막 모습이 더 좋으면 좋겠는데, 앞으로 더 좋은 게 준비되어 있으면 좋겠는데⋯⋯. 갖은 상념이 밀려왔다.

런던에서 다녔던 미술학원에서 자화상을 그린 적이 있다. 난생처음 그려보는 자화상이었다. 이젤 옆에 거울을 붙여두고 그림이 완성될 때까지 끊임없이 내 모습을 직시해야 했다. 평소라면 화장할 때 길어야 10분 안팎으로 거울을 보고, 외출하기 위해 옷을 골라 입으면서 짧은 순간 내 모습을 거울에 비춰보는 게 전부였다. 그에 비해 내가 나를 그리기 위해 시간을 들여 관찰하는 일은 너무나 생소했다. 거울을 보니 왠지 낯빛에 생기가 부족해 가방에서 쿠션팩트를 꺼내 화장을 수정했다. 흘러내린 머리도 다시 묶어 올렸다. 그런 후에야 눈과 눈 사이, 코와 입술 사이 간격을 맞춰 구도를 잡고 비율에 따라 턱선과 전체 윤곽을 그렸다.

그림 초보자라 스스로 수긍할 만한 자화상을 그리는 게 어려운 건 어쩔 수 없었다. 무엇보다 눈은 확실히 너무 크게 그려버렸다. 바람이 담겼던 것일지도 모르겠다. 눈의 크기나 모양뿐 아니라 눈동자를 그리는 건 더 어려웠다. 적어도 눈동자에는 영혼을 담아야 할 것 같았다. 퇴임 후 화가로 변신한 조지 W. 부시 전 미국 대통령은 참전용사들의 눈을 그리는 게 가장 어려웠다고 말했는데, 비슷한 심정이었다. 다른 사람의 눈을 그리는 것보다 더 어려운 일이 자신의 눈을 그리는 것이리라. 내면까지 직시하며 스스로를 객관화한다는 건 정말이지 힘들고 낯선 작업이었다.

나는 자신을 객관화하는 일에 서툰 건지도 모르겠다. 하지만 나는 '아직 완성되지 않았다'는 생각을 버려본 적이 없다. 내가 진짜 좋아하는 게 뭔지, 취향은 어떤지, 뭘 잘하는지, 나는 어떤 사람인지를 매일 조금씩 더 알아가는 중이다. 때로는 지난 시절의 내가 지금의 나와 같은 존재가 아니라는 생각이 들기도 한다. 사람은 끊임없이 변하고 다듬어지기 마련이니까. 어렵고 힘든 순간에도 '발전하고 있다'는 자기암시를 시도했다.

우연히 휴대폰에 '부자생각'이라는 앱을 깔게 됐다. 일종의 동기부여를 위한 앱인데, 매일 아침 좋은 글귀나 명언을 보여준다. 어느 날 여기에 올라온 한 문장 때문에 유독 생각이 많아졌다. "인생의 진정한 목적은 끝없는 성장이 아니라 끝없는 성숙이다"라는 말이었다. '성장'의 사전적 의미는 "사람이나 동식물 따위가 자라서 점점 커진다"는 것이다. '성숙'의 사전적 의미는 "몸과 마음이 자라서 어른스럽게 된다" 혹은 "경험이나 습관을 쌓아 익숙해진다"는 것이다. 꿈을 성취하고 부를 쌓고 명예를 얻는 것으로 우리는 성장할 수 있겠지만, 성장한다고 모두 성숙하는 건 아니다. 성숙하기 위해서는 내면을 돌보는 노력과 자기성찰이 필요하다. 그건 성장하는 것보다 더 어려운 일이다. 어제의 나보다 인격적으로나 의식적으로 더 나은 사람이 되어야 할 때 우리는 자아와의 치열한 사투에서 승리해야 한다. 그러므로 끝없이 성장하는 것과 끝없이 성숙하는 것은 별개의 문제다.

자화상을 딱 한 번 그려본 짧은 경험이었지만 감히 렘브란트를 이해할 수 있을 것 같았다. 자신의 얼굴을 반복해서 그리는 동안 인생을 얼마나 깊이 성찰하게 됐을지, 자신을 객관적으로 들여다보는 일에 얼마나 큰 용기를 가졌을지 말이다. 때로는 성공에 취했을 것이고, 때로는 실패에 고통스러웠을 것이다. 나는 63세가 된 그의 자화상에서 34세의 그에게서는 받을 수 없었던 감동을 느꼈다. 63세의 렘브란트에게서는 성숙한 인간의 눈빛을 읽을 수 있었다. 모든 걸 잃어버린 후에야 마치 "이젠 삶을 다 이해했다"고 말하는 것 같았다. 그는 높이 비상하다 낭떠러지로 떨어진 채 세상과 작별했지만, 삶의 굴곡을 겪는 동안 차츰 더 성숙해지지 않았을까.

렘브란트가 생의 마지막까지 그림을 그렸듯 나도 마지막까지 하던 일을 멈추고 싶지 않다. 다만 렘브란트는 불행하게 삶을 마감했지만, 나는 행복한 노년을 맞이하고 싶다. 그때는 이랬으면 좋겠다는 꿈을 꾼다. 풍경 좋은 곳에 자리잡은 아늑한 집에서 사랑하는 가족들과 한없이 여유를 부리는 날들이 많으면 좋겠다. 햇볕 좋은 자리에서 이젤 앞에 앉아 있는 내 모습도 상상해본다. 나이가 들었어도 허리를 꼿꼿이 세워 앉을 것이다. 그림은 취미로 그리는 것이기에 그저 즐기기만 할 것이다. 프로페셔널하지 않아도 아무 상관없다. 입버릇처럼 "나중엔 책 읽고 글 쓰는 삶을 살고 싶다"고 말해온 남편도 그의 꿈대로 내 옆에서 책을 읽고 글을 쓰길 바란다. 꽃 피고 새 우는 봄에도, 녹음 짙은 여름에도, 울긋불긋 낙엽 지는 가을에도, 하얀 눈 소복한 겨울에도 방금 내린 향긋한 커피향으로 집 안을 가득 채울 것이다. 배경 음악으로는 에릭 사티의 「짐노페디」라면 좋을 것 같다. 밝고 건강하게 자란 딸 서윤이가 퇴근길에 맛있는 케이크와 와인을 사들고 올지도 모른다. 그러면 나는 우아한 식탁을 차릴 것이다. 요리는 실력 좋은 남편을 시킬 생각이다. 우리가 함께하는 저녁식사는 언제나 가벼운 농담과 웃음으로 가득할 것이다.

인생을 꽉 채운 시점에 렘브란트처럼 자화상을 하나 남기는 것도 멋진 일일 것 같다. 부디 내 눈에서 성숙한 인간의 눈빛을 읽을 수 있기를, 나를 들여다보는 내가 그 눈빛을 그림으로 표현할 수 있기를 바란다.

나를 위한 마지막 파티를
준비한다

언젠가 맞이하게 될 그날을 위해
오늘을, 내일을, 하루하루를 계속 잘 살아둬야 한다.

『이브닝 스탠더드』에서 우연히 본 칼럼이었다. 롭 린더라는 영국 법정변호사가 어느 금요일에 "한 주의 끝이니 죽음을 준비해보자"며 뜬금없이 꺼낸 얘기였다. 인터넷으로 그의 프로필을 찾아봤더니 그는 1978년생이었다. 영국 나이로 마흔 살에 '자신의 장례식'에 관해 쓴 글이었다.

그는 언제가 될지 모르는 자기 장례식 날에 파티를 열 계획을 하고 있었다. 장례식 파티야말로 파티 주최자가 아무런 스트레스를 받지 않고 열 수 있는 유일한 파티이자, 심지어 주최자가 참석하지 않아도 되는 파티라는 것이다. 그 파티에서는 고인에 대한 추도사 따위는 생략하고 흐느끼거나 애도하는 사람들도 없어야 한다고 했다. 그 대신 드레스코드는 디자이너 브랜드의 섹시한 검정색 옷이어야 하며, 훌륭한 스카치위스키와 환상적인 와인이 제공될 거라고 한다. 파티에 참석한 친구들은 눈물을 흘리는 대신 롭 린더가 살아생전 누구와 가장 친했는지를 놓고 논쟁하길 바란다는 기대도 드러냈다. 이 칼럼이 인상적이었던 건 필자의 글솜씨가 화려하거나 멋있어서가 아니었다. '내 장례식을 파티로 대신하겠다'는 생각을 나는 지금껏 한 번도 해본 적이 없었기 때문이었다.

칼럼을 읽고 나니 비슷한 장면이 떠오르긴 했다. 리처드 커티스 감독의 영화 「러브 액츄얼리」에 나온 장례식 장면이다. 리암 니슨이 연기했던 다니엘은 아내 조안나를 먼저 하늘로 보내고 장례식을 치른다. 다니엘은 아내와 함께 장례식을 위해 많은 준비를 했다며 아내의 생전 부탁대로 행사를 진행한다. "이제 아내가 마지막 인사를 하겠습니다. 저를 통해서가 아니라, 언제나 멋진 '베이 시티 롤러스'의 명곡을 통해서 말입니다."

이어서 영화에서는 베이 시티 롤러스의 노래 「바이 바이 베이비 Bye Bye Baby」가 흐른다. 가사는 애틋하지만 리듬과 분위기만은 더없이 흥겨운 노래다. 프로젝트 화면에는 사랑스러웠던 조안나의 행복했던 순간이 담긴 사진들이 잇따라 등장한다. 그녀를 떠나보내는 장례식에 온 사람들은 분명 그 순간 그녀의 가장 사랑스러웠던 모습을 추억했을 것이다.

구글X의 신규사업개발총책임자 모 가댓이 쓴 『행복을 풀다』라는 책에도 비슷한 장면이 있었다. 2017년에 한국어판으로 출간되었는데 나는 런던에 와서 뒤늦게 읽어보았다. 성공했지만 불행하다고 여겼던 모 가댓이 스스로 찾은 행복 노하우에 관해 쓴 책이다. 2014년 아들의 죽음을 계기로 책을 집필하게 됐다는 그는 책에서 아들의 장례식 날을 회상했다. 장례식은 사연을 모르는 사람들이 봤다면 마치 결혼식이나 졸업식으로 여겼을 정도로 행복하고 즐거운 분위기였다. 아들 알리의 웃는 모습이 담긴 수백 장의 사진들로 장소를 꾸미고, 알리가 좋아했던 간식들을 차려두고, 알리와 함께했던 행복한 기억을 나누면서 웃으며 보낸 날이었다. 모 가댓은 운다고 아들이 살아 돌아오는 게 아니라는 사실을 받아들였다고 했다.

롭 린더의 칼럼과 「러브 액츄얼리」, 그리고 모 가댓의 이야기를 연이어 떠올리니 미래의 내 장례식도 파티처럼 계획해야겠다는 생각에서 벗어날 수 없었다. 어차피 내가 죽고 없다면 나를 사랑했던 사람들이 모여앉아 눈물을 흘리거나 애통해하는 일이 무슨 소용이 있겠는가. 차라리 나의 행복했던 모습을 떠올리며 함께했던 인연을 웃으면서 추억해주는 게 훨씬 좋을 것 같다. 정말 영혼이 있기라도 해서 죽은 내 영혼이 장례식장을 돌아다닌다 해도 무겁고 어두운 분위기보다는 밝고 신나는 곳에서 머물다 가고 싶다. 죽어서도 파티의 주인공이 될 수 있다니 얼마나 멋진 일인가.

롭 린더는 그 칼럼에서 "마흔 살에 죽음을 생각한다는 게 다소 감상적이긴 하다"고 말을 꺼냈지만, 유럽의 미술관을 돌아다니면서 나는 종종 죽음에 대해 생각했다. '바니타스Vanitas' 그림을 많이 볼 수 있었기 때문이다. 바니타스는 17세기 초 유럽 회화의 한 장르였다. 주로 해골과 같은 죽음을 상징하는 도상을 그려넣어 유한한 인생의 덧없음을 상기시키는 그림이다. '메멘토 모리', 네가 언젠가 죽는다는 사실을 기억하라는 것이다. 당시 유럽에 만연했던 흑사병과 30년전쟁으로 인한 사회적 불안감이 바니타스 회화에 반영됐다. 죽음을 예고하는 바니타스 그림 앞에 설 때면 늘 마음이 가라앉았다.

런던 내셔널갤러리에 걸려 있는 한스 홀바인Hans Holbein의 「대사들」도 대표적인 바니타스 작품이다. 홀바인은 1533년 영국에 머물고 있던 프랑스 대사 장 드 댕트빌의 주문을 받아 이 그림을 그렸

한스 홀바인, 「대사들」, 나무에 유채, 207×209.5cm, 1533년, 내셔널갤러리, 런던

다. 가로 세로 각각 2미터가 넘는 대형 그림에는 댕트빌 대사(왼쪽 인물)와 함께 그의 친구이자 프랑스 라보르의 주교였던 조르주 드 셀브(오른쪽 인물)의 초상이 그려져 있다. 댕트빌이 런던에 있었던 때는 영국 왕 헨리 8세가 첫번째 부인 캐서린과 이혼하기 위해 로마 교황청의 영향력에서 벗어나려던 격동의 시기였다. 헨리 8세는 결국 영국 국교회(성공회)를 세우고 자신이 교회의 수장이 됐다.

그림에서 보이는 현악기 류트의 줄 하나가 끊어져 있는 건 로마 교황청과 영국의 갈등을 의미하는 것이자 삶의 허무함을 상징하는 것으로 해석된다. 댕트빌의 화려한 의복, 천문본, 해시계, 지구본, 악기 등 과학과 예술을 상징하는 각종 도구들은 인간이 이룬 업적과 영광을 암시한다. 바닥에는 왜곡된 해골 형상이 있는데, 바로 이것 때문에 이 그림의 바니타스적 의미가 극대화된다. 정면에서는 쉽게 알아차릴 수 없지만 그림의 오른쪽 끝에서 보면 더욱 뚜렷한 모양이 나타난다. 댕트빌 대사는 이 그림을 자신의 저택에 걸어뒀다. 우리는 모두 언젠가 죽을 운명이라는 사실을 늘 자각하며 살기 위해서였을까.

부동산 에이전시에서 일하는 로지는 나보다 나이가 많다. 정확한 나이를 물어보지 않아 알 수 없지만 그녀의 아들이 직장을 다닌다고 했으니 최소 언니뻘이다. 런던에서 우리는 친구처럼 지냈다. 언젠가 그녀는 내게 '환생'을 믿느냐고 물었다. 환생의 사전적 의미는 죽은 사람이 다시 태어나는 것이다. 로지는 스스로 환생을 믿기 때문에 죽음이 두렵지 않다고 했다. 육체가 죽어도 육체에 깃들어 있던 영혼은 다른 모습으로 다시 태어난다는 믿음이었다. 나는 그녀의 말에 맞장구를 쳐줬다. 환생에 대해서 깊이 생각해본 적은 없었지만 영혼이 있다고 믿는 편이 좋을 것 같았다. 좋은 모습으로 또다시 태어날 거라는 믿음이 있다면 오늘 하루를 더 잘 살려고 노력할 테니 말이다.

장례식 날 파티를 열기 위해서는 오랜 준비가 필요하다. 단순히 와인과 음악과 예쁜 사진만 있어서 될 일이 아니다. 고인의 삶이 좋은 삶이었어야 한다. 파티에 초대받은 사람들이 기쁜 마음으로 와서 고인과의 좋은 추억들을 늘어놓을 수 있어야 한다. 이건 파티를 며칠 앞두고 당장 서둘러 준비할 수 있는 문제가 아니다. 메멘토 모리. 우리 모두는 언젠가 죽을 운명이다. 장례식 날은 분명히 찾아온다. 장례식에 근사한 파티를 열고 싶은 나는, 그래서 벌써부터 준비가 필요하다. 그날을 위해 오늘을, 내일을, 하루하루를 계속 잘 살아둬야 한다.

당신은 당신이
누군지 알죠

뉴스는 감정적이어서는 안 되지만 우리 인생에는 감정이 들어가야 한다.
그리고 전달되어야 한다. 그렇지 않으면 무미건조해진다.
행복해지기 위해 자신의 감정을 돌봐야 하는 이유다.

런던에 와서 영국도서관의 회원 카드를 만들었다. 이 카드가 있으면 열람실에 들어갈 수 있다. 마그나 카르타(대헌장)와 셰익스피어의 원본 문서들이 보관된 전시실을 둘러보거나 내부 카페를 이용하는 데는 회원증이 없어도 전혀 지장이 없지만 괜한 호기심에 굳이 3년간 유효한 패스까지 신청했다. 패스를 발급받은 이후에는 도서관에서 열리는 각종 전시나 강연 정보를 이메일로 받아봤다. 4월 중순에 영국 작가 조안 해리스Joanne Harris가 '소설에서의 음식'을 주제로 대담회를 연다는 소식도 그중 하나였다. 한창 책 쓰는 일에 몰입해 있던 나는 베스트셀러 작가에 대한 동경과 궁금증으로 티켓을 예매했다.

조안 해리스는 쥘리에트 비노슈가 주연을 맡았던 영화「초콜릿」의 동명 원작 소설을 쓴 작가다. 1999년에 출간된 소설이니 벌써 20년이나 됐다. 왠지 마음의 여유가 없어서 소설 읽기를 주저해온 나는 영화는 봤지만 소설은 아직 읽지 못했다. 그래도 영화에 나왔던 핫초콜릿, 그러니까 칠리페퍼를 뿌리고 생크림을 얹은 핫초콜릿에 대한 환상을 준 작가를 직접 볼 수 있다는 사실에 설레는 마음을 안고 도서관으로 향했다.

대담회는 조안 해리스의 신작『딸기 도둑The Strawberry Thief』의 출간을 기념하는 자리이기도 했다. 『딸기 도둑』은 『초콜릿』에 등장한 비안(쥘리에트 비노슈 역)을 주인공으로 하는 연작 가운데 네번째 작품이다. 그녀는 이번 책이 '놓아주기'에 관한 이야기라고 했다.

영국 일간지 『가디언』은 이 책의 서평에서 "『초콜릿』이 '교회와 개인' '즐거움과 부정' 사이의 갈등을 다뤘다면 『딸기 도둑』은 가족 간의 갈등에 초점을 맞췄다"고 분석했다. 제목에 나오는 '딸기 도둑'은 비안의 딸 로제트를 말한다. 작가는 비안의 이웃이 죽으면서 로제트에게 자신의 딸기 숲을 유산으로 남기는 것으로 이야기를 시작한다. 말을 못하는 로제트가 이 소설 속 화자다. 그 숲에서 온 입가에 과즙을 묻힌 채 딸기를 훔쳐 먹다 걸린 로제트의 생생한 기억이 이야기의 모티프가 된다.

조안 해리스는 이처럼 초콜릿이나 딸기뿐만 아니라 와인과 오렌지 같은 음식을 소재로 책을 써왔다. 먹는 것을 소재로 공감을 불러일으키는 글을 쓰려면 많은 감각을 동원해야 한다. 『딸기 도둑』의 첫 장에서 작가는 카카오빈의 향기가 공기 속으로 퍼지는 대목을 묘사하면서 "타는 냄새, 향신료와 소금 냄새, 피와 바닐라와 비통함이 섞인 향"으로 표현하고 있다. 카카오빈 하나에서 이렇게나 많은 향취를 느낄 수 있다니. 감정이 풍부하지 않고서는 불가능한 일이다.

대담회에서는 여전히 대표작 『초콜릿』이 주된 화제였다. 20주년 기념판도 새로 나왔으니 그럴 만도 했다. 『초콜릿』에서는 금욕과 절제에 길들여진 마을 사람들의 닫힌 마음이 생기 넘치고 자유로운 한 여자로 무장해제된다. 그 여자가 만든 초콜릿을 먹고 나서다. 이날 작가는 소설 『초콜릿』이 초콜릿을 소재로 하고 있지만 초콜릿 자체에 대한 이야기가 아니라는 것과, 음식을 묘사하는 건 결국 감정을 전달하는 문제임을 강조했다. 20주년 기념판에 추가한 서문에서는 "우리는 즐거움을 악마로 취급하고 감정을 두려워하는 걸 배워왔다"며 "『초콜릿』에서 나는 이러한 사실에 대한 반감을 드러냈다"고 말했다. 소설의 이야기 속에서나 밖에서나 결국 중요한 건 감정을 효과적으로 전달하는 일이었다. 작가는 "사람들은 얼마나 자신의 감정을 표현하고 있는가" "그로 인해 우리는 얼마나 교감할 수 있는가" 하는 문제를 제기했고, 그 소설은 성공했다.

나는 원래 스스로 감정을 잘 표현하는 데다 감수성까지 풍부한 사람이라고 여기며 살아왔다. 때와 장소에 따라 드러내고 숨겨야 하는 정도는 있었지만 특별한 경우가 아니면 자신을 표현하는 걸 자연스럽게 느꼈다. 때때로 슬프거나 어두워진 기분을 감추곤 했어도, 기쁘고 밝은 상태를 일부러 숨긴 적은 드물었다. 그런데 기자가 되면서 좀 달라졌다. 처음 '수습기자'로 교육을 받으면서 적잖은 충격을 받았다. 기자가 됐지만 기자는 아니고 '수습'이었던 우리에게 선배들은 무표정을 강조했다. 기분이 좋아도 안 되고 나빠도 안 되었다. 여전히 철없고 순진한 대학생 티를 못 벗었던 나는 기자가 된 게 기뻐서 혹은 무안하고 멋쩍어서 괜히 웃어보이곤 했는데 그럴 때마다 예상치 못한 냉담한 지적이 날아들었다. 당시 1진이었던 내 남편은 특히 냉정했다. "뭐가 좋아서 웃느냐"고 했다. 1진보다 더 높은 캡이나 부장 앞에서 웃었다간 해당 사수가 혼난다는 얘기도 있었다. 수습이 얼마나 편하게 교육을 받으면 저렇게 웃을 여유가 있느냐는 맥락이었다.

'힘든 순간에도 밝은 표정을 유지하자'는 마음으로 살아왔던 내가 진짜 기자로 거듭나기 위해 가장 먼저 적응해야 했던 것은 바로 감정을 숨기는 일이었다. 항상 포커페이스를 유지하는 게 안전했다. 그리고 벌써 14년이 지났다. 시간이 흐르는 동안 처음에는 도무지 이해할 수 없던 것들이 조금씩 이해되기 시작했다. 내가 길들여진 건지도, 풋풋했던 시절의 무구함이 퇴색된 건지도 모른다.

선배가 후배에게 웃지 말고 울지도 말라고 했던 건 긴장감을 유지하라는 뜻이었다. 뉴스를 다루고 기사를 쓰는 기자는 언제나 긴장해야 한다. 펜이 칼보다 강하기 때문에 칼을 쓰는 심정으로 긴장하고 절제해야 한다. 긴장할 때 우리는 감정을 표현하지 않는다. 천성을 바꾸긴 어려워 좋고 싫은 감정을 숨기는 게 여전히 어렵지만, 기자인 나는 어느새 감정은 표현하기보다 견뎌내야 하는 것이라고 학습되어 있다.

기자라면 자신이 쓴 기사가 너무 감정적이라는 지적을 받게 될 경우 일단 새겨들어야 한다. 기자의 감정은 개인적인 것이어서 보편타당해야 하는 기사에 녹아 있어서는 안 되기 때문이다. 기자가 자신의 의견을 갖고 쓰는 신문 칼럼에서조차 지나친 감수성과 감정이 드러나면 의미가 떨어진다. 뉴스를 목적으로 쓰는 글에서는 기자의 주관도 객관적 사실에 기반해야 한다. 방송기자의 보도 자세도 마찬가지다. 화면에 비치는 얼굴은 포커페이스여야 한다. 행여

방송을 하다 실수를 해도 민망하거나 부끄러운 마음을 들키지 않게 아무 일 없었다는 듯 다음으로 넘어가야 한다. 카메라 앞에 설 때마다 내가 스스로에게 주문하는 대목이지만, 여전히 쉽지는 않다.

앵커가 눈물을 보이면 화제가 되는 이유도 본연의 자세에서 이탈했기 때문이다. 취재 과정에서도 지나친 감정은 삼가는 게 좋다. 우는 사람 앞에서 같이 울며 취재하거나 공감하는 모습을 보이는 게 어쩌면 취재원의 마음을 좀더 움직이게 할지도 모른다. 하지만 그렇게 휩쓸린 마음으로 기사를 쓸 수 없다는 점은 기자도, 취재원도 알아야 한다. 기사에서 기자의 눈물은 배제된다. 기자가 때로는 피도 눈물도 없어 보이는 이유다. 기자로서의 나와 개인으로서의 나는 때때로 이중적이다. 슬퍼도 안 슬픈 척, 좋아도 안 좋은 척 그렇게 분열된 자아를 견뎌야 하는 순간이 분명히 있다.

결국 기사와 문학은 본질적인 차이가 있다. 기사는 문학에 비해 개인의 감수성보다 정해진 테크닉이 중요하다. 기자가 작가보다 냉정하고 건조하다. 중요한 건 우리 삶이 기사보다는 문학에 가깝다는 것이다. 인간의 감정을 제대로 표현하지 못하는 문학이 감동을 주기 어렵듯 감정을 전달하고 표현하는 일에 서툰 삶도 풍요롭기 어렵다. 눈에 보일 듯, 귀에 들릴 듯, 코와 입으로 느껴질 듯 절묘하게 표현하고 묘사하는 작가의 능력이 작품의 성패를 가른다.

마찬가지로 인생에서도 감정을 갖는 능력이 행복의 크기를 좌우한다. 뉴스는 감정적이어서는 안 되지만 우리 인생에는 감정이 들어가야 한다. 그리고 전달되어야 한다. 그렇지 않으면 무미건조해

서울에 있는 남편이 "오늘 아침 풍경"이라며 보내준 동네 사진.
햇살이 넘치는 파란 하늘 아래 팝콘 같은 벚꽃이 만발해 있다.
좋은 기분을 전해줘서 내 기분도 덩달아 좋아졌다.

진다. 행복해지기 위해 자신의 감정을 돌봐야 하는 이유다. "너무 좋아" "너무 예뻐" "너무 맛있어"라고 말할 수 있는 것들이 많아질 때 더 행복해진다. 작은 것에도 의미를 부여하면 그 의미가 곧 행복이 된다.

런던보다 여덟 시간 빠른 서울에 있는 남편이 "오늘 아침 풍경"이라며 동네 사진을 보내왔다. 햇살이 넘치는 파란 하늘 아래 팝콘 같은 벚꽃이 만발해 있었다. 예쁜 풍경에 갑자기 그의 감수성이 꿈틀댔나보다. 아마도 말로 표현하기 귀찮았거나 쑥스러웠거나 재주가 없어 그냥 사진을 찍은 것 같다. 그래도 보내준 사진 덕분에 그 감정이 전달됐다. 좋은 기분을 전해줘서 내 기분도 덩달아 좋아졌다.

조안 해리스의 신작 『딸기 도둑』을 펼쳤다. 딸기 초콜릿 향기가 코끝에 스몄다. 작가가 자신의 책에 사인을 해주면서 향수를 뿌려둔 덕분이다. 책의 첫 페이지에 "당신에게(To you)"라고 쓰여 있다. 그리고 그 밑에는 "그래요, 당신이요(Yes, you)"라고 적혀 있다. 또 그 밑으로 "당신은 당신이 누군지 알죠(You know who you are)"라는 문장이 있다. 그래, 내가 누군지 안다는 건 매 순간 내 감정을 안다는 이야기다.

참
고
한

책
들

본문에 언급된 순입니다.

Françoise Barbe Gall, *HOW TO TALK TO CHILDREN ABOUT ART*, Chicago
Review Press, 2018

Ines Janet Engelmann, *50 Impressionist Paintings You Should Know*, Prestel,
2018

케이트 폭스 지음, 권석하 옮김, 『영국인 발견』, 학고재, 2017

Kelly Grovier, *A New Way Of Seeing*, Thames & Hudson, 2018

Clare Murphy, Discover Kensington Palace, Historic Royal Palace, 2012

앙드레 모루아 지음, 신용석 옮김, 『영국사』, 김영사, 2013

박지향 지음, 『클래식 영국사』, 김영사, 2012

Kirsteen McSwein, *Tate Britain: Highlights*, Tate Publishing, 2018

Robert Rogers, Rhodri Walters, Nicolas Besly, Tom Goldsmith, *How Parliament
Works*, Routledge, 2018

David Cannadine, *Churchill: The statesman as artist*, Bloomsbury Continuum,
2018

하마다 이오리 지음, 정은희 옮김, 『단어 하나 바꿨을 뿐인데』, 한빛비즈, 2018

Erika Langmui, Louise Govier, *A Quick Visit*, National Gallery Company Ltd.,
2017

Michael Wilson, *If the Painting Could Talk*, National Gallery Company Ltd.,
2016

케빈 알로카 지음, 엄성수 옮김, 『유튜브 컬처』, 스타리치북스, 2018

Matilde Battistini, *Symbols and Allegories in Art*, J. Paul Getty Museum, 2005

Lucia Impelluso, *Gods and Heros in Art*, Getty Publications, 2003

유아정 지음, 『아름다운 것들의 역사』, 에이엠스토리, 2018

The Lady's Book of Manners: How to be a Perfect Lady, Copper Beech
Publishing Ltd., 2006

Alan Strachan, Dark Star: A Biography of Vivien Leigh, I.B. Tauris, 20019

윌리엄 셰익스피어 지음, 최종철 옮김, 『한여름 밤의 꿈』, 민음사 , 2008

──, 『햄릿』, 민음사, 1998

William Shakespeare, Running Press, 2012

M. Rodinò, Galleria Borghese: 10 Masterpieces, Gebart, 2006

Michelangelo Capua, Vivien Leigh : A Biography, McFarland, 2015

제임스 엘킨스 지음, 정지인 옮김, 『그림과 눈물』, 아트북스, 2007

Tom A. Jones, Tired of London, Tired of Life: One thing a day to do London,
Virgin Books, 2012

Debra N. Mancoff, The Pre-Raphaelite Language of Flowers, Prestel, 2019

Janet Stiles Tyson, John Singer Sargent Masterpieces of Art, Flame Tree
Publishing, 2017

마틴 베일리 지음, 박찬원 옮김, 『반 고흐의 태양, 해바라기』, 아트북스, 2016

함정임, 윈경 옮김, 『예술가들은 이렇게 말했다』, 마로니에북스, 2018

The Quotable Winston Churchill: A Collection of Wit and Wisdom, Running
Press, 2013

Norbert Wolf, SYMBOLISM, TASCHEN, 2019

Joanne Harris, Chocolat, Penguin Books, 2019

──, The Strawberry Thief, Orion, 2019

모네는 런던의 겨울을 좋아했다는데

좋은 것들을 모으러 떠난 1년

ⓒ조민진 2019

초판 인쇄   2019년 10월 11일
초판 발행   2019년 10월 21일

지은이   조민진
펴낸이   정민영
책임편집   임윤정 신귀영
디자인   엄자영
마케팅   정민호 이숙재 양서연 안남영
제작처   영신사

펴낸곳   (주)아트북스
출판등록   2001년 5월 18일 제406-2003-057호
주소   10881 경기도 파주시 회동길 210
대표전화   031-955-8888
문의전화   031-955-7977(편집부) 031-955-3578(마케팅)
팩스   031-955-8855
전자우편   artbooks21@naver.com
트위터   @artbooks21
페이스북   www.facebook.com/artbooks.pub

ISBN   978-89-6196-363-3 03810